HAZEM ILMI

DIE 33. HOCHZEIT DER DONIA NOUR

Blumenbar

HAZEM ILMI

DIE 33. HOCHZEIT DER DONIA NOUR

ROMAN

Aus dem Englischen
von Matthias Frings

Teil 1

1 | Frommer Schlaf ⊸∘⊶

Gott lenkte das Auto.

Zuerst gab es berechtigte Zweifel. Aber nein, er *war* es. In einem metallicgrünen Coupé sauste er auf einer kurvenreichen Straße näher und näher. An der Seite seines Wagens glitzerte das Wort *MusliClean*.

Hinter dem getönten Glas war der Allmächtige nicht zu erkennen, aber er saß da drin. Sie wusste es. Während er sich näherte, konnte sie seine grenzenlose Kraft hinter dem Lenkrad spüren.

Sie stand wie gelähmt da. Nur eine Armeslänge vor ihr brachte Gott das Auto mit quietschenden Reifen zum Stehen. Die Beifahrertür öffnete sich, und ein grelles Licht blendete sie. Sie hielt eine Hand schützend über die Augen und blinzelte. Im Zentrum des Lichtscheins tauchte ein schwarzer Punkt auf. Der Punkt dehnte sich aus und wurde zu einem Waschmittelpaket.

»Gute Muslime kaufen *MusliClean*«, donnerte die Stimme Gottes. »Kaufen Sie es, und nehmen Sie an der Verlosung eines frauenfreundlichen Autos teil.«

Während nach allen Seiten Feuerwerkskörper abgefeuert wurden, erschien Gottes Auto wieder neben dem Waschmittelpaket.

Dann Stille und Dunkelheit.

Kurz darauf, genau um 4 Uhr 32, explodierte in ihrem Kopf der Ruf zum Morgengebet: »ALLAHU AKBAR! ALLAHU AKBAR!«

⊸∘⊶

Zusammen mit den anderen 124 Millionen Einwohnern Großägyptens schreckte Donia Nour aus dem Schlaf hoch. Es war nie zu früh, eine Gewohnheit zu verankern.

In der Dunkelheit ihres Schlafzimmers war die erwachende Welt ruhig – fast ruhig. Donia konnte die fernen Moscheen von Kairo hören, wie sie 30, 40, 50 Stockwerke unter ihr die Aufforderung aufzuwachen und zu beten vervielfachten. Sie setzte sich auf und schaute aus dem Fenster. In der Dunkelheit nahm sie die kaum sichtbare schwarze Säule wahr, die den Wolkenkratzer gegenüber krönte wie der aufrechte Schwanz eines Stechrochens. Sie konnte sich noch genau an den Tag erinnern, als sie errichtet wurde. Es war an ihrem elften Geburtstag, dem letzten Tag, an dem sie normale Träume gehabt, dem letzten Tag, an dem sie eine ungestörte Nacht verbracht hatte. Seitdem begann jede Nacht damit, dass das Ministerium für Sleepvertising und den himmlischen Adhan seine Werbebotschaften direkt in die schlafenden ägyptischen Gehirne sendete. Nur für den Ruf des Adhan machten sie eine Pause – den Ruf zum Gebet.

Donia seufzte und ließ sich ins Bett zurückfallen. Ihre Gedanken versanken in einem Bilderwirrwarr, in dem Marmeladengläser, Softdrinks und Shampooflaschen wahllos dem Dämmern des Schlafs in die Quere kamen. Aber die Penetranz des Rufes ließ die Bilder zerschellen, und die Worte des himmlischen Adhan »GEBET IST BESSER ALS SCHLAF« katapultierten Donia in den Wachzustand zurück.

Sie stöhnte, riss sich aber zusammen und bat Allah murmelnd um Vergebung. Erst letzten Monat hatte sie einen Besorgnisbescheid erhalten. Er war ihr auf dem kleinen Bildschirm ihrer Gebetskabine zugestellt worden:

Im Namen Gottes, des barmherzigen Erbarmers

Liebe Donia Nour,
wir haben festgestellt, dass Sie am 9. und 10. September 2048 das
Morgengebet ausgelassen haben. Hiermit teilen wir Ihnen mit, dass

anhaltende Verletzungen der Morgengebetspflicht nach der Ägyptischen Deklaration Ihre Seele schädigen und zu Nachforschungen über Ihre Reputation führen können.

Friede sei mit Ihnen
DAS MINISTERIUM FÜR ERLÖSUNGSSTRATEGIEN

Donia wollte solche Untersuchungen keinesfalls riskieren, nicht mit ihrer Vorgeschichte. Sie zwang sich hoch, schleppte sich zur Rückseite ihrer Gebetskabine und blieb dort stehen.

»Im Namen Allahs«, flüsterte sie.

Ein nasses Handtuch an einem mechanischen Arm löste sich aus der Plastikverkleidung der Kabine. Es fuhr über ihre Hände und Unterarme, feuchtete Gesicht und Haar an und stocherte in beiden Ohren herum. Sie saugte etwas Wasser aus einem Metallhalm, spülte sich den Mund aus und spuckte in das kleine Waschbecken. Zuletzt fuhr das Handtuch über ihre Füße.

So gereinigt ging Donia um das kleine Gehäuse herum, bedeckte ihren Kopf mit einem Tuch, das ein blinkendes *Dolce&Gabbana*-Logo zierte, und betrat die Gebetskabine. Sie wandte sich in nördlicher Richtung der Mogamma zu – dem Hauptquartier des Nizam –, hob die Hände an die Schläfen und ließ sie wieder sinken. Kurz darauf kniete sie nieder, richtete ihren Oberkörper auf, verbeugte sich, bis ihre Stirn den Boden berührte. Sie horchte auf den leisen Piepton, der anzeigte, dass die Kabine dem angeschlossenen Datencenter der Regierung ihre erste Verbeugung des Tages gemeldet hatte.

Aber nichts war zu hören.

Ihr Magen zog sich zusammen. Das war heute nicht der Tag für eine Panne. Das Letzte, was sie brauchen konnte, war, dass der Nizam sie wieder auf dem Kieker hatte. Mit größerem Nachdruck presste sie ihre Stirn auf den kratzigen Teppich der Gebetskabine und endlich: *piep.*

Sie säuselte dreimal die Worte »Gepriesen sei mein allerhöchster Herr«. Dann wiederholte sie die Prozedur.

Das wird eine lange Woche, dachte sie beim Aufstehen. Da waren die endlosen Bürostunden, und die Große Nationalwahl stand bevor. Aber das war es nicht, was Donia beunruhigte. Es blieb ihr nur wenig Zeit, aber wenn alles gut ging, würde sie bald die kleine Operation vornehmen lassen können, um endlich wieder als Jungfrau durchzugehen. Danach kam das Heiratsarrangement. Und das konnte eine ganze Nacht dauern. Es würde ihre 33. Nacht und Entjungferung sein – und, wie sie hoffte, ihre letzte.

»Assalamu alaikum wa rahmatullah«, sagte sie tonlos, während sie den Engel auf ihrer rechten Schulter grüßte. Am Ende ihres Morgengebets schaute sie in die andere Richtung und übermittelte dem Engel auf der linken Schulter den gleichen Gruß, dem Engel, von dem es hieß, dass er ihre Missetaten aufzeichnete – er und der Nizam natürlich.

2 | Ostaz Ostaz ⊶⊷

Ostaz Mukhtar trug nichts als seine weiße Unterhose. Es war genau 22 Uhr 30, und wie es in diesen drückend heißen Sommermonaten seine Gewohnheit war, saß er halbnackt im Wohnzimmersessel, die brennende Pfeife in der linken Hand, ein Glas Cognac in der rechten. Auf dem Tisch neben ihm stand die leere Schachtel Koshari, die sein Abendessen enthalten hatte. Nur eine Kichererbse und ein paar Reiskörner fanden sich noch zwischen den Klecksen Tomatensoße – weitere Überreste des Fressgelages, das hier gerade stattgefunden hatte, gab es nicht.

Neben der Schachtel lag ein zusammengeknüllter Zettel. Ostaz stellte seinen Cognac ab und schnappte sich das Papier. Er strich es glatt und las noch einmal den ersten Satz:

Gerichtliche Vorladung

*Der Empfänger hat am Mittwoch, dem 23. Juli 1952 um neun Uhr
vor dem Imbabagericht für Fehlverhalten in Kairo zu erscheinen.*

Während Ostaz mit Daumen und Zeigefinger seinen Schnurrbart
glatt strich, lachte er prustend.

»Bla, bla, bla«, sagte er zu sich selbst. »Betrifft zwei Vorfälle von
Blasphemie ... Ermutigung unmoralischer Debatten ... Verunglimpfung gesellschaftlicher Werte.«

Er knüllte das Papier wieder zusammen und schnippte es weg
wie ein kleiner Junge, der sich seines Bonbonpapiers entledigt.

»Ver-damm-te I-dio-ten«, verkündete er in seinem verlassenen
Haus. Bei jeder Silbe trommelte er auf seinen nackten, drallen
Bauch. Er erhob sich, schaltete das Radio ein und begann zu tanzen. Er wirbelte um einen Globus herum und näherte sich mit Aus-
fallschritt der kreideverschmierten Tafel neben seiner beträcht-
lichen Büchersammlung.

*Die Herausforderungen liberaler Demokratien durch einen illibe-
ralen Gott* stand in seiner Handschrift am oberen Rand der Tafel.
Ostaz schnappte sich ein Stück Kreide und kritzelte arschwackelnd
in die untere Ecke: *Sie haben nichts in der Hand, die Bastarde. Lehr-
betrieb – du hast mich wieder!*

In diesem Moment läutete es an der Tür.

»Farid«, sang Ostaz. Er ließ die Kreide fallen, trottete durch den
Raum und hüllte sich dabei in die Robe de chambre, die er über
die Rückenlehne seines Sessels geworfen hatte. Kurz darauf öffnete
er mit ausgestrecktem Arm die Tür, in der Hand einen Ein-Pfund-
Geldschein.

»Wie lange willst du noch durchhalten, Ostaz?«, wollte sein Nachbar wissen. »Seit sieben Monaten hast du jede Woche unsere Wette
verloren.«

»Nicht mehr lange. Falls die Monarchie nicht vor Ende des Monats gestürzt ist, werde ich sogar nackt durch Zamalek laufen.«

Farid lachte. »Und wenn die Briten uns wieder erobern, wie ich es dir schon mehrfach prophezeit habe?«

»Dann werde ich persönlich ihre neue Königin verführen, bis sie danach lechzt zurückzutreten. Wie wäre es damit?«

Farid schüttelte den Kopf. »Gute Nacht, du verrückter Hund«, sagte er, steckte das Geld ein und lief über den Hof zu seiner eigenen Villa.

Ostaz schloss die Tür, zog seinen Hausmantel aus und ließ sich wieder in den Sessel fallen.

Er seufzte, als er an die zurückliegenden Ereignisse dachte. Das Jahr 1952 versprach sehr lang zu werden. Im Januar war Kairo zur Hälfte abgebrannt. Ägypten hatte seitdem seinen vierten Premierminister. Wie die meisten anderen Universitäten und Schulen war auch die Universität von Kairo die meiste Zeit des Jahres geschlossen gewesen. Aber letztendlich war er doch überzeugt, dass alles gut gehen würde. Er würde diese Farce eines Prozesses gewinnen, er würde seine Position an der Universität wiedererlangen, und er würde, ganz gleich wie das politische Schicksal Ägyptens aussah, im nächsten Semester zurückkehren und das tun, was er am besten konnte. Ostaz nahm seinen Cognac zur Hand und führte ihn an die Lippen. »Oder ich könnte einfach alles versauen und ins Gefängnis gehen«, teilte er seinem Drink mit. Er setzte das Glas an die Lippen, nahm einen Schluck, dachte nach.

Und dann musste er würgen. Irgendetwas stimmte nicht. Grünes Licht hatte sein Wohnzimmer geflutet. Es war überall. Ostaz schwamm in einem unerklärlichen smaragdgrünen Nebel.

Er spuckte den Cognac aus und ließ das Glas fallen. Er stemmte sich auf der Sessellehne hoch. Er schaute nach rechts und links, versuchte zu verstehen. Aber bevor er sich entscheiden konnte, ob es besser sei zu rennen oder ob der pure Wahnsinn ihn im Griff hatte, entschwand Ostaz Mukhtar im Nichts.

≫∘≪

Eine Woche später stand Farid vor seiner Villa und schaute auf Ostaz' verlassenes Haus. Er bückte sich und hob eine Ausgabe der *Ägyptischen Gazette* auf, die zusammengerollt auf dem Boden lag. Die Titelseite war mit den Auswirkungen der offiziellen Abdankung des Königs übersät.

Er überflog die ersten Seiten, aber alles drehte sich um den Staatsstreich, den die Offiziere genau in der Nacht, als Ostaz verschwunden war, durchgeführt hatten. Erst auf der letzten Seite fand Farid, wonach er suchte.

Entführung des Philosophieprofessors: Verschleppung durch Außerirdische?

Nachbarn behaupten, »Außerirdische« steckten hinter dem mysteriösen Verschwinden von Ostaz Mukhtar.

Nachbarn von Ostaz Mukhtar, der seit letzter Woche als vermisst gilt, gaben an, in der Nacht seines Verschwindens ein mysteriöses grünes Licht über dem Wohnsitz des Kairoer Universitätsprofessors gesehen zu haben.
Während die Polizeikräfte derzeit mit den Folgen der politischen Lage überlastet sind, hat eine vorläufige Untersuchung bestätigt, dass es diese grünen Lichter waren – durchweg als säulenförmig vom Himmel herabsinkend beschrieben –, die Nachbarn dazu veranlassten, an die Haustür von Herrn Mukhtars Villa in Zamalek zu klopfen. Doch er war nicht zu Hause.
»Er ist wie vom Erdboden verschluckt«, sagt Farid Sami, der angibt, mit dem Professor noch in der Nacht seines Verschwindens, am 22. Juli, gesprochen zu haben.
Ein Sprecher der Ermittlungsbehörde teilte der Ägyptischen Gazette mit, dass Herr Mukhtar geflohen sei, um einer Vorladung, die für den folgenden Tag vorgesehen war, zu entgehen.
»Aber es gab an diesem Morgen eine Revolte, Herrgott noch mal«,

sagt sein Nachbar, Herr Sami. »Jedes Gerichtsverfahren – alles im Land – wurde an diesem Tag abgesagt. Warum also hätte er fliehen sollen?«

Herr Mukhtar stand letztes Jahr im Zentrum eines Skandals an der Kairoer Universität. Es hatte Beschwerden von einigen seiner Studenten und deren Eltern gegeben, dass der Professor sie ermutigt hätte, die moralischen Auswirkungen solcher Themen wie Atheismus und Homosexualität zu diskutieren. In der Folge wurde er wegen Blasphemie und Störung der öffentlichen Ordnung verklagt.

3
Ein Leben im Schlafzimmer ~⚬~

Donia Nours Haut schmolz wie kochendes Karamell, rann über ihren Unterleib und tropfte von den Beinen auf den Boden. Es war schmerzhaft. Als ob zwei riesige Finger ihre Haut nach unten zögen. Aber der Geruch war berauschend.

Ich bin aus Zucker, dachte sie.

Sie schaute auf ihre Füße. Das Karamell triefte, schlug Blasen und formte die Worte *Cadbury Karamell* in einer ansprechenden Kursivschrift. Sie verzehrte sich danach. Sie wollte sich bücken und ihre geschmolzene Haut auflöffeln, sie an den Mund bringen und die flüssige Süße hinunterstürzen. Aber das Karamell verschwand ohne Vorwarnung, und ihre Haut fühlte sich wieder unversehrt an. Einen Moment lang dachte sie, sie würde aufwachen. Sie hörte einen Rums und begann wieder zu schmelzen, diesmal schmerzhafter.

Dann ein weiterer Rums.

Schließlich wachte sie auf, runzelte die Stirn und blinzelte. Ihr flauschiger, herzförmiger Vakuumroboter saugte auf höchster Stufe den Teppich und prallte dumpf gegen die Wand, bevor er umkehrte, um den Vorgang zu wiederholen. Seine Abdeckung war mit den Worten *Es gibt keine Macht außer Allah* beschriftet. Jedes Mal, wenn er gegen die Wand fuhr, wurde derselbe Koranvers in ohrenbetäubender Lautstärke wiedergegeben: »Diejenigen, die nicht an unsere Zeichen glauben, werden wir im Höllenfeuer brennen lassen. Ist ihre Haut verbrannt, so tauschen wir sie ihnen gegen eine andere, damit sie die Strafe schmecken.«

Reflexartig murmelte Donia: »Sure 4, Vers 56.«

Sie betrachtete ihre nackten Arme und schauderte, als sie sich ihre Haut in Flammen vorstellte. Werde ich so die Ewigkeit verbringen? In der Hölle, das war ihr klar, würde ihre Haut sich nicht in Karamellschokolade verwandeln.

Sie fand es lustig, wenn ihre Träume durch Geräusche aus der realen Welt beeinflusst wurden, aber es machte keinen großen Unterschied. Die Werbebotschaften fanden immer einen Weg in das, was sie gerade träumte.

Der Staubsauger machte sich auf, die Wand erneut zu attackieren. Donia seufzte und warf einen Pantoffel nach ihm. Der Roboter blieb einen Moment lang stehen, orientierte sich neu und begann dann ordnungsgemäß den Raum von Wand zu Wand zu saugen. Der Koranvortrag ging flüssig zum nächsten Vers über.

Es war ein billiger Wegwerfsauger, der dritte schon, den ihr Vater in diesem Monat gekauft hatte. Donia zuckte die Schultern und setzte sich auf die Bettkante. Sie wollte gähnen, doch dann überkam sie wieder diese *Vorstellung*. Das Gähnen war vergessen, sie wurde rot im Gesicht.

Die Vorstellung, von der sie seit Jahren scheinbar ohne Anlass verfolgt wurde, war unaussprechlich, ein Sakrileg, das mit der Verbannung in die *Quarantäne für verlorene Seelen* bestraft werden würde, sollte der Nizam je davon erfahren: Sie sah sich im Gebet eine Verbeugung machen, während ein grotesk fetter Mann mit zwei kurzen Hörnern auf seinem haarlosen Kopf hinter ihr kniete und sie vergewaltigte. Sie war verstört, fühlte sich hilflos und benutzt, genau wie jedes Mal, wenn sie heiratete.

Was im Einzelnen diese spontanen Visionen auslöste, wusste Donia nicht. Als ob ein masochistischer Teil ihrer Persönlichkeit nach dem idealen Moment suchte, sie rot anlaufen zu lassen, traten sie oft zu den unpassendsten Zeiten auf.

Alleine in ihrem Schlafzimmer war es leicht, das Bild zu verdrängen. Mechanisch bat sie Gott um Vergebung. Seit diese Heimsuchung sie verfolgte, war es das zigste Mal, dass sie diese Bitte äußerte. Was wohl wäre, würden solche Bitten von Gott nicht berücksichtigt oder, schlimmer noch, abgelehnt? Sie schaute auf ihre Arme und malte sich aus, wie ihre Haut in kochenden Klumpen herabtropfte.

Ein Jahr hat 31.557.600 Sekunden. Das war einer der vielen Fakten die Donia kannte, verbotene Fakten aus einem verbotenen Buch, das sie auf einem verbotenen Markt gekauft und unter ihrer Matratze versteckt hatte. Sie hielt sich die Hände vors Gesicht und betrachtete durch die Fingerzwischenräume die Dürftigkeit ihres Zimmers. Fast jede einzelne Nacht ihrer 22 Jahre hatte sie in diesem Zimmer verbracht. Wie viele Sekunden sind das, fragte sie sich, machte sich aber nicht die Mühe nachzurechnen. Sie war hier sogar geboren worden. Ihre Mutter und ihr Vater waren zusammen mit der Hebamme den kurzen Gang von ihrem Schlafzimmer hierher gewankt, und Donia war genau hier in die Welt gepresst worden, wo nun ihre Gebetskabine stand.

Ihre Eltern hatten sie Donia genannt, weil sie in ihrem Gesicht die ganze Welt zu sehen glaubten. Erst als sie älter wurde, erkannte sie die ganze Ironie ihres Namens. Donia Nour: Licht der Welt.

Sie sollte jedoch erfahren, dass diese Welt voller Dunkelheit war.

Dort, wo jetzt Kosmetikprodukte den Spiegel umrahmten, war sie »zur Frau« geworden. Wenigstens hatte ihr Vater es so genannt. Sie war erst neun gewesen und hatte geglaubt, bei den paar Tropfen Blut in ihrem Schlüpfer handle es sich um eine göttliche Strafe.

Neben dem Spiegel markierte ein ramponierter Holztisch den Fleck, wo ihr Vater sie gebeten hatte, sich hinzusetzen: »Mama hat diese Welt verlassen.« Das war ein Jahr vor dem Einsetzen ihrer Periode gewesen, ein Jahr, währenddessen Yamen Nour sich von einem pflichtbewussten Vater in einen kühlen Mitbewohner verwandelte.

Jetzt war da nur noch das Bett, auf dem sie immer noch saß, und wo sie einmal als Dreizehnjährige sechs Tage lang abwechselnd zwischen Weinen und unerklärlichen Anfällen von Prusten und Husten verbracht hatte, weil man sie für immer entehrt hatte.

Obwohl ihr ganzes Leben sich mehr oder weniger in diesen acht Quadratmetern abgespielt hatte, fühlte Donia sich ihrem Schlafzimmer in etwa so verbunden wie einem schäbigen Motelzimmer. Am liebsten hätte sie es zusammen mit dem Rest ihres Lebens in Brand gesteckt. Aus diesem Grund hatte Donia ebenfalls auf diesem Bett beschlossen, dass sie das Undenkbare tun würde.

Sie würde Ägypten verlassen.

Wohin? Das war eine andere Frage. Ihr Name war zwar Donia, aber außer dem, was sie aus ihren veralteten Informationen geschlossen hatte, wusste sie nichts von der Welt. Sie zog ihr geheimes Buch der Fakten unter der Matratze hervor und schlug es wahllos auf. *Ab dem Jahr 2005 hatten in China mehr Haushalte einen DVD-Player als fließendes Wasser.* Sie war zuvor schon einmal darauf gestoßen, und wie zuvor fragte sie sich, was ein DVD-Player war und ob China nah oder fern liege? Und sie fragte sich, ob alle dort wirklich mit dem Satan im Bunde waren?

4
Der blinkende Schleier ⚭

»Ich werde dir etwas sagen, Donia. Ich hatte mir vorgenommen, es niemals zu tun, aber ich muss. Deine Mutter ist nicht eines natürlichen Todes gestorben. Sie hat sich umgebracht. Sie ist in der Hölle, Donia.«

Ihr Vater hatte ihr dies in den letzten zehn Jahren mit denselben Worten mindestens einmal pro Woche gesagt.

Als Donia aus ihrem Schlafzimmer trat, bereitgemacht für die Arbeit, saß ihr Vater in einer grauen Dschellaba auf dem Sofa ihres beengten Wohnzimmers. Er hatte seinen magischen Rosenkranz an die Stirn geheftet und trug den transkraniellen Magnetikstimulator, der einem Fez ähnelte. Eine einzelne glitzernde Träne lief über seine aknegenarbte rechte Wange und verschwand im aschgrauen Bart.

Donia setzte sich ihm gegenüber und hörte mit dem Ausdruck vorgetäuschter Anteilnahme zu, wie er die Geschichte des Selbstmordes ihrer Mutter ein weiteres Mal abspulte. Später würde er sich an nichts erinnern, aber es schien ihr trotzdem ratsam, in Momenten wie diesen Anteilnahme vorzutäuschen.

Plötzlich rang Yamen wie ein Schauspieler, der übergangslos von einem Gefühlszustand zum anderen wechselt, nach Luft. Er verzog sein gealtertes Gesicht zu einem erstaunten Lächeln: »Ha! Die allwaltenden Oligarchen haben gewonnen, gepriesen sei Allah. Die Brüder bringen alles in Ordnung! Hörst du? Wir kommen alle in den Himmel!«

Donia ließ die wilde Freude in seiner Stimme unberührt, weil sie wusste, dass sie von dem Stimulator auf seinem Kopf ausgelöst wurde. Ihr Vater trug ihn den ganzen Tag, um seine zunehmende Demenz zu bekämpfen. Soweit Donia wusste, aktivierte er absterbende Gehirnzellen und regte die gesünderen Zellen an, das schwindende Erinnerungsvermögen zu erhalten. Aber er hatte einen merkwürdigen Nebeneffekt: kurze Anfälle, die ihren Vater Episoden seines Lebens nachempfinden ließen, als fänden sie zum ersten Mal statt. Der Hut war ein alltägliches Hilfsmittel für ältere Menschen. Es gab Gerüchte, wonach das Auftreten von Demenz zunahm, seitdem das Ministerium für Sleepvertising und den himmlischen Adhan damit begonnen hatte, schlafende Gehirne anzuzapfen. Doch der Nizam bestritt dies und verurteilte einige koptische Rebellen, die öffentlich zugaben, diese falschen Anschuldigungen in die Welt gesetzt zu haben.

Von den Anfällen abgesehen war Yamen ein größtenteils gesunder, wenn auch unterkühlter Zweiundsechzigjähriger, der seine ganze Zeit entweder in der Moschee oder im Einkaufszentrum verbrachte. In Wahrheit empfand Donia nur während seiner Anfälle eine gewisse Nähe zu ihm.

Jetzt schrie er sie an:»Warum kannst du sie nicht behalten, Donia?« Der Jubel von vorhin war spurlos verschwunden. Seine gerunzelte Stirn erinnerte sie an die zornigen Blicke, als sie aus der Grundschule nach Hause geschickt wurde, weil sie die zweite Sure des Korans nicht aufsagen konnte.

»Willst du nicht in den Himmel kommen?«, fragte er nun eher besorgt als wütend.»Du musst sie *auswendig lernen*!« Genau in diesem Moment projizierte die Schariatainmentkonsole an der Decke eine Werbung für *Islamemory-Pillen* in den Raum. Der Spruch »Eine für jede Sure« waberte durch das Wohnzimmer und überschüttete sie mit durchsichtigen rosa Pillen. Der Spot schien Yamen zu verwirren, und sein Gesichtsausdruck wechselte zu freundlicher Leere.

Donia wusste nicht viel über die Lebensgeschichte ihres Vaters, außer dass er vor dem Nizam 14 Jahre lang als Büroangestellter im Ministerium für Touristik gearbeitet hatte.»Baba, was ist Tourismus?«, hatte sie ihn als Kind gefragt. Man sagte, dass früher einmal hellhäutige Ungläubige mit goldenem Haar durch Kairo flaniert waren. Sie hatte auch von den Besuchern aus dem Osten mit ihren blitzenden Kameras gehört.

»Tourismus ist eine Form der Sünde«, hatte er geantwortet. Als das Ministerium aufgelöst und als Ministerium zum Kampf gegen fremdländische Einmischung neu gegründet wurde, durfte er seine Arbeit behalten. Es hieß, Touristen hätten einen zerstörerischen Einfluss auf die moralische Gesundheit der ägyptischen Gesellschaft, und spätestens seit den Zwanzigern war diese Industrie auf den Sinai begrenzt worden. Das war, bevor die gesamte Halbinsel an die Kuffar fiel – die Ungläubigen jenseits der Grenzen Großägyptens.

Wegen Yamens magerer Einkünfte als Angestellter musste er warten, bis er 39 war, um Donias Mutter Nevin zu heiraten. Inzwischen gab es schon das Gute-Taten-Stimulationsprogramm, und ihre Eltern verpflichteten sich, nur ein Kind zu bekommen. Der Nizam erklärte, dass Eltern mit nur einem Nachkommen zusätzliche Gute-Taten-Punkte gutgeschrieben bekämen, die den Eintritt in den Himmel erleichterten.

»Die Logik ist simpel«, sagte Donias Vater, als sie ihn fragte, warum sie keine Geschwister habe. »Wer dabei mitmacht, Ägyptens Bevölkerungswachstum zu kontrollieren, hilft dem Land. Dem Land helfen, bedeutet ein guter Bürger zu sein. Gute Bürger sind gute Menschen. Gute Menschen erhalten viele Gute-Taten-Punkte. Sie kommen in den Himmel.«

Das Punktesystem war in der Philosophie des Nizam begründet, die in jedem Schulbuch auf der ersten Seite zu finden war: »Alle ägyptischen Bürger haben das Recht, in den Himmel zu kommen. Es ist die Pflicht der Regierung, sich zu bemühen, dass dieses Recht ihnen gewährt wird.« Während seiner Anfälle zitierte ihr Vater oft begeistert die Worte eines der führenden Oligarchen aus der Frühzeit des Nizam: »Dieser Zusammenschluss der islamischen Kräfte wird mit Gottes Hilfe die Gesellschaft revolutionieren. Die Geschichte der Zivilisation ist durch eine fixe Idee gekennzeichnet: die wenigen Dekaden, die ein weltliches Leben dauert, erträglich zu machen. All die Kriege, all die Bürokratie, der Kommerz, Gefängnisse, Technologie, Landwirtschaft, Grenzen – alles das für diese Welt. Aber was ist mit der Ewigkeit? Eine Gesellschaft, die gegründet wurde, um mit diesen Werkzeugen der Zivilisation ihre Bürger vorzubereiten – nein, sicherzustellen, dass sie Zugang zur ewigen Lebensqualität des Himmels erhalten: Das ist das wahre Ziel von Staatsführung! Also willkommen, Brüder und Schwestern, im neuen Ägypten, der ersten Gesellschaft, in der das Leben sich nicht um diese Welt dreht, sondern um die Ewigkeit jenseits von Tod und Körper.«

Heute jedoch wiederholte ihr Vater diese Worte nicht. Er rutschte auf seinem Stuhl hin und her und begann, an seinem rechten Daumennagel zu knabbern. Der Staubsauger kam ins Zimmer gefahren und blökte: »Gott weiß alles, Gott sieht alles!«

»Wenn sie gut sind«, brüllte ihr Vater den Staubsauger an, »wenn sie ihre Pflicht tun, meine liebe Frau, wird der Nizam deine Brüder belohnen. Er wird sie nicht im Süden festhalten. So Gott will, werden sie bald genügend Gute-Taten-Punkte anhäufen, und man wird sie in die Mitte zurückbringen.«

Aus Yamens Erinnerungsschüben wurde Donia nicht immer schlau, aber in diesem Fall wusste sie genau, was er meinte. In den frühen Zweitausendzwanzigern hatte der Nizam das Gesetz zur Klassenteilung verabschiedet, das Ägypten in drei Bundesländer aufteilte, die fast lückenlos separiert waren. Die wachsende Mittelklasse der kaufmännisch und religiös Arbeitenden, die den größten Teil der Bevölkerung ausmachten, lebte nach diesem Gesetz in Mittelägypten. Die Oberklasse ließ sich an der Küste Nordägyptens nieder. Die moralisch und sozial Auffälligen wurden nach Südägypten umgesiedelt. Dort befanden sich die drei Brüder von Donias Mutter, sowie der Großteil ihrer Familie.

Yamen richtete sich auf und sprach in dem Ton zu Donia, den er sich für heikle Angelegenheiten aufhob: »Wenn Menschen unterschiedlicher Schichten direkt zusammenleben, ergeben sich Spannungen. Die Lösung war simpel: Trenne die Wohlhabenden von den Besitzlosen. Nicht alle verstehen das, Tochter.«

Ihr Vater lächelte und tätschelte in der Luft die imaginäre Stelle, wo Donias Kopf gewesen wäre, hätte er diese Worte in ihren Kindertagen an sie gerichtet.

Sie stellte den Kaffee vor ihn hin und setzte sich zu ihm. Es war fast wortwörtlich die gleiche Begründung, die ihr Lehrer im Fach

Kritisches Denken, Herr Tafik, für die Massenmigration der Zwanziger gegeben hatte. Sie erinnerte sich deshalb daran, weil es derselbe Tag war, an dem er ihr »einen geheimen Weg nach Nordägypten« zeigen wollte.

Als sie jünger war, wollte Donia unbedingt in Nordägypten leben, einem Land voller Privatautos, goldener Strände, lärmfreier Straßen und Luxusvillen. Sie sah dies in den von der Regierung hervorgerufenen Träumen genauso wie auf Werbeplakaten. Es war immer dieselbe Botschaft: Sei ein guter Bürger, unterstütze die Wirtschaft, sammle Punkte, und auch du kannst dort leben.

Aber es war unmöglich, jetzt wusste sie das. Oft fragte sie sich, ob es die Aussichtslosigkeit des Ganzen war, die ihre Mutter dazu gebracht hatte, sich das Leben zu nehmen. Damals war sie zu jung gewesen, aber heute glaubte Donia, dass ihre Mutter in den Jahren vor ihrem Selbstmord, als Millionen aus Ägypten flüchteten und ihre koptischen Freunde verschwanden, keine Zukunft mehr sah. Donia wusste, dass es zu dieser Zeit eine Vielzahl von Selbstmorden gegeben hatte. Sie wusste auch, dass ihr Vater nach dem Tod ihrer Mutter in Schweigen verfallen war, und darauf folgte die Demenz.

»Habe ich wieder fantasiert?«, fragte er und kniff die Augen zusammen, als sähe er das Licht des Schariatainment-Projektors zum ersten Mal.

Donia lächelte nur schwach.

»Du kommst also gleich nach der Arbeit zurück nach Hause, so Gott will?«, fragte er.

»So Gott will, Baba.«

»Und wie viele Punkte hast du in der letzten Woche angesammelt, Tochter?«

Donias staatlich geprüftes Gute-Taten-Punktekonto wurde jeden Samstagabend auf dem Bildschirm ihrer Gebetskabine angezeigt. In den letzten sieben Tagen hatte sie 642 Punkte erzielt. Das Ergebnis basierte auf der Anzahl ihrer Gebete, der Zeitspanne, während der sie ihren magischen Rosenkranz getragen hatte, und der Häufigkeit ihres Warenkaufs. Hinzu kamen die Punkte der charakterlichen Überprüfungen.

»Etwas über 1000«, log sie. Ihr Vater hatte vermutlich mehr als 8000 erreicht. »Ich hatte eine anstrengende Woche, Baba.«

Ihr Vater schaute ihr in die Augen, als suche er im Weiß um ihre Iris nach dem Makel der Unehrlichkeit. Donia wich seinem Blick aus und holte ein Kopftuch aus ihrer Handtasche. Sie faltete es auseinander und begann, ihr Haar zu bedecken.

»Ist das eines der kommerziellen?«, fragte er neugierig. Als er seine Hand ausstreckte, um das Material zu berühren, ertönte augenblicklich ein durchdringender Piepton. Erschrocken zog er seine Hand zurück. Das Piepen hörte auf. Es stammte von der Kamera mit Bewegungsmelder, die gleich nach dem Tod ihrer Mutter installiert werden musste. Donia kannte die Gebote der Neo-Scharia, nach denen ein Vater und seine Tochter niemals allein sein sollten, damit der Vater nicht durch die inzestuösen Einflüsterungen des Satans in Versuchung geführt würde.

Das letzte Mal, als sie ihren Vater umarmt hatte, war an ihrem ersten Geburtstag nach dem Tod der Mutter gewesen. Kaum hatte sie die Arme um ihn geschlungen, schrillte der Alarm der Kamera los. An diesem Abend erhielt ihr Vater auf dem Bildschirm seiner Gebetskabine eine Verwarnung.

Donia wurde rot, fummelte an ihrem Kopftuch und sagte: »Ja, Baba, es ist ein kommerzielles, ein E-Hidschab.«

Sorgfältig stopfte sie jeden überflüssigen Stoff in ihren Kragen und drückte dann im Schleier einen Knopf. Das Material blinkte auf. Kurz darauf erschienen kleine Logos, die den gesamten Stoff sprenkelten.

»Die Marken ändern sich jede Stunde«, sagte Donia, als sie sah, wie ihr Vater das Tuch anstarrte.

»War es ein guter Kauf?«

»Ich bekomme 30 Punkte und eine Überweisung von 20 Piastern für jede Stunde, die ich das Tuch in der Öffentlichkeit trage.«

Donia waren die Tränen gekommen, als sie ausgerechnet hatte, dass sie den E-Hidschab 860.000 Stunden oder 98 Jahre lang tragen müsste, um sich das Auto ihrer Träume zu kaufen.

»Gut«, sagte Yamen. »Nun lass' uns kurz beten, bevor du zur Arbeit gehst.« Er drückte auf den magischen Rosenkranz, der auf seiner Stirn befestigt war, während Donia ihren aus der Handtasche holte. Er ähnelte einer großen schwarzen Münze, die mit Gummi umhüllt war. In seiner Mitte stand in Goldbuchstaben *Allah*. Zum Rand hin war in etwas kleinerer Schrift *RosenkranzPlus* eingraviert. Sie fuhr die zierliche Inschrift mit dem Daumen nach. Es war der Name ihres Arbeitgebers, einer Privatfirma im Dienst des Ministeriums der Guten-Taten.

Sie presste den Rosenkranz an ihre Stirn, und er klebte auf ihrer Haut wie ein langer Kuss. Die beiden saßen still da, Augen geschlossen, murmelnd. *Gepriesen sei Gott. Gepriesen sei Gott. Gepriesen sei Gott.* Donia versuchte die Worte 33 Mal zu wiederholen, aber nach dem zehnten Mal schweiften ihre Gedanken ab. Als sie es bemerkte, wurde sie noch mehr von der Frage abgelenkt, wie viele Punkte, wenn überhaupt, sie auf ihrem Konto bei der *RosenkranzPlus*-Datenbank wohl gerade erreichte.

Soviel sie wusste, waren die Sensoren des Rosenkranzes so konstruiert, dass sie nach elektromagnetischen Hirnwellen suchten, die mit Gebeten verknüpft waren. Im Schulfach Islamische Psychologie wurde dies als unverwechselbarer Geisteszustand definiert, der »ein Gefühl von Konzentration, Unterwerfung und Hingabe« vereint. Immer wenn die Sensoren einen Funken dieser speziellen Hirnwellen aufspürten, übermittelten sie ein Signal an Donias Firma. Dieses Signal wurde im Gute-Taten-Konto des Betenden als Punkt verzeichnet. Das Ministerium der Guten-Taten verband diese Punkte später mit den Daten aus anderen Quellen wie denen der Gebetskabine. Schließlich gab es den wöchentlichen Befund. Am Tag vor dem Beginn des Ramadan erhielt jeder ägyptische Erwachsene die Jahresanalyse seines Seelenzustandes.

Donia linste nach ihrem Vater, der hoch konzentriert betete. Seine Stirn war zerfurcht, seine Lippen bewegten sich ebenso geräuschlos wie unablässig. Donia erinnerte sich unfreiwillig an seinen letzten Seelenzustands-Report. Er hatte mit den Worten geendet: »Zugang zum Himmel garantiert«.

Ihr eigener Report war nicht entmutigend gewesen: »Hohe Wahrscheinlichkeit« hatte es geheißen. Aber ihr war klar, dass es nur deshalb dort stand, weil der Nizam nicht wusste, was sie getan hatte oder bald tun würde. Sie versuchte, sich auf den Teil ihres Körpers zu konzentrieren, der wie ein Fleck auf der Seele zwischen ihren Schenkeln lag. Aber es ging nicht. Es fühlte sich an, als wolle man ungeschützt direkt in die Sonne schauen. Es war kein blendendes Licht, das sie irritierte, es war Scham. Zuviel stand schon auf dem Spiel. Es gab nur noch eine Chance wieder rein zu werden, trügerisch rein.

Aber das ist das letzte Mal, dachte sie. Unwiderruflich.

5 | Er bestraft, wen er will ⤚⚮⤙

»Was ist die Meinung der Neo-Scharia in Bezug auf Mäuse?«, fragte der Scheich die Zugpassagiere über Lautsprecher. Er gab die Antwort gleich selbst: »Die Neo-Scharia sieht die Maus als Verderber. Es ist erlaubt, sie zu töten. Mäuse setzen Häuser in Flammen und werden vom Satan geleitet. Die Maus ist ein Soldat des Satans ...«

Donia schenkte der aufgebrachten öffentlichen Predigt, die gerade aus tausenden mittelägyptischen Lautsprechern dröhnte, nicht sonderlich viel Aufmerksamkeit. Solange sie sich erinnern konnte, waren solche Predigten normaler Bestandteil des öffentlichen Lebens. Donia schaute aus dem Fenster auf Kairos zerklüftete Silhouette. Der Zug stieg zig Stockwerke hoch und schlängelte sich um einen Turm mit Aussicht auf den Nil. Von dieser Höhe aus konnte sie das Ministerium für Götzenzerstörung sehen, ein niedriges, rotes Gebäude, überspannt von zwei Wolkenkratzern. Donia versuchte, sich die ausländischen Besucher des Gebäudes vorzustellen, als es vor der Gerechten Revolution noch als ägyptisches Museum für Altertümer genutzt wurde. Nun war es nur noch für Angestellte geöffnet, die den Krieg gegen Götzenanbetung koordinierten. Heutzutage, wo Götzen in Mittel- und Nordägypten ausgerottet waren, beseitigten sie die letzten Überreste der götzendienerischen Vergangenheit.

Eine Einheit von Sittenwächtern sauste zwischen zwei Wolkenkratzern hindurch. Die runden, metallicweißen Drohnen erinnerten Donia an gigantische Augäpfel. Die kugelförmigen Körper der SWs wiesen sogar so etwas wie eine schwarze Pupille auf, mit der sie die Welt beobachteten. Nach der Revolution löste der Nizam zwar die brutale Polizei, die Ägypten kontrollierte, auf, aber die SWs wurden noch gebraucht, um ein gewisses Maß an Ordnung aufrechtzuerhalten.

Als sie zehn war, hatte Donia das erste Mal einen SW in Aktion erlebt. Zwei Männer hatten sich einen wilden Faustkampf geliefert. Plötzlich landete eine weiße Maschine neben ihnen. Ihre Beobachtungspupille blitzte blau und rot auf und dröhnte: »ALLAHU AKBAR, ALLAHU AKBAR.« Dann warf sie ein Netz über die Übeltäter.

Donia fragte sich, wohin diese spezielle Einheit wohl unterwegs war. Sie schaute den Flugmaschinen hinterher, wie sie ungehindert durch die Luft glitten.

»Aber die Ungläubigen jenseits unserer Grenzen, die Kuffar ...«, brüllte der Scheich über Lautsprecher. »Sie *verehren* die Schädlinge, sie verehren die Maus und die Ratte. Ihre Kinder sind von ihnen besessen. Und auch wir waren einmal so fehlgeleitet wie sie.«

Der letzte Satz ließ Donia aufhorchen. Sie war gespannt, was nun kommen würde.

»Auch unsere Kinder waren von Kuffarwesen wie Micky Maus und Jerry aus Tom und Jerry besessen. Micky Maus wird in den Kuffar-Ländern angebetet. Ist das nicht unglaublich? *Ist das nicht unglaublich?* Obwohl die Neo-Scharia ihn unter allen Umständen getötet hätte ...«

Donia war sich ziemlich sicher, dass die meisten Nagetiere in Ägypten längst ausgerottet waren, sogar schon bevor der Nil ausgetrocknet war. Sie schaute nach unten auf das Flüsschen, das durch die Stadt plätscherte und erinnerte sich, wie viel breiter und tiefer er noch in ihrer Kindheit gewesen war. Aber laut Nizam hatten die Kuffar den Regen in den Bergen Afrikas zum Versiegen gebracht, und der Nil wurde zu einem Bach.

Als die Predigt des Scheichs sich den Schweinen zuwandte, verlor der Zug an Höhe. Die Aussicht wechselte von glitzernden Glastürmen zu staubigen Mauern in Beige und Grau. Das war die letzte verbleibende Verbindung zum Kairo vor der Zeit des Nizam. Viele der ersten 15 bis 20 Stockwerke stammten noch aus dem vergangenen Jahrhundert. Der Nizam hatte die Fundamente dieser Relikte verstärkt und auf ihnen 100 neue Stockwerke von funkelnder Modernität errichtet. Dies verlieh der Stadt einen starken Kontrast, als wäre die Zukunft den alten, krustigen Samen da unten entsprungen.

Wenige Minuten später stieg Donia am Erlösungsboulevard aus und ging die letzten Schritte zu ihrem Büro zu Fuß. Sie lief auf einem blitzblanken Gehweg und atmete saubere Luft. Der Nizam erinnerte die Öffentlichkeit stets daran, wie umfassend er Ägypten von allen physischen und spirituellen Unreinheiten befreit hatte.

Über die Straßenlautsprecher beschrieb der Scheich nun, wie die Kuffar den Schweinen huldigten. Seine barsche Stimme übertönte das Summen der Magnetschwebebahnen, die die Straße entlang eilten. Als Donia den Boulevard überqueren wollte, gab der Laternenmast neben ihr einen kreischenden Alarmton von sich. Als rieche sie schlecht, gingen mehrere Fußgänger auf Abstand. Sie schaute auf den Kleidungsdetektor, der sich am Laternenpfahl befand und stellte fest, dass sein roter Lichtstrahl direkt auf ihren Kopf wies. Sie räusperte sich und griff an ihr Kopftuch. Eine Haarsträhne hatte sich gelöst. Sie lief rot an, steckte ihr Haar unter das Tuch, und der Alarm ebbte augenblicklich ab.

Während die anderen Fußgänger sich bemühten, ihr nicht zu nahe zu kommen, überquerte sie mit gesenktem Kopf die Straße. Als sie auf der anderen Straßenseite aufblickte, stand sie vor einem riesigen Bildschirm. Auf hellem Grün blinkten in Violett die Worte:

So führt Gott in die Irre, wen er will,
und führt auf dem rechten Wege, wen er will ...
(14:4)

Einen Moment später dann:

Er bestraft, wen er will,
und erweist Barmherzigkeit, wem er will ...
(29:21)

Jenseits des Bildschirms schoss das kolossale Hauptquartier des Nizam, die Mogamma, in die Höhe. Neben Dutzenden anderer Firmen und Behörden belegte dort auch *RosenkranzPlus* drei Etagen. Das monumentale Gebäude hatte die Form zweier gekreuzter Schwerter und huldigte so dem Symbol des Islam. Nachdem in den Zwanzigern die Beziehungen zu Saudi-Arabien eingestellt worden waren, wandte Donia sich beim Beten wie alle anderen Ägypter in Richtung dieses Gebäudes. Immerhin wurde Ägypten im Koran vier Mal erwähnt. Das wusste jeder.

Sie beschleunigte ihren Schritt und ging auf einen der beiden Schwertgriffe der Mogamma zu. Dort wartete sie auf einen Außenaufzug, während der Scheich jeden Ägypter daran erinnerte, dass Schweine – »stinkende, ekelhafte Schweine« – für die Kuffar eine ganz gewöhnliche Mahlzeit waren.

⤙✦⤚

96, 97, 98, 99. Donia setzte das Endergebnis unter den Namen Mohammed Khaled Abdullah. So viele Taten hatte er in den letzten 24 Stunden mit seinem spirituellen Rosenkranz erzielt. Guter Durchschnitt, dachte sie.

Ihre Arbeit bestand im Zählen. In ihrer Rolle als Erfassungsassistentin für Bürger zwischen 35 und 40 kontrollierte sie den Datenbestand, der von *RosenkranzPlus* ausgeworfen wurde. Natürlich konnte das System den Zählvorgang für sie übernehmen und tat es auch, aber nur als Backup. Auf die Computer konnte man sich nicht verlassen, das hatte sie gelernt. Spätestens, seit der Nizam vor einigen Jahren bekanntgab, dass koptische Fundamentalisten sich mit Hilfe von Ungläubigen in Teile des Systems gehackt und hunderttausende Seelenzustand-Reports manipuliert hatten. Ihr Vater war eines der Opfer gewesen. Nie würde sie den Gesichtsausdruck vergessen, als er seinen Report in Empfang nahm, der mit einer Null markiert war.

Sie berührte den Bildschirm, der in ihren Schreibtisch eingelassen war, um nachzusehen, ob ihre Punkte des Vormittags gezählt worden waren. Plötzlich hielt sie inne. Ein vages Gefühl des Unbehagens machte sich in ihr breit. Sie blickte auf und stellte fest, dass ein männlicher Kollege über die Trennwand ihrer Kabine schaute. Er glotze ihre Brüste an, und sogar, als ihm bewusst wurde, dass sie es bemerkte, fiel es ihm schwer wegzuschauen.

Donia war es gewohnt, angestarrt zu werden, ganz gleich, was sie trug. Sie hatte die Sorte Körper, bei dem selbst die sittsamste Bekleidung die erotische Ausstrahlung nicht mindert. Manchmal glaubte sie sogar, dass sie mehr Neugierde auf sich zog, je großzügiger sie sich in lose drapierten Stoff hüllte.

»Friede sei mit dir«, sagte sie und hoffte, dass ihre Stimme seine Aufmerksamkeit auf ihr Gesicht lenken würde. An seinen Namen konnte sie sich nicht erinnern, wusste aber, dass er entweder Mohamed oder Ahmed lautete. Wahrscheinlich Mohamed Ahmed. Mit diesen beiden gesegneten Namen versuchten viele Eltern ihren

Kindern einen Vorsprung von mehreren 1000 Punkten zu sichern, Punkte, die am jüngsten Tag nützlich sein konnten.

»Und Friede mit dir, Amme«, antwortete er heiser. Übergangslos schien er sich für die Beschaffenheit seines Bartes zu interessieren. Auf der Stirn trug er seinen magischen Rosenkranz. Donia hatte ihren natürlich auch auf.

Der Mann war höher gestellt als sie, wie hoch genau, wusste sie nicht. Er lächelte, kam um die Trennwand herum und setzte sich auf einen niedrigen Stuhl, der Schritt seiner Hose war ausgebeult.

»Das ist ein attraktives Kleidungsstück, möge Gott es für dich hüten«, platzte ihr Kollege heraus, als habe er endlich eine tugendhafte Ausrede für sein Starren gefunden.

Donia schaute an sich herab. Das Material ihres schlabberigen Pullovers konnte Farben und Formen wechseln. Es sollte von ihren Kurven ablenken, was offensichtlich nicht ganz gelang. Die Worte *Allah ist mein bester Freund* verwandelten sich gerade in knallig-gelbe und schreiend-rosarote Flecken.

»Vielen Dank. Er gehört dir.«

Sie wurde rot. Wenn man ein Kompliment für einen Gegenstand bekam, war es üblich, ihn als Geschenk anzubieten. So bewies man Großzügigkeit. Obwohl das Angebot selten ernst gemeint war oder ernst genommen wurde, wusste sie nie, wie man sich verhalten sollte, wenn der fragliche Gegenstand ein wenig unpassend war – wie ein Frauenpullover für einen Mann. Doch der Mann, der entweder Mohamed oder Ahmed hieß, lächelte nur und sagte: »Vielen Dank, möge Gott dich belohnen, Amme.«

Zwischen ihnen entstand eine zunehmend unangenehme Stille. Die Tatsache, dass ein Mann ohne ersichtlichen Grund an ihrem Arbeitsplatz saß, war schon schlimm genug, also suchte sie verzweifelt nach irgendwelchen Worten.

»Der menschliche Fuß hat 26 Knochen«, murmelte sie.

»Wie bitte?«

Genau in diesem Moment näherte sich ein Service-Bot ihrer Kabine. Koranzitate plärrten aus seinem Inneren. »Tee oder Kaffee?«, leierte er. Sie ignorierten ihn.

»Möge Gott dich belohnen, habe ich gesagt«, rief Donia über den Lärm hinweg.

Der Mann lächelte wieder, erhob sich zögerlich und sagte: »Gott möge dich auch belohnen, Amme.« Während der Service-Bot sich zum nächsten Arbeitsplatz bewegte, brach auch er auf.

Die Anrede war kein Versehen gewesen. An ihrem ersten Arbeitstag bei *RosenkranzPlus* hatte sie diesen Kollegen gestillt. Genau genommen hatte sie jeden einzelnen ihrer 84 männlichen Kollegen gestillt, vom Chef bis zum Assistenten.

Damals war sie frisch von der Universität gekommen und hatte ihr Examen mit mittelmäßigen Noten im Hauptfach Gebetsüberwachung abgelegt, ein Fach, das sie auf Wunsch ihres Vaters gewählt hatte. An ihrem ersten Bürotag brachte eine Kollegin sie hinter eine dünne Wand mit einem kleinen Loch. Sie wurde gebeten, eine Brustwarze durch das Loch zu stecken. Von der anderen Seite der Wand saugte dann jeder männliche Angestellte daran. Technisch gesehen konnte sie ohne Milch keinen von ihnen stillen, aber die Männer tranken einen symbolischen Schluck Milch, gleich nachdem sie ihren Mund von der Brust entfernt hatten.

Als sie an jenem Tag zu Hause ankam, kratzte sie sich so lange, bis ihre Brust jedes Gefühl verloren hatte. Sie brauchte Wochen, um bei der Erinnerung nicht mehr zu erschauern. Das Schlimmste aber war, dass sie und alle anderen Frauen diese Prozedur immer dann wiederholen mussten, wenn ein neuer Kollege eingestellt wurde. Es hieß, dies sei eine raffinierte Lösung für das Problem, wenn Männer und Frauen auf engem Raum zusammenarbeiteten, besonders bei Spätschichten. Man erklärte Donia, der Akt des Stillens bringe die Männer dazu, ihre Kolleginnen nur als Ammen zu betrachten. In diesem Sinn war sie die Amme aller Männer hier, rechtschaffener Männer, die wohl kaum ihrer Amme nachstellen würden. So jedenfalls sah es der Nizam.

Während sie verfolgte, wie ihr Kollege zurück an seinen Arbeitsplatz ging, versuchte sie, sich an den Ursprung dieses Rituals zu erinnern. Sie wusste, dass es irgendwie auf den Propheten zurückging. Die Tochter von Suhail, so hieß es, beklagt sich beim Propheten darüber, dass ein befreiter Sklave in ihrem Haushalt in die Pubertät gekommen ist und nun »versteht, was Männer verstehen«. Der Prophet antwortet darauf: »Stille ihn und du wirst unantastbar für ihn werden.« Sie tut es, und das, was im Herzen des jungen Mannes gewesen ist, verschwindet.

Donia war sich ziemlich sicher, dass das, was sich im Herzen ihres Kollegen abspielte, gewiss nicht verschwunden war. Sie verdrängte diesen Gedanken und widmete sich wieder dem Bildschirm, um ihr persönliches Konto aufzurufen. Das war zwar nicht gegen die Regeln, aber auch nicht gern gesehen. Sie zählte die schwarzen Punkte unter ihrem Namen zusammen. 13. So viele Punkte hatte sie heute Morgen gesammelt, als sie zusammen mit ihrem Vater den magischen Rosenkranz betete. Sie wollte gerade ihr Konto schließen, als sich wieder das unaussprechliche Bild vor ihr inneres Auge drängte. Ohne dass sie etwas dagegen tun konnte, sah sie sich wieder im Gebet, während derselbe feiste Mann mit dem gehörnten Schädel sie gewaltsam von hinten nahm. Sie kniff die Augen zusammen und fühlte, wie eine Welle der Hilflosigkeit durch ihren Körper schwappte.

Als Gefühl und Bild sich in irgendeine dämonische Ecke ihres Unterbewusstseins verkrochen hatten, wollte sie ihr Konto löschen und wieder zurück an die Arbeit gehen. Doch irgendetwas hielt sie davon ab. Ein zusätzlicher Punkt war gerade gutgeschrieben worden. Sie schnappte nach Luft und fasste vorsichtshalber an den Rosenkranz auf ihrer Stirn. Nur einen Augenblick zuvor hatte das unaussprechliche Bild ein Gefühl verzweifelter Hilflosigkeit in ihr ausgelöst. Wie konnte ein so abscheulicher Gedanke als gute Tat gewertet werden?

6

Das Problem
mit der Lichtgeschwindigkeit

Ostaz Mukhtar war gerade gewalttätig geworden. Sein Psychiater lag neben ihm auf dem Fußboden, bewusstlos, Gesicht nach unten. Ostaz hockte daneben und rieb sich die Hände. Sein Atem ging schwer, aber er gönnte sich ein amüsiertes Lächeln.

Er drehte den Körper um und sah die fast perfekte Kopie seines eigenen Gesichts, das ihn unverwandt anstarrte. Inzwischen hatte er sich an diese Scharade gewöhnt. Er bestand stets darauf, dass die Kopie seines zurückweichenden Haaransatzes bei dem Psychiater etwas fortgeschrittener war, aber davon abgesehen wies er Ostaz' elegante römische Nase auf, die sich über einem sauberen, maskulinen Schnauzer erhob. Der Hautton hatte eine beige Färbung, die sich trotz seines blassen Typs infolge von 40 Jahren intensiver Sonneneinstrahlung eingestellt hatte.

»Wird schon wieder, mein Hübscher«, tröstete er den bewusstlosen Psychiater. Er betrachtete den Körper, der in einem grauen Anzug mit roter Fliege genau wie sein eigener aussah, und wartete darauf, dass der Mann wieder zu sich kam.

Ostaz hatte ihn gekitzelt, bis er ohnmächtig wurde. Und das nicht zum ersten Mal.

Das Zimmer, in dem sie sich befanden, wies eine beträchtliche Büchersammlung auf, einige bedeutend anmutende Gemälde und kleine hölzerne Artefakte, von einem winzigen Flusspferd bis hin zu einer nackt Geige spielenden Dame. Es sollte genauso aussehen, wie Ostaz sich das Behandlungszimmer eines Psychiaters vorstellte, obwohl er in Wahrheit nie zuvor in einem gewesen war. Dennoch musste er zugeben, dass der Geruch alter Bücher und die Anmutung von Eichenholz es ihm stets erleichterten, sich zu entspannen und zu öffnen. Hier war es viel gemütlicher als im Rest des klinisch sauberen, blendend weißen und gänzlich unpersönlichen Raumschiffs, in dem er die letzten drei Jahre seit seiner Entführung verbracht hatte.

»Ich bitte dich, das ist keine Entführung«, hatte der Psychiater gesagt, als Ostaz ihm zum ersten Mal vorgestellt wurde. »Ehrlich, du wirst hier eine Menge Spaß haben.«

»Spaß? *Spaß?* Eine Bauchtänzerin, die sich zurücklehnt und auf ihren Brüsten Schnapsgläser balanciert, *das* ist Spaß. *Dies* hier ist Kidnapping, dies ist Professorennapping! Ich bin Philosoph, verdammt noch mal! Und momentan bin ich ausgesprochen skeptisch.«

Seine erste Woche im Raumschiff hatte Ostaz damit verbracht, anstelle der delikaten französischen Cuisine, die ihr Nahrungsnachahmer hervorbrachte, Koshari zu verlangen.

»Was ist Koshari?«, wollte der Psychiater wissen.

Ihre Ignoranz hatte ihn wütend gemacht. Ostaz, dem man während seiner ersten Woche auf dem Schiff die *leichte Geistesstörung eines Homo sapiens* attestiert hatte, rannte in einem der Kontrollräume nackt auf und ab: »Es ist nur die größte kulinarische Erfindung in der Geschichte der Kochkunst«, brüllte er. »Deutlich eindrucksvoller als der ganze europäische Unsinn. Ich rede von Reis, Linsen, Makkaroni, Salsa, frittierten Zwiebeln, Kichererbsen – alles in einem! Es zu sich zu nehmen ist ... wie Sex mit einer Frau und ... und gleichzeitig Heidegger lesen. Es ist eine existenzielle Besonderheit!«

Ostaz brauchte mehrere Treffen mit dem Psychiater, einem »Menschenanalytiker«, bevor er akzeptierte, Sitzungen mit jemandem zu haben, der aussah wie er selbst – nein, mit irgendeinem *Ding*, einem *Ding*, das, abgesehen von der Fähigkeit sein Aussehen anzunehmen, »in Wirklichkeit nichts als eine Ansammlung kluger Partikel« war. Jedenfalls bezeichneten sie es genau so, der Psychiater und der Rest der Crew, die vor Ostaz stets mit dem Aussehen eines Durchschnittsmenschen erschienen.

»Du würdest nichts erkennen, Ostaz«, hatte der Psychiater ihm erklärt, als er darauf bestand, ihre wahre Form zu sehen. »Davon abgesehen kann ich dir versichern, dass es am leichtesten ist, sich gegenüber jemandem zu öffnen, der aussieht wie man selbst. Wir haben deine Spezies lange studiert und festgestellt, dass euch der Narzissmus im Blut liegt. Besonders in deinem. Menschen umgeben sich gerne mit Menschen, die ihnen ähnlich sehen und eine ähnliche Vergangenheit haben. So fühlen sie sich sicher und aufgehoben. So wird es dir auch ergehen, wenn du mit einer Kopie deiner selbst sprichst.«

Und sie hatten recht. Die Ilmani – die Union der Extraterrestologen der Milchstraße –, wie sie sich gerne nannten, hatten bei einigen Dingen durchaus recht. Schon nach wenigen Treffen mit dem Psychiater, den er ironisch »Anmut« nannte, da die Ilmani mit Namen nichts anfangen konnten, redete er wie ein Wasserfall, unfähig, seinen Mitteilungsdrang im Zaum zu halten.

Ganz gleich, worüber sie in diesen ersten Tagen sprachen, unweigerlich fragte Ostaz, wann man ihn endlich zurückschicken würde. Aber Anmut antwortete stets: »Zu gegebener Zeit.«

Als er dies zum 19. Mal hörte, griff Ostaz sich seinen Psychiater und schrie: »Sag mir: wann?« Ostaz hatte ihn am Arm gepackt, um ihn aus lauter Frustration zu schütteln, aber Anmut zog geschickt seinen Arm weg. Dabei landeten Ostaz' Hände zufällig auf Anmuts Flanken. Was wie eine Prügelei begonnen hatte, endete als unbeabsichtigtes Kitzeln.

Sehr zu seiner Verblüffung verlor Anmut auf der Stelle das Bewusstsein. Sie mochten praktisch allmächtig sein, die Ilmani, aber wenn sie sich in menschlicher Form zeigten, schien der Impuls des Kitzelns bei ihnen eine Art Kurzschluss auszulösen.

Ostaz besaß nun eine Waffe, und bei Gelegenheiten wie heute – drei Jahre im Raumschiff – machte er Gebrauch davon.

»Wie deine Gattung es je fertiggebracht hat, das Rad zu erfinden, ist mir ein Rätsel«, keuchte Anmut, nachdem er wieder bei sich war, klar im Kopf, aber sichtlich irritiert. Ostaz studierte sein Gesicht.

Es zeigte genau den verkaterten Anblick, den er nach einer Nacht voller Cognac-Genuss am nächsten Morgen im Spiegel vor sich sah.

»Ich habe dich gewarnt, Anmut«, sagte Ostaz. Er schmiss sich auf die Chaiselongue und verschränkte die Arme. »Wenn ich die Formulierung ›zu gegebener Zeit‹ noch einmal höre, raste ich aus.«

»Nein, Du sprechender Affe. Ich habe nicht gesagt ›zu gegebener Zeit‹, sondern ›bist du bereit?‹ Das heißt: bereit zurückzukehren? Also konzentriere dich. Wir haben etwas von größter Wichtigkeit zu besprechen.« Ostaz' Abbild blätterte in seinen Notizen. »Mal sehen, du bist seit 1089 Tagen bei uns. Wie geht es dir damit?«

»1089 Tage ohne Koshari«, murmelte Ostaz.

»Ach, die Koshari-Sucht.«

»Ja, die Koshari-Sucht! Ihr habt die Technologie, mich durch die gesamte Galaxie zu jagen, ihr seid unempfindlich gegenüber Hunger und Krankheit, ihr habt ein Erinnerungsvermögen, das Elefanten senil aussehen lässt, und doch könnt ihr mir nicht dieses Gericht zukommen lassen.«

»Nun ja, vergib, dass wir versucht haben, dich mit den größten Köstlichkeiten deines Planeten zu verwöhnen. Abgesehen von dieser Fixierung: Was in deiner Zeit bei uns hat dich am meisten beeindruckt?«

Ostaz legte die Hände in den Nacken und brummte. »Wo soll ich anfangen? Als ihr mich 40 Erdentage lang auf diesem verfluchten Wüstenplaneten alleingelassen habt?«

»Du hast gesagt, es wäre eine aufschlussreiche Erfahrung gewesen.«

»Um zu überleben, musste ich meine eigene Pisse trinken!«

»Schon gut, wir kommen später noch einmal darauf zurück. Lass' uns darüber reden, wie die Gefühle zu deiner Heimat sich verändert haben. Wie denkst du über Ägypten?«

Ostaz zog die Augenbrauen hoch. Seit vielen Monaten hatten sie Ägypten nicht mehr erwähnt, sich sogar geweigert, ihm zu erzählen, was dort geschah. Sie hatten stets versprochen, dass er zurückkehren würde, aber nie, wann genau. Zu seinem eigenen Erstaunen passte ihm das ganz gut in den Kram. Wenn man mit den Ilmani durch die Galaxie reiste, war es schwer, sich Gedanken über die Rückkehr zur Erde zu machen. Sicher, es gab den gelegentlichen Anfall von Einsamkeit, aber das konnte einem auf der Erde auch passieren.

»Ich würde wissen, was ich über Ägypten denke, wenn ihr Bakterienwesen mir erzählt hättet, was dort in den letzten drei Jahren passiert ist. Ihr habt mich in der Nacht vor meiner Gerichtsverhandlung mitgenommen, mitten in etwas, das nach Revolution roch. Aufstand, Brandstiftung, Mord – der Sturz der Monarchie lag in der Luft.«

»Und wie fandest du das?«

»Zwiespältig, um ehrlich zu sein. Du weißt, dass ich von privilegierter Herkunft bin. Kurz nach dem Krieg zogen meine Eltern vom Land nach Kairo und nahmen dort sofort ihren Platz in der gut ausgebildeten kosmopolitischen Klasse ein. Sie nennen den König beim Spitznamen. Andererseits ist der König – diese ganze Operettendynastie – furchtbar korrupt. Und so viele leben in schrecklicher Armut.«

»Hmm«, machte Anmut. »Was vermisst du am meisten, wenn du an dein Leben in Ägypten denkst?«

Ostaz rutschte auf der Chaiselongue weiter nach vorn und musterte die Zimmerdecke. Mit Daumen und Zeigefinger strich er seinen Schnauzer glatt, während er versuchte, sich an das Leben zu erinnern, bevor er durch die Galaxie segelte.

Normen in Frage stellen, dachte er. Das war alles, was er tat – das und, wichtiger noch, andere Leute dazu aufzufordern, sie ebenfalls in Frage zu stellen. Nie fühlte er sich lebendiger. Die Fähigkeit, sogar die fundiertesten Erkenntnisse zu bezweifeln, war ihm während der Pubertät wie eine Superkraft zugefallen. Er konnte sich noch genau an den Tag erinnern. Fast Mitternacht, er war zwölf gewesen. Seine Mutter ermahnte ihn, ins Bett zu gehen.

»Mit welchem Recht?«, hatte er gefragt.

»Mit welchem Recht? Ich bin deine Mutter und fordere dich auf, ins Bett zu gehen.«

»Heißt das, ich muss alles tun, was du sagst? Heißt das, Kinder sollten immer tun, was ihre Eltern sagen?«

»Ja.«

»Immer?«

»Ja.«

»Was, wenn du mir sagst, ich soll aus dem Fenster springen?«

»Das werde ich nicht.«

»Aber wenn du es tätest? Es gibt viele Eltern auf der Welt, die ihren Kindern schreckliche Dinge befehlen, Stehlen und Schlimmeres. Sollten sie trotzdem gehorchen?«

»Das ist etwas anderes.«

»Aha! Du gibst also zu, dass es Ausnahmen gibt?«

Seine Mutter knallte ihm eine.

Aber es war zu spät. Ostaz wurde süchtig danach, über etwas zu streiten, über irgendetwas zu streiten. Als er älter wurde, begriff er, dass diskutieren und die Ansichten der Leute in Frage zu stellen seine Art war, sich anderen verbunden zu fühlen. In letzter Konsequenz bedeutete seine Liebe zur Auseinandersetzung, dass er sich bei der Karriereplanung zwischen Jura und Philosophie entscheiden musste. Am Ende hatte er einen Abschluss in beiden Fächern. Hauptsächlich faszinierte es ihn, die letzten Dinge in Frage zu stellen. Am meisten aber vermisste er es, seine Studenten darin zu unterrichten, es ihm gleichzutun.

»Mir fehlt wohl das Unterrichten«, teilte er Anmut mit. »Mein Vater war schon vor meiner Geburt scharf darauf, dass aus mir ein Akademiker würde. Ich sollte mein Leben der Wissenschaft widmen und andere zum Denken bringen. Er war so versessen darauf, dass er mich tatsächlich Ostaz nannte.«

»So bezeichnete man Professoren?«

»Ja. Meine Studenten nannten mich Ostaz Ostaz. Professor Professor.« Er seufzte und zeigte mit anklagendem Finger auf Anmut. »Ein Teil von mir kann es gar nicht erwarten, eine Vorlesung über die Moral der Entführung zu halten, besonders wenn sie unter dem Deckmantel von ›guten Absichten‹ daherkommt.«

»Vernehme ich da einen Rest Feindseligkeit, Ostaz Ostaz? Wir haben dir haarklein erläutert, wie viel Arbeit wir in die Erforschung unseres Themas investiert haben. Wir wollten jemanden, der ein paar Sachen über deinen Planeten weiß. Und sein Verschwinden sollte nicht allzu viel Aufsehen erregen. Einen jämmerlichen vierzigjährigen Junggesellen ohne Familie, ohne Eltern, ohne Partnerin, aber mit leicht skandalöser Karriere würde man kaum vermissen, nicht wahr?«

»Du sagst das nur, weil eure blöde Studie nicht die Gefühle der leichten Mädchen in den Cabarets berücksichtigt hat. Egal, ich war ein absolut glücklicher Mann, vielen Dank auch. Habe ich in manchen Nächten zu viel getrunken? Vielleicht. War ich der verdammt beste Philosophieprofessor, den die verdammte Universität je hatte? Sicher. Und ihr habt all dem ein Ende gemacht.«

Anmut überlegte nur kurz: »Wir können das wiedergutmachen«, sagte er.

»Ihr wollt die Zeit zurückdrehen?«

»Nicht ganz, aber wir sind bereit, dich zurückzuschicken.«

Ostaz' Herz flatterte. Er setzte sich auf und zog die Knie an. »Willst du mich veralbern, Anmut?«

»Nein, wir wollen, dass du nach Ägypten zurückkehrst. Dort sollst du deine ausgezeichneten intellektuellen Fähigkeiten mit den – sagen wir mal – außerordentlichen Dingen verknüpfen, die du bei uns gesehen hast, und deinen Landsleuten einen echten Augenöffner servieren. Wie wäre es damit?«

»Du meinst, ich soll mich freiwillig ins Irrenhaus einliefern?«

»So in etwa. Für den Fall, dass irgendetwas schiefläuft, würden wir selbstverständlich ein Auge auf dich haben. Das sind wir dir schließlich schuldig.«

Ostaz schwieg. Ob das sein Ernst war? War das immer schon ihr Plan gewesen – ihn zurückzuschicken um zu »ermessen«, welchen Einfluss er auf Ägypten habe, auf die Welt?

»Du musst allerdings wissen«, fuhr Anmut fort, »dass die Dinge sich ein wenig verändert haben, seit du fort bist. Du hast recht, es gab eine Revolution. Mehr als eine, genaugenommen. In der Nacht, in der wir dich geholt haben, gab es sogar einen Militärputsch. Die Monarchie ist Geschichte, Ostaz. Aber die Republik, die sie ersetzt hat, ist nicht gerade das, was viele erwartet hatten. Unglücklicherweise herrschen neben vielen anderen Dingen Betrug und Korruption noch immer.«

»Und was erwartet ihr nun von mir? Was soll ich dagegen tun?«

»Nichts, außer uns mitzuteilen, was du darüber denkst. Besonders, was die Religion betrifft.«

»Religion? Warum das? Ich habe die Galaxie bereist, habe buchstäblich in ein schwarzes Loch gepinkelt, habe Supernovae gesehen – warum soll ich mich um Religion scheren?«

»Sag du es mir.«

Ostaz kratzte sich ausgiebig am Kopf. »Ich hatte mit Gott nie viel am Hut. Geborener Muslim, aber gelernter Junggeselle, wie ich gerne sage. Die beiden Sachen passen nicht zusammen. Wie jeder gute Junge habe ich mir den Koran eintrichtern lassen, und er steckt mir irgendwie noch in den Knochen. Ich benutzte ihn aber eigentlich nur, um meinen intellektuellen Sparringpartnern zu Hause etwas entgegenzusetzen. Das ist alles nur ein Haufen ...«

Er hielt einen Moment inne, sagte dann: »Wenn ich an irgendetwas glaube, dann wäre es so etwas wie ›Fremdartigkeit‹, ja, kosmische Fremdartigkeit. Bis dahin etwa reicht meine Vorstellung von Gott.«

Anmut nickte. »Wir glauben, dass der Ort, an den wir dich zurückschicken, an diese Fremdartigkeit erinnert werden sollte.«

»Der Ort, an den ihr mich zurückschickt?«

Anmut räusperte sich. »Die Dinge haben sich etwas stärker verändert als du glaubst, Ostaz. Unorthodoxe Überzeugungen werden noch weniger toleriert, fürchte ich. Kein Muslim zu sein, ist jetzt eine gefährliche Option. Alle Kopten und Liberalen sind entweder emigriert oder zu etwas konvertiert, das zumindest wie Frömmigkeit aussieht.

Ostaz winkte ab. »Das ist doch Unsinn.«

Anmut schüttelte nur den Kopf.

»Das kann nicht sein«, beharrte Ostaz. »Wie sollte so etwas in drei Jahren passieren? Warum sollte 1955 sich so stark von 1952 unterscheiden? Was für eine verrückte Revolution soll das denn sein?«

»Nun ja, da wäre noch etwas. Seit wir dich aufgelesen haben, sind wir kreuz und quer durch die Galaxis geflogen. Dabei mussten wir mehrfach beinahe bis zur Lichtgeschwindigkeit beschleunigen.«

»Und?«

»Und sich so nahe an der Grenze zur Lichtgeschwindigkeit zu bewegen, hat einen gewissen Einfluss auf die Zeit. Du hast vielleicht von deinem Erdenbruder Albert Einstein und seiner Relativitätstheorie gehört.«

»Ja, ich weiß alles über die spezielle Relativitätstheorie«, brüstete sich Ostaz.

Anmut rutschte auf seinem Stuhl hin und her.

Ostaz sprang auf. Er warf die Arme in die Luft und fuhr sich durchs Haar. »Die Zeit auf der Erde ist viel schneller vergangen, nicht wahr? Nicht *wahr*?«

»Oder etwas langsamer für dich«, legte Anmut ihm nahe.

Ostaz begann auf und ab zu gehen. Er erinnerte sich. Einsteins verdammtes Gedankenexperiment. Schicke einen Zwilling in den Weltraum und schleudere ihn nahezu in Lichtgeschwindigkeit herum. Hole ihn zurück, und wegen irgendeiner Laune der Natur ist er im Weltraum weniger gealtert als sein Zwillingsbruder auf der Erde.

»Ostaz, beruhige dich, es ist nicht so viel.«

»Wie viel?«

»Nur 100 Jahre oder so.«

Die Luft in Ostaz' Lunge wurde zu Eis. Er konnte weder aus- noch einatmen. Dann setzte die Wut seine Atmung wieder in Gang. Seine Nasenlöcher bebten, als würden sie jeden Moment Feuer speien. Physik hatte er schon in der Schule gehasst, und nun hatte sie sein Leben ruiniert.

Anmut zeigte den Gesichtsausdruck, den Ostaz zur Schau trug, wenn ihm einer seiner nächtlichen Damenbesuche zufällig auf der Straße begegnete – eine der Frauen, die er nicht zurückgerufen hatte. Es war ein beschämter, versuchsweise tröstender Blick.

»Es ist nur 2048«, sagte Anmut und fügte schnell hinzu: »Also eigentlich nicht mal 100 Jahre.

Irgendwie ließ diese Tatsache Ostaz' Wut augenblicklich abklingen.

»Mach es rückgängig«, sagte er. »Wenn wir schneller als die Lichtgeschwindigkeit sind, können wir die Zeit auch zurückdrehen. Geht die Theorie nicht so? Bring mich zurück in meine Zeit, bitte.«

Anmut lächelte schräg, drehte seine Handflächen nach außen und sagte: »Ich fürchte, das können wir nicht machen.«

Es hatte keinen Zweck, zu widersprechen. Ostaz kannte diesen Ton. Es war derselbe, den er anschlug, wenn etwas ganz außer Frage stand. Zähneknirschend blieb ihm nur noch Vergeltung. Es war eine Rache ganz aus dem Bauch heraus. Er atmete tief ein, rieb sich die Hände und näherte sich Anmuts Brustkorb.

Anmut fiel wieder in Ohnmacht.

7 | Eine wichtige Bekanntmachung ✐✐

Der Ruf vom Dach der Moschee hörte sich anders an.

Er hallte durch das ganze Büro und vibrierte in Donias Brustkasten. Aber nicht die Lautstärke war anders, es waren die Worte. Donia hörte sie nur einmal im Jahr. Sie forderten die Menschen nicht nur auf, innezuhalten und sich für das Mittagsgebet bereitzuhalten, sondern auch nach draußen zu gehen und zu wählen. Sofort.

In den letzten beiden Tagen hatte Donia sicher 100.000 Taten gezählt. Um 100 zu zählen brauchte sie etwa eine Minute, das machte an einem normalen Arbeitstag fast 50.000. Und die Tage vor der großen Nationalwahl waren immer lang, weil alle Bürger inständig um Beistand beteten, Gebete, die Donia und ihre Kollegen prüfen und verbuchen mussten.

An Tagen wie diesen zählte Donia selbst noch nach dem Verlassen des Büros. Sie zählte, wieviele Schritte sie vom Aufzug bis zu ihrer Haustür brauchte, wie oft sie kaute, bevor sie schluckte, wie viele Sekunden das Pinkeln dauerte. Es war ein Zwang, bei dem sich ihr Gehirn anfühlte, als fehle ihm jeder Sauerstoff. Sogar wenn sie sich dazu brachte, aufzuhören, ertappte sie sich dabei, zu zählen, seit wie vielen Sekunden sie aufgehört hatte zu zählen. Tröstlich immerhin, dass sie am Tag nach der Wahl frei hatte.

Sie musste sich beeilen, und sie würde ihren Vater wegen ihrer späten Rückkehr belügen müssen. Heute war die letzte Chance, ihren Körper auf die bevorstehende Hochzeitsnacht vorzubereiten.

Sie zählte gerade die Taten eines Mannes namens Mohamed Hamouda Ahmed, als der Ruf zur Wahl ertönte. Sie war bis 638 gekommen, aber jetzt musste sie aufhören. Ihre Kollegen hasteten schon zum Aufzug.

Anstatt sich einzureihen, ging Donia in die entgegengesetzte Richtung zur Damentoilette. Sie wollte ihre Waschungen nicht in den notorisch schmutzigen öffentlichen Gebetskabinen der Moschee verrichten.

51 Schritte bis zur Toilette. Dort nahm sie ihren Schleier ab und drehte das Wasser auf. Als sie sich die Hände wusch, hörte sie die Spülung einer Toilette. Aus der Kabine trat eine Frau, die Donia als die Kollegin erkannte, die ihr am ersten Tag hier geholfen hatte, sich zu orientieren.

Donia wusste nicht genau, wo sie arbeitete, nur dass sie eine ältere verheiratete Frau namens Rana war.

»Friede sei mit dir«, sagte sie. Schwerer, blumiger Parfümduft umwehte sie. Ihr unmöglich enger Schleier saß wie an die Kopfhaut geklebt.

»Wie geht es deinem Vater?«, fragte Rana beim Händewaschen.

»Wie geht es deinem Mann?«, antwortete Donia prompt.

»Gepriesen sei Gott«, sagten beide im Chor.

»Ich dachte, alle wären schon weg«, bemerkte Donia. »Wir sollten uns beeilen.«

»Leider verbietet mir mein Körper heute zu wählen«, sagte Rana. Donia wusste sofort, was sie meinte. Menstruierende Frauen durften nicht wählen, eine Einschränkung, die sie angesichts des Wahlprozesses verständlich fand.

»Aber so Gott will, begleite ich dich raus«, sagte Rana. »Bei der Wahl sind die Straßen immer ein Erlebnis. Ich muss nur noch eben meine Tasche holen, bevor wir gehen.« Sie seifte energisch ihre Hände ein, was feuchte Schmatzgeräusche erzeugte.

Donia fiel ein schwarzes Tattoo an ihrem Handgelenk auf. Es zeigte die Silhouette von Kairos Skyline, gekrönt von einem Halbmond, der einen Stern umspannte: das Emblem des Nizam. Konvertierte Kopten trugen dieses Bild häufig, um das kleine Kreuz zu überdecken, das zuvor ihr Handgelenk geziert hatte. Aber Donia war sich ziemlich sicher, dass Rana immer eine Muslimin gewesen war, schon als Fötus, falls das möglich wäre.

Donia legte ihr Kopftuch wieder an, dass nicht ein einziges Haar herauslugte. Auf dem E-Hidschab flackerte nun das Nike-Logo und der Slogan: *Wenn Gott will – just do it!*

Kurz darauf eilten sie durch die menschenleeren Flure. »Seit ich volljährig bin, habe ich noch nie eine Wahl verpasst«, sagte Donia. »Machst du dir Sorgen, weil du diesmal nicht darfst?«

»Gottes Wille ist Gottes Wille«, antwortete Rana. Am Ende eines engen, dunklen Flurs erreichten Donia und Rana den Raum der Unreinen. Die Tür stand halb offen, und innen sah man eine Handvoll Kolleginnen, die auf Bildschirme starrten. Rana trat ein, um ihre Tasche zu holen.

Insgeheim hasste Donia die Bezeichnung »unrein«, wenn sie einmal im Monat mit einem guten Dutzend anderer Frauen hier eingesperrt war. Und doch schämte sie sich für solche Gedanken. Die Koranworte des 222. Verses der zweiten Sure kamen ihr instinktiv als Rechtfertigung in den Sinn: *Sie fragen dich nach der monatlichen Regel. Sprich: »Sie ist ein Leiden. Darum meidet die Frauen, während sie die Regel haben, und nähert euch ihnen nicht, bis sie rein sind!«*

Donias Buch der Fakten hatte ihr eine unverhoffte Information geliefert: *Die moderne Frau hat in ihrem Leben durchschnittlich 450 Mal ihre Periode. Bei ihren Vorfahren trat sie nur 160 Mal auf.* Weil man heutzutage länger lebte, oder waren sie früher unverdorbener, fragte Donia sich? Doch schon stand Rana neben ihr, und sie liefen zum Fahrstuhl, der sie zum menschenleeren Boulevard der Unterwerfung brachte. Alle waren längst in den Moscheen.

Konkurrierende Predigten dröhnten verzerrt aus diversen Lautsprechern. Donia hielt sich die Ohren zu, der Stoff ihres E-Hidschab dämpfte den Krach nur wenig. Sie winkte Rana zu, und überquerte die leere Straße, die zur Moschee führte. Als sie den schmalen Gehweg in der Mitte des Boulevards erreicht hatte, blieb sie stehen und schaute hoch. Der Anblick über ihr löste ein Déjà-vu aus. Als sie sich fragte, warum – sie hatte diese Straße schon tausende Male überquert –, wurde ihr klar, dass sie in Wahrheit das Gegenteil eines Déjà-vus empfand. Sie betrachtete etwas sehr Vertrautes, nur kam es ihr vor, als sähe sie es zum ersten Mal.

Überall um sie herum wurden riesige Werbeanzeigen auf die Hochhäuser projiziert. Die Anzeigen leuchteten in allen Farben und flogen von Fassade zu Fassade. Viele stellten Waren zur Schau, die weit außerhalb der Möglichkeiten eines Mittelägypters lagen: Diamanten, Hovercars, Heimroboter, Immobilien in Nordägypten.

Wer konnte sich das leisten? Urplötzlich erfüllte ihre geschärfte Wahrnehmung sie mit fast philosophischer Unruhe. Es war, als spräche die Stadt eine Sprache aus kryptischen Farben, als versuche sie, ein schreckliches Geheimnis zu verbergen. Aber außer ihr war niemand da, der zuhörte. Und sie verstand die Botschaft nicht, wurde aber das Gefühl nicht los, dass nichts war, wie es schien. Nur eines war ihr jedoch jetzt absolut klar. Ägypten zu verlassen. Je früher, desto besser.

Ihr meditativer Moment endete abrupt, als die Lautsprecher verkündeten: »Das ist die Wahrheit des allmächtigen Gottes.« Sie wusste, dass ihr jetzt nur noch wenige Augenblicke blieben, bevor der Scheich mit dem Gebet zur Wahl begann. Sie blickte noch einmal zu den Werbebotschaften hoch und dachte: Der Ruf der Moschee und der Ruf des Einkaufszentrums. Dann drehte sie sich um und las auf dem enormen Bildschirm:

Er bestraft, wen er will,
Und erweist Barmherzigkeit, wem er will ...

Sie rannte los.

Die Moschee nahm den unteren Teil eines Gebäudes ein, aus dem ein moderner Büroturm spross. Ihr marmorner Haupteingang war mit Plakaten und Parolen zugepflastert. Donia sah die Appelle der Moderaten, der Heilspartei, der Fairen Kapitalisten und sogar der Frommen Liberalen. Sie kannte niemanden, der diese kleinen Parteien unterstützte oder gewählt hätte und es gehörte sich auch nicht – nach dem Wahlgesetz war es sogar verboten –, mit anderen darüber zu sprechen.

Das bei weitem größte Wahlplakat kam von der Nizam-Partei. Es nahm fast die gesamte Breite des Gebäudes ein:

Von Gott sei drei Jahrzehnten bevorzugt! Der Nizam sichert auch
weiterhin die erfolgreiche Umwandlung der Ägyptischen Republik in

eine wahre Gesellschaft jenseits von Tod und Körper, wo allen Mitbürgern der Zutritt zum Himmel garantiert wird. Wir versprechen:

– unsere Grenzen gegenüber dem Vormarsch der Kuffar zu sichern
– die Strafen für diejenigen zu erhöhen, die in ihrer Alltagssprache Gott nicht preisen
– die Sicherheitsvorkehrungen rund um die Quarantäne für verlorene Seelen zu verschärfen.

Es war das gleiche Plakat wie bei den vorherigen Wahlen.

An einer Ecke des Gebäudes entdeckte Donia eine Schafherde in einem kleinen Stall. Die Tiere blökten, der Gestank ihrer Exkremente hing schwer in der Luft.

Schafe haben einen ausgezeichneten Hörsinn, aber eine sehr dürftige Tiefenwahrnehmung, fiel ihr ein.

Sie rannte an den Schafen vorbei zu einem Seiteneingang, der sie ein paar Stufen hinab zum Bereich der Frauen führte. Sie nahm zwei Stufen auf einmal und betrat den verdunkelten Raum. Unter einer niedrigen Decke war er mit hunderten von besetzten Gebetskabinen vollgestopft. Es dauerte, bis sie im hinteren Teil eine freie Kabine fand. Nachdem sie am Eingang ihren Pass durchgezogen hatte, piepte es, und eine Tür öffnete sich. Im Schneidersitz lauschte sie dem Scheich über die Lautsprecher in ihrer Kabine.

»… anders als bei den Ungläubigen, wo man nur alle vier oder fünf Jahre Wahlen abhält. Nein, kümmert euch nicht um die Gebiete jenseits unserer Grenzen, von denen es heißt, dass dort Maschinen die Kontrolle übernommen haben und Menschen in virtuellen Welten der Wollust und des Unrats leben. Bemüht euch stattdessen Gute-Taten zu sammeln, bemüht euch, das Leben eines guten Bürgers zu führen. Arbeitet hart und verteilt den Reichtum, mit dem Allah euch beschenkt hat. Und vielleicht, wenn der Allmächtige euch hold ist, werdet ihr im Norden wohnen, wo der Himmel nur einen Schritt weit entfernt ist. Friede, Gottes Gnade und sein Segen seien mit euch.«

Der Scheich rief nun wieder zum Gebet, und Donia vernahm das Geräusch knackender Gelenke, als hunderte Menschen sich gleichzeitig zum Mittagsgebet erhoben.

»Allahu Akbar«, begann der Scheich, und Donia führte die Hände an ihre Schläfen. Ein paar Minuten später kniete sie, schaute von der rechten Schulter zur linken, grüßte die beiden Engel, die ihre guten und schlechten Taten vermerkten. Sie fragte sich, ob auch sie die meiste Zeit mit Zählen verbrachten.

Sobald das Gebet vorüber war, sagte der Scheich: »Ihr dürft nun in Ruhe eure Stimme abgeben.«

Sich tief verbeugend, presste Donia ihre Stirn auf den Boden, bis die Kabine ihren Kniefall mit einem Piep bestätigte. Sie schloss die Augen und begann zu wählen.

»Oh Gott«, flüsterte sie. »Ich komme in Frieden und Stille zu dir und bitte dich meinen Willen zu berücksichtigen. Ich wünsche mir, dass die Regierung im nächsten Jahr vom ...«

Sie hatte einen Aussetzer. Sie kannte nichts anderes, als den Nizam zu wählen, aber etwas Unaussprechliches hielt sie diesmal davon ab. Doch je mehr Zeit verging, wurde ihre Lähmung von Panik abgelöst. Dann hörte sie wieder den Scheich: »Friede, Gottes Gnade und sein Segen sei mit euch. Das Ergebnis der Wahl wird nun, so Gott will, live eingespielt.«

Donia hob den Kopf und setzte sich auf die Fersen. Sie biss sich auf die Unterlippe. Was hatte sie getan? Der Bildschirm in ihrer Gebetskabine flackerte. Zwei ältere Männer in weißen Roben erschienen. Sie standen vor einer transparenten, zylinderförmigen Trommel, die mit gefalteten Zetteln gefüllt war. Donia wusste nicht, wer die Männer waren, kannte sie aber noch von der letzten Wahl.

Mehr als eine Minute lang wurde der Behälter mittels einer Kurbel gedreht, bis die Zettel gut gemischt waren. Währenddessen konnte Donia die Schafe vor der Moschee laut blöken hören. »ES GIBT KEINEN GOTT AUSSER ALLAH«, wurden sie übertönt.

Dann waren die Schafe still. Die Trommel wurde angehalten, und man verband einem der beiden Männer die Augen. Er tastete nach der Verriegelung der Trommel, öffnete eine Klappe und zog einen einzelnen Zettel heraus, den er dem anderen Mann reichte. Das Stück Papier wurde entfaltet und das Ergebnis der Wahl laut verkündet: »Oh Sklaven Gottes! Allah hat den Nizam in seiner Rolle als Regierungspartei bestätigt.«

»ALLAHU AKBAR!«, jubelten alle in der Moschee. Aber Donia fiel nicht in die Rufe ein. Zum Teil erwartete sie, dass ein SW oder sogar der Scheich persönlich mit Getöse in ihre Kabine stürmen und sie festnehmen würde, weil sie nicht gewählt hatte, weil sie ihrer ersten Bürgerpflicht nicht nachgekommen war.

Nein, nein, nein, sagte sie sich. Die Wahl war etwas allein zwischen Gott und ihr. Gott allein konnte von ihrem Versagen wissen, der Nizam nicht. Sie erinnerte sich an die Zuversicht bei ihrer ersten Wahl. Sie hatte den Nizam gewählt, und als er gewann, vertrieb ein tief empfundenes Gefühl der Bestätigung jeden Zweifel. Wäre Täuschung im Spiel gewesen, hätte Gott diese Männer niedergestreckt, hatte ihr Vater behauptet.

Sie sprang schnell auf, damit sie die Treppe erreichte, bevor hunderte von Frauen sie blockierten. Sie schlängelte sich zwischen den Kabinen durch und lief hoch zur Straße. Der Boulevard war bereits mit tausenden Menschen aus den umliegenden Moscheen überschwemmt. Der Gestank von Innereien hatte den Geruch der lebenden Schafe ersetzt. Donia rutschte fast auf dem dünnen Blutfilm aus, der das Pflaster überzog. Ein halbes Schafsbein lehnte entrückt an der Wand der Moschee.

Überall tauchten Menschen ihre Hände in das Blut und hinterließen auf den umliegenden Wänden Abdrücke. Am nächsten Tag würden die Dienstroboter sie entfernt haben, aber das schmälerte das Glück nicht, das dieses Ritual versprach. Donia sehnte sich nach Glück – sie würde es in den kommenden Tagen brauchen –, aber bei dem Geruch wurde ihr schlecht. Und sie hatte keine Zeit zu verlieren. Wenn sie bis zum Ende der Woche eine Braut sein wollte, wenn sie auch nur ein Fünkchen Hoffnung haben wollte, ihren verrückten, blasphemischen Traum vom Verlassen Ägyptens durchzuführen, war heute ihre letzte Chance, wieder zur Jungfrau zu werden.

Sie wandte sich von dem Gemetzel ab und ging zum Bahnhof. Der war nur 92 Schritte entfernt, wie sie früher einmal gezählt hatte. Sie ging flott. *Eins, zwei, drei.* Doch als sie bei Schritt zwölf angekommen war, geschah es.

Ein anschwellendes, schrilles Geklingel. Die hohe Frequenz bohrte sich in Donias Trommelfell. Alle um sie herum hielten sich die Ohren zu und krümmten sich, als würde es dadurch leiser.

Das Geräusch veränderte seinen Klang, wurde zu einem unwirklichen Schrei und dünnte dann zu einem quälenden, fast opernhaften Echo aus. Donia hatte noch nie etwas so Gruseliges gehört. Kurz darauf verstummte das Geräusch, und es war absolut still. Schließlich hörte man ein Räuspern in monströser Lautstärke. Es war, als würde der Himmel freundlich um Aufmerksamkeit bitten.

Und dann eine Stimme: »Friede sei mit Euch, Erdenmenschen des geografischen Bereichs genannt Ägypten.« Die Worte donnerten wie eine Explosion. »Meine Name ist, äh ... Anmut«, ging es weiter. »Anmut von den Ilmani. Ich vertrete mein heimatliches Sternensystem. Es befindet sich 182,7 Lichtjahre über Ihrem derzeitigen Aufenthaltsort und ein Stück nach Osten. Wir möchten uns bei Ihnen bedanken, dass wir ihren Mitmenschen für einige Zeit ausleihen durften. In zwei Tagen um neun Uhr früh werden wir ihn sicher auf dem Tahrir-Platz in Kairo zurückgeben. Wir wünschen Ihnen einen guten Wahltag. Frieden.«

Dann war es still.

Die Spots des Sleepvertising funktionierten nicht immer perfekt. Manchmal kamen sie sich mit Albträumen ins Gehege, und dann sandten sie krude Botschaften. Donia hatte einmal geträumt, sie wäre von einem Mann verfolgt worden, der sie niederstechen wollte. Doch als sie sich im Wegrennen umdrehte, hatte der Mann sich in eine gigantische Shampooflasche verwandelt, die mit einem Messer hantierte. Flüssige grüne Seife quoll aus ihrem Verschluss, als würde sie vor Wut sabbern. Donia war schweißgebadet aufgewacht und hatte diese Marke nie wieder gekauft.

Sie fragte sich, ob sie sich erneut in einer missglückten Werbung befand, und jeden Moment erwachen würde. Aber nein. Stattdessen hörte sie verängstigte und verwirrte Rufe auf dem Boulevard, die sich ausbreiteten wie eine ansteckende Krankheit und in Panik mündeten. Doch bevor Donia selbst davon erfasst wurde, bemerkte sie ein Klingeln in den Ohren.

Im ersten Moment dachte sie, diese unmögliche Stimme würde wieder das Wort ergreifen, aber dann bemerkte sie, dass es ein Anruf war. Das Kommunikationssystem in ihrem E-Hidschab vibrierte und erzeugte einen hohen Ton. Sie zwickte in das Tuch, um den Anruf entgegenzunehmen.

»Friede sei mit dir«, sagte sie. Eine Sekunde später: »Baba, Baba beruhige dich.« Schließlich erstaunt: »Du hast es auch gehört?«

Immer mehr Menschen stürmten jetzt auf den Boulevard, sprachloses Entsetzen in den Gesichtern.

»Ich verstehe es auch nicht, Baba«, gab Donia zu. Langsam steckte die allgemeine Furcht auch sie an. »Bleib einfach zu Hause, ich bin in einer Stunde da.«

Eine Stunde würde wohl reichen. Die Erklärung für das, was gerade passiert war, musste warten. Sie hatte immer noch ihre Angelegenheit zu erledigen. Eine weitere Chance, zum Markt zu gehen und sich für ihren Bräutigam ausbessern zu lassen, hatte sie nicht.

»Ich brauche eine Stunde, ich … muss noch mal ins Büro«, sagte sie. Doch als ihr Vater losbrüllte, blieb ihr keine Wahl. »In Ordnung, in Ordnung, Baba, ich komme sofort zurück.«

Unter normalen Umständen wäre sie auf ihren senilen Vater wütend gewesen, aber dies waren keine normalen Umstände. Überall auf dem Boulevard verlangten die Menschen nach einer Erklärung für das Geschehen. Rana, ihre Kollegin, kam auf sie zugelaufen.

»Oh Gott, was bedeutet das?«, schrie sie. »Wer ist Anmut von den Ilmani? Ein Kuffar? Ist das ein Witz?« Rana stellte diese Fragen, als habe Donia eine Antwort.

In diesem Moment stürmte ein junger Mann aus dem Eingang der Moschee. »Niemand war am Mikrofon des Scheichs!«, rief er. »Niemand war da!«

Rasch wurde dies aus den umliegenden Moscheen bekräftigt. Nun hörte Donia die Leute fragen: »Ein Zeichen von Gott? Haben wir etwa falsch gewählt?«

Eine Frau mit lila Kopftuch und passendem Eyeliner erklärte weinend, sie habe die Moderaten gewählt. Rana schlug mit ihrer Handtasche auf sie ein. »Wie kannst du es wagen?«, brüllte sie. »Wie kannst du anderen verraten, wen du gewählt hast? Das ist gegen das Gesetz!«

Als immer mehr Schaulustige zusammenliefen, um zu sehen, wer hier die Moderaten unterstützt hatte, ließ Donia die beiden Frauen stehen. Sie schlängelte sich durch die Massen verblüffter Wähler bis zum Bahnhof, dort trat sie an einen ramponierten Fahrkartenautomaten. »Im Namen Gottes«, sagte sie, um ihn zu aktivieren. Er reagierte nicht. »Im Namen Gottes«, wiederholte sie. Erst beim dritten Versuch gab die Maschine ein Lebenszeichen von sich, aber Donia war zu irritiert, um sich aufzuregen.

Ich vertrete mein heimatliches Sternensystem. Was um Himmels Willen sollte das bedeuten?

Sie schob den Gedanken beiseite, holte ihren Rosenkranz heraus, drückte ihn an die Stirn und murmelte leise: »Gepriesen sei Gott. Gepriesen sei Gott. Gepriesen sei Gott.«

Nachdem sie das Ticket gekauft hatte, informierte der Automat sie, dass der nächste Zug in vier Minuten einfahren würde. »So Gott will«, sagte er.

❧

Yamen Nour trug seinen Antidemenz-Hut und wälzte sich mit seinem Nachbarn auf dem Boden. Donia fand die beiden Männer auf dem Flur vor ihrer Wohnung im 53. Stock vor. Ihr Vater brüllte den Nachbarn an, fixierte den älteren Herrn zwischen seinen Schenkeln und würgte ihn.

»Du christlicher Sohn einer Hure!«, rief er aufgebracht.

Der rotgesichtige Mann unter ihm versuchte verzweifelt, etwas zu äußern. Donia stieß ihren Vater beiseite. Er taumelte und fiel auf den Rücken. Den Antidemenz-Hut schief auf dem Kopf, war er nicht mehr in der Lage, sich zu bewegen. Der Nachbar rappelte sich hoch und stieß Verwünschungen gegen ihren Vater aus. Donia hatte gehört, dass Herr Ramsy einer der wenigen 1000 Kopten war, die nach der Machtübernahme des Nizam in Ägypten geblieben waren. Zusammen mit hunderten anderen hatte er seinen Glaubenswechsel öffentlich erklärt. Aber ihr Vater war stets skeptisch geblieben.

Yamen kam wieder zu Luft und versuchte, aufzustehen. Donia half ihm dabei. Bevor er Herrn Ramsy noch einmal angreifen konnte, schob sie ihn aus dem Flur.

»Was machst du?«, schrie er, sobald sie die Wohnungstür geschlossen hatte. Er schaute sie an, als wolle er sie schlagen. »Dieser Dreckskerl! Dieser Dreckskerl! Ich habe gesehen, wie er ein Kreuz getragen hat. Ich habe es gesehen!«

»Baba!« Donia sprach in einem Ton, den sie ihrem Vater gegenüber noch nie angeschlagen hatte. »Was geht uns das an? Du hast diesen alten Mann fast umgebracht! Warum hast du keinen SW gerufen, als du das Kreuz gesehen hast?«

Yamen brach auf einem der Wohnzimmersessel zusammen. Er schaute hoch und zeigte an die Decke. Donia merkte erst jetzt, dass die Schariatainment-Projektion angesprungen war. Ein Mann erschien, der beschwörend verkündete: »Ich wiederhole: Fraglos wurde dieses Sakrileg von den fundamentalistischen koptischen Rebellen zusammen mit ihren jüdischen Freunden begangen.«

Donia erkannte den berühmten Gastgeber einer Talkshow. An seinen Namen konnte sie sich nicht erinnern, wusste aber, dass er ein hoch angesehener Fußball- und Religionskommentator war. Plötzlich sprang die Figur von der Zimmerdecke herab und schwebte holografisch auf die Couch gegenüber.

»Also, ich frage euch, liebe Nord-, Mittel- und Südägypter – denn wir wissen jetzt, dass man es überall in Ägypten hören konnte: Was werdet ihr dagegen unternehmen?« Er zeigte mit dem Finger auf sie beide. Seine Augen huschten von einem zum anderen. »Werden wir den Kuffar noch einmal Zugeständnisse machen? Werden wir stillhalten? Wie ich gesagt habe: Wenn wir heute schweigen, können wir den Kopten gleich unsere Wirtschaft abtreten, wir können ebenso gut anfangen, Juden zu heiraten. Es liegt an euch.«

Donia stand auf und stellte das Schariatainment ab. Sie wandte sich ihrem Vater zu, um ihn zu besänftigen, aber er strahlte sie an: »Habibti, du kannst laufen, du kannst laufen! Nur zehn Monate alt, und du kannst schon laufen!«

Donia fiel ein Stein vom Herzen. Wenn er einen seiner Anfälle hatte, bedeutete dies, dass er sich an nichts erinnern würde. Sie ging zur Wohnungstür und wischte mit ihrer Hand darüber, als würde sie ein beschlagenes Fenster reinigen. Eine Stelle wurde transparent. Sie schaute nach, ob sie Herrn Ramsy sehen konnte, aber da war niemand. Gleich darauf wurde das Feld wieder undurchsichtig. Sie holte sich ein Glas Wasser aus der Küche, ging damit auf ihr Zimmer und überließ ihren Vater seinen Erinnerungen.

Der Gedanke, je einen Antidemenz-Hut tragen zu müssen, hatte Donia schon immer Angst eingejagt. Was sie sagen und tun würde – die Vorstellung allein ließ sie erstarren. In ihren Augen waren Erinnerungen nichts als Beweisstücke, die man eines Tages gegen sie verwenden würde. Im Idealfall wäre dies der jüngste Tag und keine Sekunde früher. Bis dahin war es das Beste, alles Verdächtige zu verbergen, sogar vor sich selbst.

Glücklicherweise fiel ihr die Fähigkeit, Unangenehmes vor sich selbst zu verbergen, leicht. Es war wie Blinzeln, nur mit den Augen ihres Geistes, statt denen des Körpers. Während sie sich an ihren Tisch setzte, versuchte sie es erneut. Aber das, was sie ausmerzen wollte, war keine Erinnerung. Es war ein Gedanke, oder besser ein Wirbelsturm von Gedanken: Was hatten die Kopten von einem so unsinnigen Streich? Und eine Millisekunde später: Wie konnte sie sich als jungfräuliche Braut präsentieren?

Bevor sie sich einer dieser Überlegungen stellte, tippte sie auf die hölzerne Kante des Tisches, ein halbtransparenter Bildschirm tauchte auf, die Software wurde hochgefahren und drei Wörter erschienen:

Koran
Beichte
E-Mail

Sie wählte den dritten Begriff. Als Passwort gab sie ein: *IchWerde-DieWeltSehen*. In ihrer Mailbox erschienen zwei Einträge. Sie rief den zweiten auf.

Im Namen Allahs

Liebe zukünftige Braut,
wir bestätigen hiermit ihre Versteigerung an den besten Bewerber.
Das höchste Gebot von 45 Gramm Gold kam von Atrees Gabar. Wir

haben Ihre Kontaktdaten weitergeleitet. Er dürfte sich demnächst bei Ihnen melden, um den Handel abzuschließen.

Allahs Frieden und Segen sei mit Ihnen.

Halal Heiratsinstitut

Sie löschte die Nachricht und öffnete die andere, anonyme Nachricht. Sie war kurz:

Donnerstag, 20 Uhr.
Kreuzung Löwe und Scheich.
Halte nach getönten Scheiben Ausschau.
45 Gramm Gold bei Unterschrift.

Donia hob die Hände und legte sie auf ihren Kopf. Unvermittelt riss sie sich den E-Hidschab herunter und feuerte ihn durchs Zimmer. Er traf auf die Wand und flatterte schlaff zu Boden. Sie erhob sich und schaute den Flur entlang zu ihrem Vater. Der sprach zu einem Unsichtbaren neben sich. Dann ging sie zurück in ihr Zimmer und drehte die Matratze um.

Auf einer der Plastikleisten ihres Betts lag das verbotene Buch der Fakten. Sie griff es sich, schob zwei Leisten auseinander und barg von darunter ein Kistchen. Es knarrte, als sie es öffnete. Im Inneren glänzten mehrere dünne Goldbarren unterschiedlicher Größe. Sie kannte das Gewicht eines jeden auswendig. Zusammen ergaben sie 984 Gramm Gold. Es fehlten nur noch 16 Gramm, 16 Gramm, um sie aus Ägypten zu bringen. Aber ihr nächster Ehemann, ihr letzter Ehemann, würde nur für eine Jungfrau bezahlen.

9 | Ausbruch ⤍⚬⚭

Donia konnte in dieser Nacht nicht schlafen. Wie ein Stück Holz lag sie im Bett und versuchte, jeden Gedanken an ihre Vergangenheit wegzublinzeln. Aber die unerwünschten Erinnerungen bedrängten sie, wollten sich Gehör verschaffen. Um drei Uhr nachts gelang es ihnen.

Donia war 22 Jahre alt, hatte 32 Hochzeitsnächte hinter sich und war noch nie geküsst worden. Jedenfalls nicht auf den Mund. Sie hatte das nicht gewollt. Wenigstens nicht von einem ihrer Ex-Ehemänner. Es war ein schwacher Trost, dass immerhin ein Teil ihres Körpers noch ihr allein gehörte. Wenn sie mit einem Ehemann schlief, war ihr Mund oft der einzige Körperteil, mit dem sie sich verbunden fühlte. Der Rest war taub und ungelenk oder schmerzte. Für Donia war Sex so angenehm wie eine schwere Verstopfung, nur dass sie vorgeben musste, es zu mögen.

Ob das an der Art Männer lag, die sie heirateten, an dem, was die Ärzte als »klitorale Reduktion« beschrieben, als sie zwölf war, oder an beidem, konnte sie nicht sagen.

Widerwillig erinnerte sie sich daran, wie dieser Arzt ihrem Vater mitgeteilt hatte, sie wäre »da unten überentwickelt«, und es sei das Beste, das überschüssige, unsittliche Gewebe zu entfernen. Nicht ganz – das war verboten –, aber »es zu kürzen«. Falls nicht, könne sich ihre Klitoris zu einer Art Einfallstor für die sexuellen Einflüsterungen des Satans entwickeln.

Ihr Vater hatte nicht widersprochen.

Dann fiel ihr der 13. Ehemann ein. Sie war 16 gewesen und er 91. Ganz egal, wie oft sie blinzelte, stets sah sie den alten Mann auf sich liegen, fühlte, wie er in sie stieß, sein Unterleib ein nicht abzustellender Roboter. »Heute ist mein 91. Geburtstag. Ich habe ein neues Herz und eine neue Hüfte«, hatte er sich gebrüstet. »Und die Hüfte ist bionisch verbessert. Vielleicht halte ich dich also die ganze

Nacht wach, mein Kind.« Sie sah seine bleiche, schlaffe, mit Leberflecken übersäte Haut, den Schweißfilm darauf, der nach Ammoniak und Zitronen roch. Er presste seinen spärlichen weißen Bart gegen ihre Schulter, sein Gesicht dabei so faltig wie die Oberfläche von Reispudding, besonders dann, wenn er es in höchster Lust verzog.

Sie erinnerte sich daran, wie sehr sie versucht hatte, ein Stöhnen zu simulieren und ihr Gesicht zu kontrollieren. Eine Grimasse des Ekels konnte sie nicht riskieren. Das war ihr nur einmal beim dritten Mann passiert, der sie daraufhin schlug und seinen Brautpreis zurückverlangte, sogar während er die Hochzeit weiter vollzog.

Donia rieb sich rabiat die Augen. Wenn sie diese Bilder schon nicht wegblinzeln konnte, würde sie sie mit ihren bloßen Knöcheln zerquetschen. Es gelang ihr nicht, und sie brach in Tränen aus.

»Seit ich 13 bin, habe ich ein sündhaftes Leben geführt«, sagte sie schniefend in die Nacht. Damals hatte sie den Verlust ihrer Jungfräulichkeit nicht dem Amt für Schicklichkeit gemeldet. Damals hatte sie sich ein neues Hymen machen lassen. Damals hatte sie mit den Hochzeiten begonnen, die nie mehr als ein paar Stunden dauerten, Genussehen genannt. Und nun wanderte der Mann, der sie damit bekannt gemacht hatte, der Mann, den sie all die Jahre aus ihren Gedanken verbannt hatte, ungehindert durch ihren Kopf.

»Willige ein, Donia«, hatte Herr Tafik, ihr Lehrer für Kritisches Denken an der Privatschule gesagt. »Willige ein und geh mit mir in den Norden. Du kannst in einem großen Haus leben. Du kannst dieses weltliche Leben in Luxus verbringen, eine Vorbereitung auf das, was dich im Jenseits erwartet.«

Damals hatte sie an ihre Mutter gedacht, an ihren abweisenden Vater, ihr freudloses Leben, ihre Träume – die quälenden Träume der Nacht wie die des Tages. Sie hatte Herrn Tafik angeschaut. Da war etwas in seinem Gesicht, was sie attraktiv fand. Es ähnelte dem ihres Vaters, als er noch ein jüngerer Mann war. In seiner Klasse hatte sie vom ersten Moment an das Gefühl gehabt, ihn umarmen zu wollen, eine Vaterfigur, die man anfassen, an die man sich anlehnen durfte ohne Angst vor irgendeinem Alarm.

Und dann, sehr langsam, hatte sie genickt.

Sofort stand Herr Tafik auf und ging in seinem bescheidenen Apartment zu einem Kaffeetisch. Er schob ihn zwischen sie, drückte ein paar Knöpfe. Ein alter Massoun, ein Standesbeamter, erschien auf dem Bildschirm und erklärte sie zu Mann und Frau. Eine Urkunde wurde gedruckt, dann verschwand der Bildschirm wieder. »Eine Tele-Hochzeit«, wie Herr Tafik es nannte.

Die Urkunde in der einen Hand, riss er ihr mit der anderen den Schleier herunter. Sie schrie auf. Aber er packte sie fest im Nacken und starrte ihr schwarzes Haar an. Donia konnte sich noch immer an das Geräusch erinnern, das er von sich gab. Es war ein tiefes, langes Seufzen, als ob jemand endlich Wasser lassen konnte, nachdem er es viel zu lange zurückgehalten hatte.

»Glorreich ist Gott«, zischte er, als wäre er von ihrer Schönheit abgestoßen. Dann verstärkte er den Griff in ihrem Nacken und Donia ... Donia konnte sich nicht daran erinnern, was dann geschah. Sie versuchte es sogar, aber da war nichts.

In diesem Moment hörte sie den entfernten Ruf der Moscheen und wusste, dass es fast halb fünf war.

Sie stand auf, trat an ihre Gebetskabine, ließ sich reinigen, ging dann hinein und begann mit dem Morgengebet. Als sie sich auf die Worte des Korans konzentrierte, fühlte sie, wie ihre innere Verunreinigung sich verflüchtigte, die ungewollten Erinnerungen verblassten.

Doch als sie sich zu Ehren Gottes verbeugte, krampfte sich ihr Magen zusammen. Das unaussprechliche Bild. Das feiste gehörnte Monster stand wieder hinter ihr, vergewaltigte sie und lachte. Und nichts hielt ihn davon ab. Sie rief nach Gott und trommelte mit der Faust auf den Boden, aber das Monster ließ nicht von ihr ab. Das Bild war wie ein obszöner Film, den sie zwangsweise anschauen musste.

Nur eines schien das Monster zu beschwichtigen: Herr Tafik, ihr erster Ehemann. Donia sah jetzt, wie er sie im Nacken packte und ihr den Schleier wegriss. Dann ein paar hastige Bewegungen, eine verschwommene Verletzung ihrer Seele, gefolgt von akutem Schmerz. Kurz darauf lag sie nackt auf dem Bett, feucht zwischen den Beinen, mit einem Gefühl, als sei ihr der Körper abhandengekommen. Herr Tafik lag neben ihr und atmete schwer. Sein Mund stand offen, und ein halbes Lächeln zog über sein Gesicht. Er stand auf, schlüpfte in seine Dschellaba und schmiss die von Donia in ihre Richtung. Er machte sich wieder am Kaffeetisch zu schaffen, bis derselbe Massoun erschien.

»Leider war meine Frau mit dem Brautpreis nicht zufrieden«, sagte Herr Tafik. Er hatte ihr symbolisch zehn ägyptische Noten gegeben. »Wir werden eine Annullierung brauchen. Möge Gott uns vergeben.«

Dann lächelte er und seufzte wieder. Sie würde es schnell genug lernen: Solange dies alles innerhalb von 24 Stunden geschah, wurde diese Ehe in keinem Register vermerkt.

Donia lag nun in ihrer Gebetskabine auf der Seite. Tränen voller Selbsthass und Selbstmitleid kullerten über ihre Wangen. Sobald sie versuchte, den Gedanken an Herrn Tafik wegzuwischen, tauchte das unaussprechliche Bild wieder auf. Scheinbar akzeptierte das Monster nichts weniger, als das bewusste Eingeständnis, wie ihr Leben von diesem Tag an verlaufen war.

»Gott hat dir einen ganz besonderen Körper gegeben, Donia«, hatte Herr Tafik gesagt, als sie sich mechanisch anzog. »Du hast das Gesicht eines unschuldigen Kindes und die Figur einer reifen Frau. Männer würden alles bezahlen, um dich zu heiraten.« Er erzählte ihr von den Flüssen und grünen Feldern im Norden, der frischen Seeluft, den Swimmingpools. Wenn sie sich zusammentäten, könnten sie genügend Geld machen, um vom Nizam in den Norden geschickt zu werden.

»Ich kann Freier für dich finden«, sagte er. »Freier, die für eine

Nacht, für eine Stunde, gerne in purem Gold bezahlen. Und du würdest deinen gerechten Anteil am Brautpreis erhalten. Du musst dir keine Sorgen machen, alles bewegt sich innerhalb der Gesetze der Neo-Scharia. Aber wir müssen dich jedes Mal wieder intakt machen. Diese feinen Herrschaften zahlen nur für Jungfrauen in Gold.«

Donia hatte in diesem Moment das Gefühl gehabt, ihre Stimme sei verloren gegangen, irgendjemand habe ihr Die Zunge aus der Kehle geschnitten.

»Aber wenn du mich betrügst, Donia«, fuhr Herr Tafik fort, »wenn je ein Wort darüber über deine Lippen kommt, weißt du sehr genau, was passiert.« Während er den 15. Vers der vierten Sure rezitierte, stand er auf und zeigte mit dem Finger auf sie: »Und die von euren Frauen, die Unzucht treiben – fordert vier Zeugen von euch gegen sie! Wenn sie es dann bezeugen können, so haltet sie im Hause, bis sie der Tod hinwegnimmt.«

Seine Augen traten hervor, als er das herunterbetete: »Und du weißt, wie einfach es ist, vier Zeugen zu besorgen, Donia. Ich wäre schon mal der erste. Wenn das herauskäme, würde niemand dich wieder heiraten, und keine Frau würde etwas mit dir zu tun haben wollen. Dein Vater würde dich enterben und der Nizam dich in die Wüste schicken. Die einzigen Regeln dort sind Vergewaltigung und Diebstahl.«

Donia erinnerte sich, wie sie unter Tränen genickt hatte, das zweite Nicken in dieser Nacht. Die entkräftete Kopfbewegung war wie eine Unterschrift gewesen, die Unterschrift unter einen ungeschriebenen Vertrag, der ihr Leben als endlosen Kreislauf von Heirat, Penetration, Scheidung und neuer Jungfernschaft besiegelte.

Einige Wochen später brachte Herr Tafik sie an einen geheimen Ort, um ihr ein künstliches Hymen einsetzen zu lassen. Dort wurde ihr ein Mann mittleren Alters mit graumeliertem Bart vorgestellt. Wie fast alle ihre Ehemänner kam er aus Nordägypten. Obwohl sie verkleidet waren, verriet irgendetwas in der Art, wie sie sich gaben, dass sie hier fremd und ein wenig angewidert waren. Als wäre die Luft um sie herum ansteckend.

Ihr zweiter Ehemann bestand darauf, dass Herr Tafik einen Jungfrauenscanner einsetzte. Das Handgerät war dafür gemacht, Vorhandensein eines Hymens zu kontrollieren und Rückstände von Samen aufzuspüren. Herr Tafik hatte ein beleidigtes Gesicht gemacht, bevor er den Scanner, der wie ein Haartrockner aussah, mit Zuversicht über ihrem zitternden Körper kreisen ließ. Gleich darauf hatte das Gerät »rein« angezeigt. Der Bräutigam überreichte ihm 200 Gramm puren Goldes.

»Ich werde deinen Anteil für dich aufbewahren, bis du älter bist, Donia«, sagte Herr Tafik in dieser Nacht und wollte ihr die Wange tätscheln. Doch dann hielt er inne.

Er berührte sie nie wieder.

»Du bist zu kostbar«, sagte er. »Sogar ein Mädchen wie du verliert bei jeder Berührung durch einen Mann etwas von seiner Ausstrahlung. Wir müssen deinen lukrativen Glanz für diejenigen aufbewahren, die ihn sich leisten können, nicht wahr, Donia?«

Und so ging es weiter. Etwa einmal im Monat besorgte Herr Tafik einen Freier. Alle waren reiche, ältere Männer, deren Beruf stets geheim blieb, aber Donia vermutete, dass sie hochrangige Regierungs- und Kirchenbeamte waren.

Nach dem ersten Jahr ihres Arrangements wurden die Tele-Hochzeiten verboten. Als Grund gab der Nizam die Möglichkeit des Missbrauchs an. Also kümmerte Herr Tafik sich nun darum, dass ein Massoun persönlich anwesend war. Es gab genügend Beamte, die für eine entsprechende Summe die Urkunde ausstellten.

Gewöhnlich machte Donia Tee. Herr Tafik, der Massoun und ihr Bräutigam saßen dann beieinander. Die Urkunde wurde flugs ausgestellt, und Donia anschließend hinter verschlossenen Türen wieder einmal defloriert, während der Massoun und Herr Tafik draußen warteten. Das Ganze dauerte selten länger als 20 Minuten. Danach verließ sie das Zimmer mit ihrem brandneuen Ehemann, der dem Massoun gegenüber unüberbrückbare Differenzen anführte, oder sich über ein »unbestimmbares Gefühl der Unzufriedenheit« beklagte. Der Massoun erinnerte ihn pflichtgemäß daran, dass ihm laut Gesetz der Brautpreis nicht erstattet würde. Und wenn kein Widerspruch laut wurde, was nie passierte, riss er die Urkunde entzwei und lächelte, während er sagte: »Gott ist äußerst barmherzig.«

Manchmal verlangte ein Bräutigam mehr als einen Jungfrauenscan. Dann brachte er unangekündigt einen Gynäkologen mit. Das bedeutete Scherereien. Ein Scan konnte zwischen einem natürlichen Hymen und einer künstlichen Membran nicht unterscheiden, ein Gynäkologe schon. Aber Herr Tafik wusste auch das zu deichseln. Die wenigen Male, wo dies geschah, brüllte er: »Was?! Möge Gott Ihnen vergeben! Wie wagen Sie es, das Mädchen derartiger Unzucht anzuklagen? Ich muss Sie bitten, sofort zu gehen!«

Sie gingen nie, nicht, nachdem sie Donia gesehen hatten. Sie entschuldigten sich und gaben sich mit einem Scan zufrieden.

Als sie 17 war, schuldete Herr Tafik ihr mehr als zwei Kilo Gold. Er würde es ihr geben, wenn sie 18 wäre, und »alt genug zu wissen, was man am besten damit macht«. Schon seit einiger Zeit sprach er nicht mehr über ihre Pläne, gemeinsam nach Nordägypten zu gehen.

Und dann verschwand er.

Herr Tafik – ihr Lehrer, ihr Ex-Ehemann, Zuhälter, Beschützer – verschwand kurz vor ihrem 18. Geburtstag. Niemand wusste, was geschehen war oder wo er sich aufhielt. War er tot? Hatte er das Gold gestohlen und war ohne sie in den Norden gezogen? Sie würde es nie erfahren. Die Wut über diesen Verrat wurde durch ein Gefühl der Trauer gedämpft. Sie fühlte sich verloren, alleingelassen mit einem halbverrückten Vater, der nichts anderes als Gute-Taten und Punkte-Shopping im Sinn hatte, wie alle anderen auch.

Schon wenige Tage nach Herrn Tafiks Verschwinden entschloss

sie sich weiterzumachen. Als falsche Jungfrau würde sie weiterhin nordägyptische Männer ködern, die in Mittelägypten nach legalen Freuden suchten. Doch es würde nicht mehr darum gehen, Geld für einen Umzug in den Norden zu sammeln. Mit jedem verschwitzten Stoß eines bärtigen nordägyptischen Mannes, der auf ihr lag, war dieses Verlangen ausgemerzt worden. Ihre flüchtigen Zärtlichkeiten und halbherzigen Liebkosungen hatten sie davon überzeugt, dass der Norden der letzte Ort war, wo sie hinwollte.

»Es wird dich ein Kilo Gold kosten.« Das hatte der mysteriöse Mann mit dem verhüllten Gesicht gesagt. Ein Kilogramm Gold, und sie konnte zum Roten Meer aufbrechen, von dort ein Boot nehmen, das sie aus Großägypten herausschmuggeln würde. Das war alles, wonach Donia sich sehnte: Flucht.

Als sie von Herrn Tafiks Verschwinden erfuhr, kam es ihr vor, als regne es dicke herzzerreißende Tropfen aus purer Scham. Ihre einzige Hoffnung, nicht in einem Meer aus Selbstmitleid zu ertrinken, bestand darin, das Land zu verlassen, das für ihre Schande stand: Ägypten. Weggehen, bevor sie alles beichtete, bevor der Nizam die Schuld von ihrem Gesicht ablesen konnte. Wohin genau, war gar nicht so wichtig. Wenn der Rest der Welt wirklich nur aus sündigen Kuffar bestand, würde sie zumindest nicht auffallen.

Sie brauchte nicht lange, um beim Halal Heiratsinstitut und einem halben Dutzend ähnlicher Seiten des Neo-Scharia-Netzes Profile einzurichten. Es wurde nicht viel gefragt. Sie musste nur angeben, dass der vorgeschlagene Bräutigam nicht passte, schon bekam sie weitere Kandidaten zur Auswahl. Der einzige Nachteil war, dass die Bräutigame auf diesem Weg weniger bezahlten. Andererseits konnte sie nun den ganzen Brautpreis behalten.

Vier Jahre später war Donia nur noch 16 Gramm von einem Boot entfernt. Nur noch eine dieser verfluchten Verabredungen, und der Kreis wäre durchbrochen. Keine Heirat mehr, keine Penetration, keine Annullierung, kein künstliches Hymen.

Aber ein künstliches Hymen war genau das, was ihr fehlte.

Sonnenschein erfüllte Donias Zimmer. Sie fühlte sich wieder lebendig. Die Erinnerungen, die so lange in ihr gebrodelt hatten, belebten sie mit einem Mal: Sie hatte ein Ziel. Sie begann zu beten. Sie betete, bis ihr die Knie wehtaten. Sie betete, bis sie auf eine simple Idee kam. Und dann betete sie aus lauter Dankbarkeit für diese Idee. Schneller als erwartet war es Zeit, zur Arbeit zu gehen.

Eine Stunde später saß sie im Büro an ihrem Schreibtisch. Sie hatte einen Plan.

〜∞〜

»82, 83, 84«, formte sie lautlos mit den Lippen, als sie bei *RosenkranzPlus* die Taten eines Fremden zählte. Sie war auf die Verabredung mit ihrem Bräutigam gespannt. Wie er wohl sein würde? Würde er merkwürdige Sachen von ihr verlangen? Wäre er brutal, scheu oder einsam? Wer immer er auch war, er wäre ihre letzte Rate für ein Ticket in die Zukunft.

Und dann übergab sie sich quer über den Schreibtisch.

10 | Der Dunkle Markt 〜∞〜

Wenn Donia in ihrer Jugend Schwimmunterricht hatte, stand sie oft minutenlang auf dem höchsten Sprungbrett. Sie schaffte es nie, mit voller Absicht zu springen. Stattdessen verbannte sie ihr Vorhaben ins Hinterstübchen ihres Kopfes. Wenn sie dann scheinbar schon vergessen hatte, warum sie dort oben herumstand, fand sie den Mut zu springen.

Jetzt ging es ihr genauso. Ihr Zeigefinger schien den Weg in ihren Hals ganz von allein gefunden zu haben. Solange sie nicht groß darüber nachdachte, überwand sie ihre Angst leichter. Durch ihr Würgen wurden die Kollegen aufmerksam. Jemand fragte, ob man einen Robo-Sani bestellen solle, aber Donia bestand darauf, dass es ihr gut gehe. Während eine Reinigungseinheit die breiigen Überreste ihres Frühstücks wegwischte, lief sie zur Toilette.

Als sie zurückkam, täuschte sie eine Ohnmacht vor und kollabierte auf dem Schoß eines sitzenden Kollegen, des Kollegen, der sie mit hart gefüllter Hose angestarrt hatte, Mohamed oder Ahmed. Mit anderen zusammen half er ihr auf, und man setzte sie auf ihren Stuhl.

»Möge Gott dich schnell gesunden lassen«, sagte Mohamed oder Ahmed. »Ich kümmere mich darum, dass man dir frei gibt.« Kurz darauf empfing Donia auf ihrem Bildschirm die Nachricht, dass sie für den Rest des Tages nach Hause gehen und beten solle.

Minuten später trat Donia auf den Boulevard der Unterwerfung. Sie trug einen Nikab, der nur ihre Augen freiließ. Ihre Handtasche eng an den Körper gepresst, lief sie zum Bahnhof, löste einen Fahrschein zum Kairoer Opernhaus und betrat den Bahnsteig.

⊷ ⊶

»Du hast keine Aufsichtsperson dabei, Tochter des Adam. Wer begleitet dich?«

»Er ist auf der Toilette.«

»Welche Toilette, Tochter des Adam?«

»Diese.«

Donia zeigte auf eine Tür mit einem Piktogramm. Einen SW anzulügen war riskant. Die kugelrunde Maschine war von oben herabgesunken, als sie das menschenleere Gelände des Opernhauses überquerte.

»Was willst du hier?«, leierte die synthetische Stimme.

»Ich komme nur zufällig vorbei.«

Die Maschine schwebte einen Moment lang unbeweglich in der Luft, ließ dann einen roten Laserstrahl über ihr Gesicht unter dem Nikab gleiten. Ein Piep, und sie flog davon. Donia nahm an, dass der Scan sie als Angestellte von *RosenkranzPlus* identifiziert hatte, jemanden, den SW nicht verdächtigte. Donia entspannte sich. Erst jetzt nahm sie die öffentliche Predigt wahr, die durch den Hof der Oper schallte.

»Denn diese glücklichen ersten Muslime, die den Urin des Propheten tranken – *den Urin des Propheten!* – fanden, dass er wie der süßeste Saft schmecke. *Der süßeste Saft!*«

Donia konzentrierte sich auf ihr Vorhaben. Das Opernhaus war seit Jahrzehnten verwaist, aber gelegentlich gab es immer noch Vorträge, die das Erlöschen von Musik und Tanz feierten. Ein Plakat nahe der Haupthalle warb für ein Puppenspiel über die Absicht der Musik, zwischen Männern und Frauen den Teufel zu wecken. Musik entzünde die Libido, hatte man Donia erklärt, obwohl sie so etwas in ihrem Buch der Fakten nie gefunden hatte.

Sobald der SW außer Sichtweite war, ging sie an der alten Musikbibliothek vorbei, nun schon lange eine Schule für Koranrezitation. Sie steuerte auf den Eingang einer verlassenen U-Bahnstation zu. Nach links, rechts und oben blickend, schlüpfte sie durch die schmale Lücke zwischen den beiden Eisentoren des alten Eingangs. Sie sah die Stufen, die zur stillgelegten U-Bahnlinie führten. Früher, als sie unter dem Nil hindurchfuhr und Zamalek mit der Innenstadt verband, hatte Donia diese Linie oft benutzt. Das war noch, bevor die Kuffar den afrikanischen Regen vertrieben hatten.

Ihre Schritte hallten in der Dunkelheit. Entschlossen lief sie durch einen langen Gang, der nach Tod und Kot roch. Als sie den Bahnsteig erreichte, kramte sie ihren E-Hijab aus der Tasche, wickelte ihn um ihre Faust und rieb ihn ein paar Sekunden lang. Er gab ein mattes Licht ab und ließ die Schienen erkennen. Sie sprang hinunter und folgte ihnen in Richtung Innenstadt.

Nach etwa 200 Metern kam auf der rechten Seite eine Tür mit der Aufschrift »Arbeitermoschee«. Sie klopfte sieben Mal. Eine Luke wurde geöffnet, und dunkle Augen inspizierten sie.

»Ich suche die Jungfernmacherin«, sagte Donia.

Sie hörte ein dumpfes Geräusch, dann wurde die Tür ruckweise geöffnet. Donia trat in einen spärlich beleuchteten Raum voller Regale, in dem früher die Schuhe aufbewahrt wurden. Der Schließer, dessen Gesicht bis auf einen Sehschlitz vollständig verhüllt war, nickte und wies auf eine Treppe am hinteren Ende des Raums. Jede Stufe nach unten war heller als die vorherige, und schließlich erreichte sie eine Fläche, die vor Geschäftigkeit brummte. Wie auf einem ländlichen Markt reihten sich Buden aus Holz und Blech aneinander. Sie nahmen die gesamt Breite der Untergrundmoschee ein. Man nannte dies den Dunklen Markt. Nicht nur wegen der schummrigen Beleuchtung, sondern auch wegen der Dinge, die es hier zu kaufen gab.

Die Luft war kühl und roch nach Moschus. Die Kunden liefen mit vermummten Gesichtern durch die Gänge. Zu ihrer Rechten saß ein dünner barfüßiger Junge neben einem Korb mit magischen Rosenkränzen. Ein Schild lockte: »Abkürzung zum Himmel. Unsere Rosenkränze weisen 200 Taten für jedes Gebet aus.«

Sie hatte so etwas schon gesehen und wusste, dass nur ein Narr sie kaufen würde. Die Angestellten bei *RosenkranzPlus* waren angewiesen, ihren Abteilungsleiter zu informieren, wenn sie einen ungewöhnlichen Anstieg von Taten feststellten. Donia hatte einmal einen solchen Fall gehabt: Jemand hatte in weniger als 24 Stunden 15.000 Taten gesammelt – ein erheblicher Anstieg, da sein Durchschnitt bisher bei 99 am Tag lag. Aber sie hatte ihn nicht gemeldet.

Als sie sich weiter durch das Gewühl von Buden schlängelte, blockierte eine Hütte mit kaputten Gebetskabinen ihren Weg. Ein Mann mit nacktem Oberkörper stand neben einer der Kabinen. Ihre Plastikwände waren halb ausgebaut, während er eine Leiterplatte schweißte.

Als er Donia bemerkte, rief er: »Wenn du willst, kann ich deine Kabine hochtunen. Du wirst nie wieder ein Gebet vergessen, zumindest werden sie das glauben. Ich brauche nur deine Adresse und fünf Gramm Gold.« Donia zeigt ihm die Innenseite ihrer leeren Hand und murmelte »Danke.«

Vor vier Monaten war sie das letzte Mal hier gewesen. Wie heute hatte die Zeit gedrängt. Sie hatte es ein paar Tage vorher schon einmal versucht, aber einen verlassenen Markt vorgefunden. Es gab nur einen Mann am Eingang, vielleicht derselbe, der sie heute eingelassen hatte. Mit heiserer Stimme erzählte er ihr, dass es eine Razzia gegeben hatte, alle aber bald wieder zurückkehren würden.

»Sie kommen immer zurück«, sagte er.

Donia kam seit neun Jahren hierher, aber die Regeln des Marktes besagten, dass niemand seine Identität preisgab. Es war eine Gemeinschaft auf Grundlage der Gesichtslosigkeit. Wenn die Gesetzlosen anonym zusammenkamen, entstand aus irgendeinem Grund ein Gefühl des Vertrauens. Das hatte Herr Tafik ihr erklärt, als er sie zum ersten Mal an diesen unglaublichen Ort brachte.

Eine Person allerdings erkannte sie sofort. Sie wurde Doktora genannt, die Jungfernmacherin. Jeder nannte sie so, obwohl sie in Wahrheit nicht mehr als eine Tätowiererin war. Donia erreichte ihren aus Holzlatten und Blechteilen zusammengezimmerten Schuppen, der etwa halb so groß wie ihr Schlafzimmer war. Ein Schild am Eingang verkündete: »Emotionale Tattoos«.

Donia wollte gerade klopfen, als sie nebenan eine noch kleinere Hütte entdeckte. Über dem Eingang hing ein Schild mit der Aufschrift »Internet per Satellit. Freier Zugang«. Ihre Augen weiteten sich. Das letzte Mal hatte sie ein solches Schild vor sechs Jahren gesehen. Dort hatte sie damals über die Boote gelesen, die fluchtwillige Bürger aus Ägypten schmuggelten. Dort war es auch gewesen, wo ein vermummter Mann sie ansprach. Er hatte ihr von den Booten am roten Meer erzählt. Sie hatte sich bedankt und ihm ein Buch abgekauft, das er als sehr seltenes Enthüllungsbuch beschrieb. Es sei ein Buch voller Fakten und lange vor dem Nizam ins Arabische übersetzt worden.

Als sie Herrn Tafik von den Booten erzählte, lachte der und meinte, der Mann wolle sie ausnehmen. Aber dann ging sie in das World Wide Web der Kuffar und fand viele Seiten zu den Booten. Und alle nahmen ein Kilo Gold. Die Boote starteten um Mitternacht am Roten Meer, aber auch an der westlichen Küste Nordägyptens. Jedenfalls war das vor ein paar Jahren so gewesen.

Donia ging zu der kleinen Hütte und klopfte. Niemand antwortete. Sie klopfte noch einmal, dieses Mal lauter.

»Aywa, aywa«, antwortete eine Männerstimme. Donia hörte ein herzhaftes Gähnen, gefolgt vom Ächzen eines Bettes. Schritte kamen näher, die Abdeckung wurde zur Seite geschoben, und ein paar verschlafene Augen kamen zum Vorschein.

»Du willst Internet?«, fragte der Mann und rieb sich ausgiebig das rechte Auge.

»Ja. Funktioniert es?«

»50 Ägypter pro Suche, klaro?«

Donia nickte. Der Mann trat beiseite und wies auf ein altertümliches Gerät. Mit einem noch greifbaren Monitor und echter Tastatur stand es auf einem niedrigen Tisch. Leere Teetassen übersäten das dunkle Innere der Hütte. In einer Ecke sah man eine Pritsche.

»Aber sag nicht, ich hätte dich nicht gewarnt«, meinte der Mann. »Er ist sehr langsam. Er ist an einen Micro-Empfänger angeschlossen, der gerade oberhalb des Nils aufgestellt wurde. Ich weiß nicht mal, welcher Satellit hier überträgt. Es dauert sehr, sehr lange, bis er etwas runterlädt, klaro? 20 Minuten oder so.«

Donia kramte in ihrer Tasche und gab dem Mann einen Fünfziger. Er musterte sie von oben bis unten und verschwand durch eine kleine Öffnung am hinteren Ende der Hütte.

Donia nahm auf einen niedrigen Hocker Platz und betrachtete den flackernden Monitor. Ein Übersetzungsprogramm war aufgerufen, und sie sah das Wort »Außerirdische« auf Arabisch und in einer Sprache, die sie für Englisch hielt. Die Sache mit der Stimme hatte sie fast vergessen. Nach der Bekanntmachung, dass ein Ring koptischer Rebellen geständig war, hatte sie die Angelegenheit aus den Augen verloren.

Sie löschte das Wort und gab »marakib moghadera masr« ein.

»Boats leaving Egypt« erschien auf dem Bildschirm.

Sie kopierte die englischen Wörter in eine vorinstallierte Such-maschine und drückte die Befehlstaste. Unten auf dem Bildschirm erschien ein Kästchen mit leerem Statusbalken.

Während sie wartete, blieb der Statusbalken so leer wie die Sei-te mit den Suchergebnissen. Donia schaute sich um und entdeckte neben dem Tisch einen unordentlich zusammengefalteten Haufen Papier. Sie griff danach, faltete das Papier auseinander und traute ihren Augen nicht.

In der Hand hielt sie eine Weltkarte.

Sie suchte jeden Zentimeter ab, konnte Ägypten aber nicht fin-den. Als es ihr schließlich gelang, lag es fast genau in der Mitte der Karte. Ihre Augen flitzten nach Osten, Westen, Norden und Süden. Sie fand Venezuela. Nein, dahin nicht, dachte sie. Ihr Buch der Fak-ten gab hier die höchste Mordrate pro Kopf an.

Dann machte sie China aus. *44.000 Babys werden pro Tag dort ge-boren* – zumindest war das vor 40 Jahren so gewesen.

Dann Kuba. Fidel Castro hatte angeordnet, sämtliche Monopoly-Spiele zu zerstören. Aber wer war Castro und was Monopoly? Donia faltete die Karte wieder zusammen und schaute auf den Statusbal-ken. Zehn Minuten, und nur ein winziger Streifen Grün war auf-getaucht. Sie seufzte, erhob sich und rief nach dem Mann.

»Aywa?«, antwortete der.

»Das dauert mir zu lange«, sagte Donia. »Ich gehe zu … ich laufe ein wenig herum und komme dann zurück. Bitte lassen Sie keinen ran, bevor ich fertig bin. Ich habe bezahlt, und Gott ist mein Zeuge.«

»Keine Bange, keine Bange.«

Die Weltkarte ließ sie, wo sie war, verließ den Schuppen, ging nach links zu Doktoras Haus und klopfte.

»Ich habe keine Tinte mehr«, sagte eine Stimme.

»Ich bin es«, flüsterte Donia.

Schritte kamen näher, und ein strahlendes Augenpaar blickte sie an. Die Fältchen rundherum zeigten, dass Doktora lächelte.

»Komm rein, meine Tochter«, sagte sie, ihre strichdünnen Augenbrauen vor Freude hochgezogen. Doktora war stämmig gebaut, Brüste und Bauch formten eine ausladende Wölbung. Sie machte sich dünn, damit Donia eintreten konnte.

Die Wände der kleinen Bude waren mit stetig wechselnden Animationen bedeckt. Ein Schmetterling verwandelte sich in einen rennenden Gepard, ein galoppierendes Pferd wurde zu einer schlafenden Katze. Auf einem Regal lag eine Tattoo-Pistole. Beide Frauen nahmen ihren Schleier ab und lächelten sich zu. Nur dass Doktoras Lächeln ein wenig zu lange auf ihren Zügen lag und ihre Augen feucht wurden. Sie wandte den Kopf ab. Das Lächeln verschwand.

»Ist alles in Ordnung?«, fragte Donia.

»Gepriesen sei Gott«, antwortete Doktora und gab Donia ein Zeichen, sich zu setzen. Donia fiel dabei die animierte Zeichnung auf ihrem rechten Handrücken auf: langsam herabtropfende Tränen. Beim letzten Besuch war dort ein Adler zu sehen, der über ihre Handfläche und zwischen ihren Knöcheln hindurchglitt.

Doktora hob die Hand: »Ja, wenn man wie ich mit E-Tinte bedeckt ist, kann man seine Gefühle nicht so leicht verbergen.«

Während ihrer ersten Besuche mit Herrn Tafik hatte Donia sich danach gesehnt, an irgendeiner versteckten Stelle ihres Körpers ein veränderliches Tattoo zu bekommen, das ihre Gefühle ausdrückte. Herr Tafik fand das geschäftsschädigend: »Du willst doch nicht, dass ein Ehemann sieht, was du wirklich fühlst.«

Aus einem Kessel schenkte Doktora ihnen Tee ein.

»Vergib mir«, sagte sie und reichte Donia eine volle Tasse. »Es geht um Bassem, meinen Sohn. Ein paar SWs haben ihn letzte Woche aufgegriffen, als er Musikaufnahmen verkauft hat. Es ist seine dritte Verhaftung.«

»Das tut mir so leid.« Donia setzte ihre Tasse ab und griff nach Doktoras Hand. »Geht es ihm gut? Was werden sie mit ihm machen?«

»Er muss bald vor Gericht. Sie werden ihn verurteilen und in die

Quarantäne für verlorene Seelen verbannt, Gott steh ihm bei.«
Doktora atmete tief ein und wischte mit einer entschlossenen Geste ihre Tränen aus dem Gesicht. »Nun Donia, das letzte Mal zu mir als du hier warst, hast du mir versprochen, dass du nur noch ein einziges Mal zu kommen brauchst. Gilt das immer noch, meine Tochter?«

»Ja, ich habe das alles hinter mich gebracht. Es ist das letzte Mal.«

»Gut, denn ich werde diesen verfluchten Markt verlassen. Nachdem das mit Bassem passiert ist, kann ich nicht riskieren, auch noch selbst geschnappt zu werden. Wir sind eine große Familie, und für unseren Ruf wäre es eine Katastrophe! Die Onkel und Cousins meines Sohnes haben ihn schon enterbt.«

Donia nickte: »Ich verstehe. Aber vielleicht ist der Nizam ja gnädig. Mit diesem ganzen Gerede über Außerirdische und Rebellen, wer weiß?«

»Außerirdische, Christen, Juden – möge Gott ihnen gnädig sein. Jetzt kümmern wir uns aber erst mal um dich, Liebes.« Die Tränen auf ihrem Handgelenk waren versiegt. Sie ging zu einem Sofa neben den Regalen. Donia stand auf und verbarrikadierte den Eingang mit einer aus den Angeln gehobenen Tür. Nachdem die Öffnung sicher verschlossen war, begann sie, sich auszuziehen.

»Leg dich hier hin«, sagte Doktora, während sie in einer Schublade kramte.

Als Donia nur noch ein graues Unterhemd trug, setzte sie sich auf das abgewetzte Sofa. Sie ließ sich zurückfallen und zog die Beine an.

»Los geht's«, sagte Doktora. In der Hand hielt sie einen kleinen Stapel Plastiklappen, einen schlaffen Latexhandschuh und eine Taschenlampe. »Und jetzt einmal die Beine ganz breit, bitte.«

Doktora ließ sich auf einer Couchecke nieder, knipste die Taschenlampe an und wies damit auf Donias Schoß: »Du hast Glück«, sagte sie, während sie die Taschenlampe auf ihrem Schenkel balancierte und gleichzeitig den Handschuh überstreifte. »Den letzten

Packen Membrane habe ich mit einer Extraportion roter Flüssigkeit versehen. Dein Ehemann wird sehr stolz auf sich sein.«

Die Prozedur dauerte nicht länger als drei Minuten. Im Lauf der Zeit hatte Donia sich daran gewöhnt, an das unsanfte Kneifen, den unangenehmen Druck, das feine Brennen des Lasers.

»So frisch und rein wie eine Braut, meine Tochter«, sagte Doktora schließlich und gab ihr einen aufmunternden Klaps. »Mit einem neuen Hymen und deinem engelhaften Gesicht wird kein Mann jemals Zweifel haben.«

Donia erhob sich und kleidete sich inklusive Nikab wieder an. Sie zog ein Bündel Geldscheine aus ihrer Tasche und hielt es Doktora hin. Doch die hob protestierend die Hand.

»Donia, hast du nicht zugehört? Ich bin damit durch.«

»Das geht doch nicht. Wenigstens das schulde ich dir nach all den Jahren. Es wäre mir peinlich.«

»Unsinn. Sieh es so: Kauf 30, oder wie viel es immer auch waren, und bekomme einen umsonst.«

Donia wollte protestieren, aber Doktora hielt ihr den Mund zu: »Geh Tochter, und so Gott will, werden sich unsere Pfade an einem besseren Ort wieder kreuzen.«

Donia murmelte etwas von Dankbarkeit und räumte den Eingang frei. Bevor sie ging, drehte sie sich noch einmal um und umarmte Doktora. Die Frau, die sie immer wieder zur Jungfrau gemacht hatte, war der einzige Mensch, den sie in ihrem neuen Leben vermissen würde.

»Vielen Dank für alles«, sagte Donia. »Es ist merkwürdig, in meinem ganzen Leben warst du mir am nächsten. Möge Gott dich beschützen.«

Sie verließ den winzigen Schuppen und eilte zu ihrem antiken Computer zurück, um zu sehen, was die Suche ergeben hatte.

»Hallo, ich bin zurück«, rief sie.

Keine Antwort. Sie nahm Platz und inspizierte den Bildschirm. Sie verstand nur das Wort »Gold« nachdem sie es neben »1 kg«

entdeckte. Aber bevor sie alles kopieren konnte, wurde sie auf ein blinkendes Kästchen aufmerksam. Sie klickte es an, und in der Mitte des Bildschirms erschien in roter Farbe:

Im Namen Allahs,

Sie sind überführt worden. Sie haben das World Wide Web der Kuffar benutzt. Wir wissen, wo Sie sich befinden. Jeder Versuch zu fliehen wird ohne Gerichtsverfahren geahndet.

Das Ministerium zur Bekämpfung ausländischer Einflussnahme

Donia stieß einen kleinen Schrei aus. In der Hoffnung, den Ladenbesitzer aufzustöbern, drehte sie sich einmal um sich selbst. Dann schien die Erde zu beben. Ein gewaltiger Knall ertönte von der anderen Seite der Untergrundmoschee. Überall Schreie.

Sie waren gekommen.

11 | Der Aufpasser ⚞ ⚟

»ALLAHU AKBAR! ALLAHU AKBAR!«, heulten die Sirenen der SWs, die den Markt stürmten. Donia war vor Schreck starr. Sie konnte nicht denken, sich nicht bewegen. Von außen hörte sie Schreie. Irgendwann war sie in der Lage, an die Tür zu treten. Sie spähte um die Ecke und sah ein Dutzend SWs durch die Luft flitzen, wobei ihre Maschinenaugen rote und blaue Stichflammen versprühten.

»Im Namen Allahs, ihr seid alle verhaftet«, lärmten die metallischen Stimmen unisono. »Bleibt, wo ihr seid. Wer nicht stehen bleibt, wird festgenommen und bekommt kein Gerichtsverfahren.«

Niemand blieb stehen. Menschen hasteten durch das Labyrinth

des Marktes. Doktora trat aus ihrer Hütte, ballte eine Faust und stieß wilde Verwünschungen aus. Ein SW bewegte sich auf sie zu und warf ein feines Netz aus, das sie von Kopf bis Fuß umhüllte. Mit einem brutalen Aufprall ging sie zu Boden. Donia rang nach Luft. Der Drang, Doktora zu helfen, war größer, als ihr Wunsch, sich zu verstecken. Gerade als sie losrennen wollte, hielt jemand sie am Arm zurück. Sie drehte sich um und stand Kopf an Kopf mit dem Besitzer der Computerhütte. Er legte einen Finger auf seine verdeckten Lippen. Die Wildheit in seinen blutunterlaufenen Augen veranlasste sie, sich ruhig zu verhalten. Bevor sie etwas sagen konnte, rannte er zum Computer und stöpselte Tastatur wie Maus aus.

»Komm mit«, sagte er, »aber vergiss deine Tasche nicht.« Er huschte durch den niedrigen Flur, der zum Hinterzimmer der Hütte führte. Donia schnappte sich ihre Tasche und eilte dem Mann hinterher. In einer Ecke des Hinterzimmers züngelte ein kleines Feuer.

»Ich habe gesehen, wonach sie suchen«, sagte der Mann. »Wenn sie Fingerabdrücke finden, identifizieren sie uns als Internetnutzer und verbannen uns in die *Quarantäne für verlorene Seelen.*«

Er warf die Tastatur mitsamt Maus ins Feuer. Während die SWs immer engmaschiger die klapperigen Buden ins Visier nahmen, hörte man von oben her brummende Geräusche. Der Mann schleuderte einen Stuhl aus dem Weg, trat einen Tisch um und schob eine dünne Metallplatte beiseite, hinter der eine Marmorwand sichtbar wurde. In ihrer Mitte befand sich eine offene Luke. Er drehte sich zu Donia um und signalisierte ihr hindurchzuschlüpfen.

»Ich muss auf meine Cousins warten. Geh schon!«

Donia bückte sich und kroch durch die Öffnung. Dahinter lag ein enger Schacht, der in kompletter Dunkelheit nach oben führte. Sie konnte gerade noch eine Leiter ausmachen. Mit zitternden Händen begann sie den Aufstieg.

Der Fluchttunnel endete in einer schmuddeligen Toilette, von der nur noch zwei halb zerstörte Waschbecken übrig waren. Sie schaute unter sich und begriff, dass dort, wo sie ausgestiegen war, eine Toilettenschüssel gestanden hatte.

Von unten herauf hallte ein Schmerzensschrei, gefolgt von einem synthetischen »ALLAHU AKBAR!«

Noch immer im Nikab, sprintete sie aus der Toilette und erkannte, dass sie sich im alten Nationalen Yachtclub am Nil befand. Sie rannte einen Gang entlang, hörte einen Mann »Hey, du!«, schreien, blieb aber nicht stehen. Erst als sie die Straße erreicht hatte, verlangsamte sie ihre Schritte. Sie setzte eine Sonnenbrille auf, ließ das Opernhaus hinter sich und eilte zum nächsten Bahnhof. Sie bestieg einen Zug und blieb dort sitzen, bis die Zeit gekommen war, zu der ihr Vater sie nach einem gewöhnlichen Arbeitstag erwarten würde.

»Gott schütze uns, hast du die Nachrichten gehört?«

Donia war kaum durch die Wohnungstür gekommen. Sie hatte den Nikab und ihren E-Hijab im Flur ausgezogen. Ihr Gesicht war mit einem dünnen Schweißfilm bedeckt. Die Erschöpfung wegen ihrer gestrigen schlaflosen Nacht verstärkte noch die Unwirklichkeit dessen, was ihr widerfahren war.

»Was ist denn?«, tat sie harmlos.

»Es heißt, ausländische Kräfte unterwandern den Staat und richten im Untergrund Zugänge zum obszönen Internet der Kuffar ein. Anscheinend ist eine Bande gefasst worden. Einer soll in einem Nikab entkommen sein. Diese Dreckskerle!«

Donias Herz raste. Das war ich, dachte sie. Aber die Meldungen waren nicht ganz korrekt. Die Menschen im Dunklen Markt waren keine ausländischen Kräfte gewesen. Sie mochte die Gesichter nicht gesehen haben, aber Händler wie Kunden waren ganz gewöhnliche Ägypter gewesen, Kriminelle aus dem Süden vielleicht, aber dennoch Ägypter. Warum sollte der Nizam lügen? Ihre Gedanken kehrten zu Doktora zurück. Würde man sie laufen lassen?

»Schade«, sagte sie. »Ich meine, dass einer davongekommen ist.«

Yamen nickte und rückte seinen Anti-Demenz-Hut zurecht. »Ich gehe zur Moschee und dann ins Einkaufszentrum. Bevor ich es vergesse: Ich möchte nicht, dass du morgen in die Innenstadt gehst. Da wird es eine Menge Leute geben, die auf diese alberne *Lieferung* der Außerirdischen auf dem Tahrir-Platz neugierig sind.«

»Ist gut. Aber mit deiner Erlaubnis, Vater, treffe ich mich morgen Abend mit Salma und ein paar Schulfreundinnen. Wir hatten gehofft, die Nacht im Haus ihrer Eltern verbringen zu dürfen. Sie wären darüber sehr erfreut.«

Donia hatte keine Freunde. Sie hatte nie welche gehabt. Seit der Grundschule schienen Mädchen sie stets zu meiden, und Jungen – nun ja, mit Jungen war man nicht befreundet. Donia hatte nie verstanden, warum Mädchen sie so eisig behandelten, aber Herr Tafik meinte, ihre Schönheit schüchtere die anderen ein.

Dennoch hatte sie immer vorgegeben, Freundinnen zu haben. Obwohl er sie noch nie getroffen hatte, kannte ihr Vater die imaginäre Schulfreundin Salma sehr gut.

»In Gottes Namen, ich erlaube es, aber du nimmst einen Aufpasser mit. Ich möchte nicht, dass jemand dich ohne Schutz vor männlichen Blicken sieht.«

Donia nickte, bedankte sich und ging auf ihr Zimmer. Noch vor Sonnenuntergang war sie eingeschlafen.

Am folgenden Abend stand Donia um Punkt acht Uhr abends an der Kreuzung Löwe und Scheich, einen Aufpasser umgebunden.

»Zuhören«, schnarrte der Aufpasser. Sie stand unter einem der Kasr-el-Nil-Löwen auf der Scheich-Abu-Ismail-Straße. Sie wandte ihre Aufmerksamkeit der öffentlichen Koranlesung zu, die den Verkehrslärm noch übertönte.

»Ich höre«, sagte Donia zu der Maschine. Der Aufpasser lastete auf ihrer Schulter. Auf ihrer Brust und auf dem Rücken befand sich je ein schweres Medaillon. Diese waren flach, rund und hatten goldene Augen, stets bereit, beim kleinsten Anflug von Gefahr Alarm zu schlagen. Um jedes Auge waren die Worte *Fürchte Gott* eingraviert. Donia wusste, dass der Aufpasser durch die Messung von Puls, Hautleitfähigkeit und Atemmuster Unruhe feststellen konnte – jedes Anzeichen, das davon kündete, dass sie vorhätte, etwas Sündhaftes zu tun. Doch trotz seiner Ausgereiftheit hatte die Maschine nur einen Wortschatz von etwa einem halben Dutzend Wörtern.

»Warte«, sagte der Aufpasser.

Donia hasste ihn und das Risiko, das er darstellte. Dennoch war es letztendlich diesem wachsamen Gerät zu verdanken, dass die Revolution der Frauen im Jahr 2027 erfolgreich gewesen war. Die tragbare Maschine – jetzt fast ein modisches Accessoire –, hatte den Nizam davon überzeugt, die Gesetze gegen unbegleitete Frauen am Abend abzuschaffen. Natürlich musste Donia den Aufpasser nicht auf dem Weg zur Arbeit tragen, da die Bahnabteile geschlechtergetrennt und die tageslichthellen Straßen voller SWs waren. Aber am Abend auszugehen war eine andere Sache.

Als sie wartete, drängten scharenweise Frauen, Männer und Kinder an ihr vorbei Richtung Tahrir-Platz. Zweifelsohne wollten alle sehen, was um neun Uhr abends passieren oder eben nicht passieren würde. Was würde wohl geschehen, wenn die Stimme, die in ganz Ägypten zu hören war, sich nicht als Dummejungenstreich herausstellte? Wer sollte zurückgeschickt werden? Und wer war überhaupt fortgeschafft worden? Aber nach zehnminütigem Warten unter der Löwenstatue war sie zu aufgeregt, um an irgendetwas anderes als an ihre Hochzeit zu denken, ihre letzte Hochzeit, die heute Abend über die Bühne gehen sollte. Sie hatte Angst davor, aus lauter Nervosität zu schwitzen. Wenn sie auch nur mit dem kleinsten Zeichen von Unreinheit in das Auto stieg, würde man sie gleich wieder rauswerfen. Und was, wenn der Mann nicht auf den Aufpasser vorbereitet war? Würde er ihn deaktivieren können?

»Unruhig«, schnarrte das Gerät. »Böse Taten werden gemeldet.«

Die Fähigkeit des Aufpassers, Nervosität aufzuspüren, verstärkte sie nur noch. Wenn sie sich zur Panik steigerte, würde das Schariatainment eine Nachricht direkt an ihren Vater senden. Immer wieder hatte sie darüber nachgedacht, den Aufpasser abzuschalten, aber sie wusste, dass er einen ohrenbetäubenden Lärm machen würde, sollte sie es auch nur versuchen.

Und dann ging der Alarm trotzdem los. Aus dem vorderen Medaillon ertönte ein lautes, blechernes, fast kratzendes Geräusch. Der Lärm kam so unvermittelt, dass Donia einen Satz nach vorn machte, aber schon währenddessen entdeckte sie den Mann, der sie aus ein paar Metern Entfernung anstarrte. Er drehte sich auf dem Absatz um und lief eilig fort.

Während die anderen männlichen Passanten peinlich bemüht waren, einen großen Bogen um sie zu schlagen, verstummte der Alarm. Bestrebt, den Aufpasser nicht noch einmal zu aktivieren, starrten sie stur auf den Boden.

»Unrein«, sagte die Maschine. Donia wusste, dass nicht der aufdringliche Mann, sondern sie gemeint war. Zu lange schon hatte sie sich alleine hier aufgehalten, angeblich, um auf ihre Freundinnen zu warten.

Doch dann fuhr endlich ein Auto um die Ecke und verlangsamte auf Donias Höhe seine Fahrt. So ein Gefährt hatte sie noch nie gesehen. Schnittig, absurd lang, mit abgedunkelten Scheiben und fast zu schick, schien es geradewegs aus dem Sleepvertising zu stammen.

Das Auto hielt direkt neben ihr. Das vordere Auge ihres Aufpassers fuhr hektisch aus und versuchte, die Situation zu analysieren.

»Sie sind hier«, sagte Donia und versuchte, ihre Nervosität nicht durch ein Zittern in der Stimme zu verraten. Sie hatte Angst, dass der Alarm sofort wieder losheulen würde, wenn sie in das Auto mit den abgedunkelten Scheiben stieg.

Zu Recht.

Als sie sich der Autotür näherte, schwoll das Kreischen des Alarms wieder an, verwandelte sich aber bald in ein Pfeifen und wurde zu einem dünnen Quäken. Dann fiepte die Maschine jämmerlich und war deaktiviert. Eine Scheibe glitt nach unten, und ein älterer Mann mit grauem Bart und weißer Kappe auf dem Kopf sprach sie an.

»Komm rein, Kind!«, sagte er.

12 | Die 33. Hochzeit ◦◦

Donia gehorchte automatisch. Der alte Mann, erkennbar ein Massoun, öffnete die Tür. In der Hand hielt er so etwas wie eine Fernbedienung, genau den illegalen Apparat, den die meisten ihrer Ehemänner benutzt hatten, um den Aufpasser lahmzulegen. Sofort nachdem sie eingestiegen war, schloss sich die Tür, und der Wagen fuhr los. Ganz alleine saß sie auf einer geräumigen, gleißend hell angestrahlten Rückbank. Mit zusammengekniffenen Augen konnte sie jenseits des fast undurchdringlichen Lichtvorhangs den Massoun erkennen, der ihr gegenüber saß. Doch neben ihm war noch etwas, eine Präsenz, ganz verschattet. Donia hatte das Gefühl, Hitze gehe von dort aus, eine maskuline, pulsierende Hitze, die von etwas Großem abstrahlte.

Sie zog ihren Aufpasser aus und legte ihn neben sich. Dann nahm sie den Schleier ab und schüttelte ihr Haar. Schließlich zwang sie sich dazu, ein kindliches Lächeln über ihr Gesicht huschen zu lassen.

Kein Wort wurde gesprochen.

Der Lärm des Straßenverkehrs drang gedämpft an ihr Ohr. Lediglich ein tiefes gutturales Atemgeräusch war zu hören, das aus der Ecke des Autos kam, wo sie ihren Bräutigam vermutete. Jeder seiner Atemzüge schien sämtliche Luft aus dem Auto zu saugen, bevor sie um einiges wärmer wieder abgegeben wurde.

»Unschuldig.«

Die Stimme brummte dieses Wort in einer unmöglich tiefen Tonlage, deren Vibration unterhalb von Donias Nabel nachklang. Es klang nicht wie eine Feststellung, sondern wurde mit der Strenge eines Befehls ausgesprochen.

»Obwohl hier pure Sexualität brodelt. Wahrhaft prächtig.«

Der Schatten deklamierte diese Worte mit einem Anflug von Förmlichkeit, als würde er den Koran selbst zitieren. Donia versuchte, sich nichts anmerken zu lassen.

»Untersuch sie«, befahl er.

Ohne Vorwarnung schaltete der Massoun einen Jungfrauenscanner ein, der neben ihm bereitlag. Er lehnte sich nach vorn ins Licht und fuhr damit über Donias Schoß, das Gesicht abgewandt. Es piepte mehrmals, und dann erschien das Wort »rein« auf dem Display.

Donia seufzte erleichtert auf.

»Sagt es Euer Ehren zu?«, fragte der Massoun mit einer vergleichsweise mickrigen Stimme. Stille trat ein. Langsam begannen Donias Augen, sich an das Licht zu gewöhnen. Einen Meter von ihr entfernt konnte sie die Ausbuchtung eines gewaltigen Bauches ausmachen, der im Rhythmus pfeifender Lungen an- und abschwoll.

»Ich akzeptiere, mein lieber Scheich.«

Er bewegte sich ein wenig, und die Scheinwerfer, die Donia anstrahlten, wurden teilweise verdeckt, sodass sie die beiden Männer besser sehen konnte.

Es war kein schöner Anblick. Sie sah einen Berg von Mann, dessen umfangreicher Bauch die abgedeckten Schenkel auseinanderzureißen drohte. Eine cremefarbene Satindschellaba, verziert mit bunten Bordüren, versuchte, alles zusammenzuhalten. Auf der wogenden Brust lag ein ungekämmter Bart ohne Schnauzer, tiefschwarzes Haar, das wie Schamhaar wirkte. Tiefliegende, flinke

Augen machten ihr bewusst, dass sie ihn anstarrte, doch ehe sie wegschauen konnte, bemerkte sie auf seiner Stirn etwas, das wie ein eigenartiger magischer Rosenkranz aussah. Noch bevor er zu einem Taschentuch griff, sah Donia, dass es sich um eine Zebibah handelte, ein Wundmahl auf der Stirn, das entstand, wenn man beim Beten den Kopf zu exzessiv auf den Boden presste. Sie war so akut, dass daraus eine Art Eiter sickerte. Der Mann tupfte sie einige Male ab. »Zebibah« hieß wortwörtlich »Rosine«, aber Donia fand, dass es bei ihm aussah, als wäre die Haut seines Ellbogens mitten auf die Stirn gerutscht. Ein nässender Ellenbogen der Frömmigkeit.

Und doch kam ihr der Bräutigam schrecklich vertraut vor. Sie durfte sich solche Gedanken nicht erlauben, nicht jetzt, aber irgendetwas in ihr wollte sie darauf hinweisen, es handle sich hier um den Vergewaltiger in ihrer unaussprechlichen Vision. Nur trug er statt Hörnern eine monströse Zebibah.

»Dann lasst uns mit der Prozedur beginnen«, sagte der Massoun und zog eine Seite E-Papier heraus, auf das er mehrmals tippte, bevor das Wort Heiratsurkunde erschien. Donia war unbehaglich zumute. Sie überlegte kurz, aus dem Wagen zu springen. Unattraktive Bräutigame war sie gewohnt, aber musste der letzte der hässlichste und bedrohlichste von allen sein? Doch bevor sie sich zu einer Entscheidung durchringen konnte, hielt ihr der Massoun die Urkunde hin: »Setze bitte deinen Namen ein.«

Der Mann hieß Zulkheir El Gazzar und nicht Atrees Gabar, wie das Halal Heiratsinstitut angegeben hatte. Doch bei solchen Diensten nannte niemand seinen richtigen Namen. Im Kontrakt wurde eine automatische Annullierung nach 24 Stunden vereinbart. Vor dem Vollzug war der Braut ein Preis von 45 Gramm Gold auszuhändigen, aber erst nach Vertragsabschluss.

Es gab immer das Risiko, dass ein Bräutigam, aus welchem Grund auch immer, die Scheidung verweigerte. Sie hatte die Möglichkeit, selbst eine Scheidung zu beantragen, aber das würde zu längeren Untersuchungen führen und sicher mehr als 24 Stunden dauern.

Danach wäre sie für immer als Geschiedene registriert. Doch welcher Mann, vor allem, wenn er reich war und schon zwei oder drei Frauen hatte, würde schon eine Annullierung verweigern und die Schande riskieren, von seiner neuen Frau geschieden zu werden?

Schließlich unterschrieb sie, wenn auch mit zitternder Hand.

»Es wird nicht wehtun, Kind«, sagte der Bräutigam namens Zulkheir mit Blick auf ihre Hand.

Sie hasste dieses Wort. *Kind.* Alle ihre Ehemänner hatten sie so genannt.

»Ich bin ein sanfter, sanfter Mann«, sagte er und betupfte wieder seine Stirn. Donia sah, wie der Massoun sich ein Lächeln verkniff.

»Exzellent«, sagte er und fügte ohne Blick auf Zulkheir hinzu: »Euch gehört nun eine sehr schöne Frau, Euer Ehren.«

Zulkheir lächelte schief, griff in seine Dschellaba, zog einen Klumpen Gold in der Größe eines kleinen Fingers hervor und warf ihn in Donias Schoß. Der Massoun reichte Donia eine Waage. Sie legte den Barren darauf und las die Zahl 45. Nach einer gemurmelten Entschuldigung führte sie ihn zum Mund und biss hinein. An den kleinen Vertiefungen konnte sie sehen, dass es echt war. Sie nickte und lächelte ebenso verschämt wie zufrieden.

Zulkheir rieb mit der rechten Hand über die Autotür, und der Wagen verlangsamte sofort seine Fahrt.

»Das Dokument, bitte«, befal er. Der Massoun reichte ihm die E-Urkunde. »Deine Rechnung ist elektronisch beglichen worden, aber wir werden bis heute Abend in Verbindung bleiben.«

Der Massoun nickte höflich und ignorierte Donia, während er die Tür öffnete und ausstieg.

»Wir fahren jetzt zum Hizb-Hotel«, sagte Zulkheir. »Du wirst mit dem Vertrag eintreten und nach dem Zimmer für Zulkheir El Gazzar fragen, hast du verstanden?«

Donia nickte, als er ihr den Vertrag in die Hand drückte. Dann trat Stille ein. Sie mochte 32 Ehemänner gehabt haben, aber es war ihr nie gelungen, so zu schäkern, wie sie sich das bei Prostituierten von früher vorstellte, die Art von Flirt, die den Kunden entspannte und geneigt machte, sie gut zu behandeln. Doch Herr Tafik hatte immer gesagt, ihre Schweigsamkeit sei einer ihrer größten Reize. »Du bist eine Jungfrau, keine Hure«, hatte er gesagt. »Jungfrauen sind scheu und nervös. Bleib so.«

Sie blieb also still und starrte auf den leeren Sitz des Massouns, während sie versuchte, unter dem lüsternen Blick ihres offiziellen Bräutigams nicht zu schlottern. Zulkheir kam ganz sicher aus Nordägypten. Je hässlicher, desto reicher, glaubte Donia. Sie hatte nicht den Hauch einer Vorstellung, was der Mann in Mittelägypten wollte, aber sie nahm an, dass er ein höheres Regierungsamt innehatte und sich somit frei in ganz Ägypten bewegen konnte. Nach einigen Minuten des Schweigens verlangsamte das Auto wieder die Geschwindigkeit.

»Ich werde nachkommen«, sagte Zulkheir. »Wenn ich eintreffe, erwarte ich, dass du angemessen gereinigt und gekleidet bist. Auf dem Bett wirst du ein Geschenk vorfinden.«

Als sie vor dem besten Dreisternehotel Mittelägyptens ausstieg, versuchte Donia »Danke« zu sagen, konnte das Wort aber nur tonlos formen.

Mehr als drei Sterne war für ein Hotel in Mittelägypten aus rechtlichen Gründen nicht zu erreichen, aber jeder wusste, dass der Luxus des Hizb in Wahrheit weit darüber hinausging. Sie betrat eine Halle mit hohen Säulen aus synthetischem Marmor und berührte eine davon. Eine leicht automatenhafte Stimme ertönte: »Alsalamu alaikum, haben Sie reserviert?«

»Eine Reservierung auf den Namen Zulkheir El Gazzar«, sagte sie und presste ihre Heiratsurkunde gegen den Marmor.

»Ausgezeichnet«, antwortete die Säule. »Bitte drücken Sie Ihre rechte Hand gegen die Säule.« Donia spürte, wie eine warme Welle ihre Hand einscannte.

»Bitte begeben Sie sich in den 62. Stock«, fuhr die Säule fort. »Ihr Zimmer hat die Nummer 6200.«

Ein so majestätisches Zimmer hatte sie noch nie gesehen. Auf den ersten Blick gab es hier keine verbotenen Luxusgüter, aber die Einrichtung war offenkundig für nordägyptische Offizielle auf Besuch in der Mitte vorgesehen. Eine komplette Wand wurde von einem Fenster mit Panoramablick auf die Kairoer Skyline eingenommen. Am anderen Ende des Raums befand sich ein ausladendes Bett, in dem eine ganze Familie Platz hätte. Zulkheir würde allerdings die Hälfte davon allein benötigen. Es stand auf einer Plattform, zu der drei Stufen führten. Das Bett war mit diversen Lagen farbig abgestimmter Decken und einer aufwändigen Auswahl von Kissen arrangiert.

Eine weiße Schachtel lag auf der ersten Stufe. Donia öffnete sie und fand darin ein schwarzes Kleid, das aus knappen Seidenstreifen gefertigt war. Im Badezimmer wusch sie sich und kleidete sich an, setzte sich dann mit einem mulmigen Gefühl aufs Bett. Nur ihre Brüste und ihr Unterleib waren bedeckt. Das würde nicht lange so bleiben. Und was, wenn sie unter ihm erstickte? Aber es war nicht sein Gewicht oder seine Hässlichkeit, die ihr Angst machten, nicht einmal die Vorstellung, Sex mit ihm zu haben. Es war seine Stimme. Befehlsgewohnt und doch so bedrohlich heiter.

Die Tür öffnete sich. Donia sprang auf. Zulkheir blieb im Rahmen stehen und nahm sie mit finsterem Gesichtsausdruck ins Visier, als ob er überlege, womit er sie bestrafen könne. Der Mann war wirklich kolossal und schien sogar um Atem zu ringen, wenn er still stand.

Er ging zu einer Kommode in der Nähe der Tür und machte eine Handbewegung. Ein Glas mit Eis erschien und füllte sich langsam mit einer bernsteinfarbenen Flüssigkeit.

»Der einzige Ort in Kairo, wo man einen Halal-Whisky bekommt«, dröhnte er, »Möchtest du probieren?«

»Wenn du es wünschst.«

»Ich wünsche es.«

Während er ein weiteres Glas zubereitete, ging sie zu ihm. Er drückte ihr ein mehr als halbvolles Glas in die Hand, aber Donia roch nur daran.

»Es ist absolut halal«, sagte er. Sein Ton ließ keinen Zweifel daran, dass er es war, der darüber zu bestimmen hatte. »Es ist kein Alkohol. Gott verfluche die Kuffar, die ihn trinken. Du wirst nicht die Kontrolle verlieren, du wirst nur ein bisschen entspannter sein.«

Vielleicht war es das, was sie brauchte. Donia nahm einen großen Schluck. Zuerst musste sie würgen, dann lief ein Rinnsal aus flüssigem Feuer durch ihre Kehle. Zulkheir beobachtete sie. Es wurde nicht gesprochen. Um etwas zu tun zu haben und das schwer erträgliche Schweigen leichter zu machen, hob sie das Glas erneut. In diesem Moment legte er seine behaarte Hand auf ihre rechte Brust. Das Glas schon an der Unterlippe, hielt sie inne, doch Zulkheir, der sie immer noch mit toten Augen anstarrte, gab ihr ein Zeichen zu trinken. Donia nippte nur, sodass der Whisky kaum ihre Lippen benetzte.

Er packte jetzt fester zu. »Austrinken«, befahl er.

Ungewollt fiel ihr Blick auf die nässende Zebibah auf Zulkheirs Stirn. Angst durchflutete sie und ließ ihren Puls rasen. Ich bin eine Jungfrau, sagte sie sich. Ich bin eine jungfräuliche Braut.

Zulkheirs Lippen verzogen sich zu so etwas wie einem Lächeln: »Ein Leichtgewicht. Es heißt, dass wahre Jungfrauen noch nie berauscht waren.«

»Es ist mein erstes Mal.«

»Erstes Mal für mehr als nur eine Sache.«

Donia versuchte zu lächeln, senkte aber nur in verzweifelter Zustimmung den Kopf.

»Noch einer«, kommandierte er und servierte ihr ein weiteres Glas. Donia widersprach nicht mit Worten, bat aber mit den Augen um Schonung, eine Bitte, der mit einem auffordernden Nicken von Zulkheir begegnet wurde. Die Geste war winzig, aber herrisch und drohend zugleich. Sie trank den Whisky aus, diesmal vielleicht etwas weniger anmutig.

Halal mochte er gewesen sein, aber der Stoff wirkte schnell. Schon jetzt wirbelten ihre Gedanken durcheinander. Sie wurde am Arm gepackt und die drei Stufen zum Bett hoch geführt. Ihr Ehemann begann seine Dschellaba über den Kopf zu wuchten. Als er sein Unterhemd auszog, schwappte sein gewaltiger Bauch nach unten. Er war mit kurzen, stacheligen Haaren übersät.

»Ausziehen«, befahl er. »Langsam.«

Donia gehorchte. Obwohl alles in ihrem Kopf sich drehte, fühlte sie sich in ihrer Nacktheit noch unwohler als bei ihren anderen Ehemännern.

Bevor er seine Dschellaba faltete und zur Seite legte, zog Zulkheir zwei Dinge aus seiner Tasche: einen magischen Rosenkranz, den er sofort an der feuchten Stirn befestigte, und eine kleine Flasche. Er schob den Bauch nach oben und besprühte seinen Unterleib. Donia hatte von solchen Sprühkondomen schon gehört.

»Leg dich hin, Kind«, sagte Zulkheir. Er ließ sich neben ihr nieder, und sie fühlte wie die Matratze auf seiner Seite bis fast auf den Boden gedrückt wurde. Er spreizte ihre Beine und flüsterte: »Im Namen Allahs, des Allerbarmers, des Barmherzigen.«

Sie drehte den Kopf zur Seite und schaute aus dem Panoramafenster auf die glitzernden Lichter Kairos. Dann machte sie dicht. Wie ein Arzt, der seinem Patienten bei einer Narkose aufträgt, bis zehn zu zählen, konnte Donia eine ähnliche Wirkung ohne jede Droge erzielen. Vielleicht hatten die Prostituierten von früher Beruhigungsmittel genommen, um die Härte ihrer Arbeit abzumildern, Donia musste nur zählen. Diese Fähigkeit hatte sie in den letzten vier Jahren ihrer Arbeit für *RosenkranzPlus* perfektioniert.

»1, 2, 3«, zählte sie, ließ den Klang jeder Zahl auf ihr Bewusstsein wirken und alles andere in den Hintergrund drängen. Sie war noch da, nahm ihre Umgebung wahr, aber es war wie die flüchtige Erinnerung an einen Traum. Als Zulkheir wild ihren Hals küsste, spürte sie, wie sein rauer Bart über ihre Brüste schabte. Sie fühlte, wie sein Gewicht ihr den Atem nahm. Sie fühlte, wie er ihre Brust knetete. Sie fühlte, wie Flüssigkeit von seiner Stirn floss und ihre Wange verschmierte. Sie spürte das allzu vertraute Unbehagen, als etwas gewaltsam in sie eingeführt wurde. Und sie hörte wie jemand in die Hände spuckte.

Aber es hätte jemand anderes sein können. Es hätte ein Fremder sein können.

65, 66, 67 ...

Bis er schließlich in ihr drin war. An diesem Punkt war das Entkommen immer am Schwersten. Obwohl nur sehr wenig von ihm in ihrer intimsten Stelle steckte, fühlte es sich an, als werde alles – der buschige Bart, der monströse Bauch, die triefende Zebibah – in sie gepresst wie ein Tumor, der sich jeden Moment ergießen konnte.

Und er ergoss sich. Allerdings nicht schnell genug. Nie schnell genug.

Als es vorbei war, wälzte der keuchende Klumpen sich von ihr herunter und hinterließ einen kleinen See aus Schweiß auf ihrem Bauch. Donia zwang sich zu einem zufriedenen Stöhnen und dazu, ihn anzuschauen. Erst jetzt wurde ihr klar, wie berauscht sie war. Und ihr wurde klar, dass hier etwas furchtbar schief lief.

»Gott hat deinen Körper mit dem Blut einer echten Jungfrau gesegnet«, sagte Zulkheir freudig erregt. Er hockte auf seinen Knien, nicht ahnend, was Donia sah: Sein gesamter Unterleib glühte violett. Dieser Anblick machte sie mit einem Schlag nüchtern. Wegen seines fetten Bauches konnte Zulkheir selbst es nicht sehen. Aber dann bemerkte er Donias aufgerissene Augen.

»Was ist los? War es zu viel?«, kicherte er. Langsam zog er die Falten seines Bauches nach oben um nachzuschauen, warum seine Ehefrau so gaffte. Dann trat tödliche Stille ein.

»Falsch.« Das Wort war mehr geröchelt als gesprochen, aber es genügte, um in Donias immer noch wirrem Kopf etwas auszulösen. Herr Tafik hatte sie vor Sprühkondomen gewarnt. Zulkheirs Gesichtsausdruck änderte sich von Fassungslosigkeit hin zur schlimmsten Kaltblütigkeit, die Donia je gesehen hatte.

»Kei-ne Jung-frau.«

Donia zog ihre Knie an die Brust.

»Dein Leben ... vorbei ... Hure«, zischte er.

Durch das Anspannen eines jeden einzelnen Muskels stellte Donias Körper sich instinktiv auf einen Gewaltausbruch ein, aber das reichte nicht annähernd. Mit der Schnelligkeit eines Gorillas, der seinen Nachwuchs verteidigt, landeten harte Faustschläge in ihrem Gesicht. Sie flog zur Seite, unfähig, sich zu bewegen oder zu atmen. Blicklos starrte sie aus dem riesigen Fenster auf den entfernten Kairoer Horizont. Ein schwarzer Punkt erschien in ihrem Blickfeld. Er wurde größer und größer, bis er ihre Sicht eintrübte. In der Ferne nahm sie verschwommen so etwas wie eine grüne Nebelsäule wahr, die aus dem Himmel herabstieg.

Zulkheir holte wieder aus.

Etwas schepperte in ihrem Hinterkopf.

Und dann verschwand die grüne Lichtsäule zusammen mit allem anderen im Nichts.

Teil 2

1

Nackte Rückkehr ✢✢

Ostaz Mukhtars Rückkehr nach Kairo war nicht besonders elegant. Die Schultern zuerst, materialisierte er sich rücklings auf dem Boden, ein Bein an einen Laternenmast gelehnt. Euphorie und Taubheit kämpften in seinem Inneren, als der Strudel grünen Lichts um ihn sich auflöste. Nach und nach wurde ihm bewusst, dass er der Mittelpunkt einer großen Schar entgeisterter Schaulustiger war. Vorerst war ihm das egal. Es kümmerte ihn nicht einmal, als ihm klar wurde, dass er so nackt wie beim allerersten Besuch auf dieser Erde war. Sein Körper fühlte sich herrlich locker und entspannt an, die Muskeln durchgewalkt. Genauso war ihm zumute gewesen, als sie ihn vor drei Jahren entführt hatten. Plusminus 100 Jahre – je nach Blickwinkel. Aber warum Teleportation diese unanständige postkoitale Sorglosigkeit mit sich brachte, war ihm ein Rätsel. Er wusste nur, dass es ihm nichts ausmachte, hier auf dem nackten Hosenboden, während die Rufe der Schaulustigen immer lauter und lauter wurden.

Er stand auf und reckte eine Faust in den Himmel. »Ihr verdammten Bakterien«, schrie er in Richtung des unsichtbaren Raumschiffs der Ilmani, das ihn um Punkt neun Uhr abends mitten ins Herz von Kairo gebeamt hatte. Sein Ausbruch löste ein kollektives Atemholen aus, und er wandte die Aufmerksamkeit seiner Umgebung zu. »Hallo, meine zukünftigen Landsmänner und -frauen«, sagte er mit einem linkischen Winken. »Tut mir wirklich leid, das alles.« Er schaute an sich herab und fügte hinzu: »Ehrlich, normalerweise ist er größer. Das macht das ganze Adrenalin, wisst ihr.«

Die Leute schrien, aber niemand wagte sich näher an ihn heran. Je länger er dort nackt herumstand, desto zorniger wurden die

Männer. Den wenigen Frauen wurden von ihren Begleitern die Augen zugehalten.

»Wer bist du?«, war die am häufigsten gestellte Frage. »Bist du von Außerirdischen geschickt worden? Blüht der Islam in anderen Welten? Berichte uns *alles*!«

»Leute, Leute«, begann Ostaz. »Ich komme mit guten Absichten. Ich bin nur ein gewöhnlicher Ägypter wie ihr auch. Ich ...«

Aber dann war er nicht mehr zu verstehen. Flugmaschinen näherten sich mit schmetternden Sirenen. »ALLAHU AKBAR! ALLAHU AKBAR!«

Ostaz konnte zuerst nur die Umrisse der fliegenden Roboter ausmachen. »SW werden sie genannt, Sittenwächter«, hatte Anmut ihn gewarnt. Ein Dutzend davon begann, auf dem Tahrir-Platz zu landen.

»Nun, meine Damen und Herren, ich denke, das ist die Aufforderung, mich zu verabschieden«, sagte Ostaz mit einer kleinen Verbeugung. »Bis dann!«

Er kämpfte sich durch die Menge, die vor seiner Nacktheit zurückwich, als wäre sie ansteckend. Das kurze Gras des Platzes kitzelte Ostaz' Füße wie weiche Nadeln. Seine Beine fühlten sich elastisch an, und er fragte sich, ob die Anziehungskraft der Erde schwächer geworden war.

Ein Mann, der nackt durch Kairo rannte, war jedoch einfache Beute. Er lief um den Platz herum auf die Hauptstraße zu und war bestürzt über die schiere Größe der selbstfahrenden Vehikel, die vorbeisurrten. Angesichts des nackten Mannes pressten die Passagiere ihre Nasen an die Fahrzeugfenster.

Ostaz schaute nach oben und staunte über die zahllosen erleuchteten Türme, die sich wie umgedrehte Stalaktiten in den Himmel bohrten. Wie geblendet nahm er den Überfluss der Farben wahr, die enormen dreidimensionalen Werbeanzeigen, die die Lücken zwischen den Gebäuden durchpulsten. Hier war ein Mann, der das Zentrum der Galaxie gesehen hatte, der auf Dutzenden von Planeten herumspaziert, gesprungen und gekrochen war, aber was er in diesem Kairo sah, ließ ihn wie angewurzelt stehen bleiben. Anmut hatte ihm mitgeteilt, wo sie ihn absetzen würden, aber er erkannte nichts wieder.

Die SWs versammelten sich über ihm. »Nicht bewegen«, drohten sie unisono. »Bei Bewegung erfolgt ein elektrischer Schock.« Er bemerkte, dass er auf einer Decke mit den Überbleibseln eines Picknicks stand. Immer mehr Gaffer rannten auf ihn zu. Angst und Aggression waren zu spüren. Er schnappte sich die Decke und wickelte sie sich eilig um die Hüften.

Die SWs machten sich zur Landung bereit. Und dann hatte Ostaz eine Idee.

Er legte die Hände an die Schläfen, rief »Allahu akbar« und tat so, als würde er beten. Mit 18 hatte er auf Bitten seines Vaters zum ersten Mal versucht zu beten. Es war auch sein letztes Mal gewesen. Nicht, dass er als Jugendlicher nicht an den Islam geglaubt hätte, das tat er durchaus, aber nur den Buchstaben nach und ohne groß darüber nachzudenken. Allerdings waren seine religiösen Überzeugungen in etwa so ausgeprägt wie sein Glaube an Außerirdische. Angesichts der Größe des Universums gibt es sie wahrscheinlich, hätte er als Achtzehnjähriger argumentiert. Aber er hätte sich nicht groß darum geschert, außer wenn sie ihm einen Besuch abgestattet hätten. Und soweit er wusste, hatte Gott sich bei ihm noch nicht sehen lassen.

Dennoch gelangen ihm die Gesten des Gebets so gut, wie jemandem die Schritte eines Foxtrotts, nachdem er Tausende hat Foxtrott tanzen sehen. Die SWs schwebten in Ruheposition. Ihre Sirenen schwiegen. Die Passanten, die ihm auf die Pelle rückten, hielten mitten in der Bewegung inne.

Ostaz legte die Hände auf den Bauch und fragte sich, wie um alles in der Welt er diesem Schlamassel entkommen sollte? In der Annahme, dass niemand einem Betenden etwas antun würde, hatte er lediglich ein wenig Zeit gewonnen. Aber wie lange konnte er so weitermachen? Was tue ich hier nur, murmelte er, bevor ihm klar wurde, dass er nun niederknien musste. Obwohl seine galaktische Reise mit den Ilmani seine Anschauung von fast allem in Frage gestellt hatte, seinen Begriff von Angst und was es bedeutete, inmitten der ganzen kosmischen Verrücktheit und Schönheit »persönliche Probleme« zu haben, machte ihm paradoxerweise genau der Ort Angst, an dem er geboren wurde und anscheinend noch bis vor kurzem gelebt hatte.

Was war hier geschehen? Wer waren diese Leute? Warum war jede Frau verschleiert? Warum trugen alle Männer Bärte? Und warum waren sie so wütend auf ihn?

Anmut hatte sich unwillig gezeigt, ihm irgendwelche Einzelheiten über Ägyptens theokratische Umgestaltung mitzuteilen, ganz gleich, wie oft Ostaz nachhakte.

Im Aufstehen bemerkte Ostaz, dass die fiependen Geräusche der selbstfahrenden Vehikel abgenommen hatten. Brav aufgereiht warteten sie an roten Ampeln. Plötzlich ertönte der Singsang einer Predigt, und eine ältliche Stimme belehrte Ostaz, dass »je mehr Gute-Taten du sammelst, desto größer sind deine Chancen, in Nordägypten leben zu dürfen, fast ein Himmel auf Erden, wo nur die reinsten Seelen residieren. Der Norden – der Warteraum des Himmels!«

Ostaz wusste nicht, was das zu bedeuten hatte, fand aber, dass keine Zeit zu verschwenden war. Er rannte auf ein Gebäude mit dem arabischen Buchstaben »M« in Gold zu und verlor dabei den Stoff, den er sich um die Hüften geschlungen hatte. Sofort schrillten die Sirenen der fliegenden Roboter über ihm wieder los. Manche der Gaffer schrien »Tötet ihn! Tötet ihn!« Er stemmte sein ganzes Gewicht gegen die Glastüren unter dem großen »M« und drückte sie auf. Vor ihm stand ein als Clown verkleideter Roboter hinter einer Theke.

»Assalamu alaikum«, sagte er. »Was darf ich Ihnen bringen?« Bilder üppig belegter Sandwiches waren rundherum projiziert.

»Äh, haben sie Koshari?«, fragte Ostaz.

Das Glas hinter ihm explodierte. Bevor er zusammenbrach, spürte er, wie ein Stromstoß ihn durchfuhr.

2 | Der Abtrünnige ⤖⤗

Ostaz durfte nicht vergessen, dass er sich auf einem Planeten befand, einem großen Himmelskörper, der mit unglaublicher Geschwindigkeit einen Stern umkreist. Doch der Effekt, den er sich von dieser Erinnerung versprach – Gelassenheit hauptsächlich –, trat leider nicht ein. Von Anfang an hatten die Ilmani ihm vor Augen geführt, Teil des Universums mit all seiner Weite, seiner Majestät, seiner Absonderlichkeit zu sein. Sie schienen sehr darauf zu achten, wohin sie ihn mitnahmen und was sie ihm erzählten. Beispielsweise beantworteten sie keine Fragen aus der Kategorie *Die tiefere Bedeutung von allem*. Stattdessen brachten sie ihn an Orte, die nicht sein irdisches Wissen erweiterten, sondern seine Selbstwahrnehmung veränderten. Einer dieser Orte war ein unbedeutender Mond, der einen gasförmigen Planeten im galaktischen Arm der Sonne umkreiste. Der Mond war geisterhaft rosa. Die Mondoberfläche bestand aus einer lauwarmen rosa Flüssigkeit, die etwas schwerer als Wasser war. Sie reichte ihm bis an die Knie, und irgendetwas an dieser Berührung beglückte ihn. Er setzte sich im Schneidersitz hinein. Bald entdeckte er, dass winzige leuchtende Kreaturen das rosa Wasser bevölkerten. Wie goldenes Sperma schwammen sie hastig und arglos in jede Richtung.

Als er eine Hand durch die Flüssigkeit gleiten ließ, begannen sie zu singen. Es war ein melancholischer Akkord, der ihm Schauer über den Rücken jagte. Er schaute hoch auf den blaugrünen, gasförmigen Planeten, der mit Molasseflecken übersät war, und dessen rosa Mond ihn stumm umkreiste. In der Dunkelheit dahinter funkelten die Sterne. Ostaz musste weinen. Er weinte über die Bedeutungslosigkeit seines Egos, über dieses Bündel aufgeblasener Erinnerungen, das sich zu einer scheinbar unabhängigen Identität geformt hatte und im tiefsten Innern darauf bestand, unsterblich zu sein. Doch selbst, als er sich seine Kleinheit eingestand, fühlte er eine paradoxe Anwandlung sentimentaler Selbstliebe. Während er dort so saß, überkam ihn eine weitere Empfindung: Einsamkeit. Aber nicht in der üblichen Form. Dies war Einsamkeit mit großem »E«, Einsamkeit der kosmischen Art, die Einsamkeit, die mythologische Götter dazu trieb, Welt und Menschen in der Hoffnung zu erschaffen, von ihrer himmlischen Einsamkeit abgelenkt zu werden.

Was Ostaz vor sich sah, ließ ihn zugleich zwei sehr unterschiedliche Dinge empfinden: Schönheit und Sinnlosigkeit.

Sinn.

Er hatte viel zu viel Zeit seines Lebens damit zugebracht, über den Sinn des Sinnes zu philosophieren. Kein anderer menschlicher Beweggrund war so bestimmend wie das Verlangen, die Dinge – alle Dinge – mit der beruhigenden Eigenschaft der Sinnhaftigkeit auszustatten. Aber der Ausblick von dem rosa Mond war viel zu großartig gewesen, um von den engen Grenzen eines Begriffs wie »Bedeutung« eingeschnürt zu werden.

Nein, Sinn bezog man besser auf die kleinen Dinge. Auf Stühle zum Beispiel. Stühle wurden aus einem Grund gemacht. Derjenige, auf dem er momentan saß – während er versuchte, die transzendentale Erinnerung an den rosa Mond heraufzubeschwören –, erfüllte seinen Sinn darin, seinen nackten Hintern aufzunehmen und Stahlbeine für die Fesselung seiner Fußknöchel bereitzustellen. Seine Hände steckten hinter dem Rücken in Handschellen. Und ihm war kalt.

Er befand sich in einem dunklen, feuchten Raum. Er wurde von einem Mann mit Vollbart verhört.

»Sag mir, wer diese Ilmani sind. Sind sie auf Seiten der Amerikaner? Hat die NATO dich geschickt? Waren es die Chinesen? Die Saudis?«

Zum dritten Mal wiederholte Ostaz: »Die Ilmani sind eine außerirdische Spezies. Sie haben mich vor ziemlich langer Zeit entführt und jetzt zurückgebracht. Mein Name ist Ostaz Mukhtar, und ich bin Ägypter.«

Sein Gegenüber, den die SWs schlicht »El Sheikh Kommandeur« nannten, lehnte sich zurück und verschränkte die Arme über der Brust. »Du bleibst also dabei«, sagte er und zog einen Tablet-PC aus seinem Gewand. »Wir haben einen unvollständigen Bericht über einen Ostaz Mukhtar. Er lehrte an der Kairoer Universität.«

»Ja! Das bin ich. Das ist doch ein Anfang, oder?« Ostaz versuchte, den Mann anzulächeln, aber der starrte nur auf seinen Bildschirm und runzelte die Stirn.

»Du bist also im Jahr 1912 geboren? Du bist ... 136 Jahre alt?«

»Tut mir leid, es ist kompliziert.«

El Sheikh Kommandeur fasste einen der SWs, die gemächlich in der Nähe schwebten, ins Auge, und kurz darauf krümmte Ostaz sich, als ein Stromstoß ihn durchfuhr. Obwohl er aufschrie, war es kein unerträglicher Schmerz. Er machte ihn eher wütend, als dass er wehtat.

El Sheikh kam ihm jetzt ganz nah. Auge in Auge flüsterte er: »So ein alter Mann bist du also und siehst nicht einen Tag älter aus als 40. Allah ist mein Zeuge.«

Ostaz hatte genug davon, auf freundlich zu machen. »Sex«, fauchte er, »haufenweise promisker Sex. Das Geheimnis meiner Jugend!«

Der Ermittler schnaubte. Eine Sekunde später fuhr wieder Strom durch seinen Körper, aber diesmal wurde er wütend: »Geile... aua!«

»Ruhe! Das ist sinnlos. Sag mir, wer sind die Ilmani? Warum hat man dich hierher geschickt? Was haben die Kuffar vor?«

»So viele Fragen«, keuchte Ostaz. »Aber was habe ich davon? Ich sag' dir was: Du bringst mir einen großen Teller Koshari, und ich erzähle dir alles, was du wissen willst.«

»Koshari? Du willst Koshari?«, gluckste El Sheikh entzückt. »Vielleicht kannst du darum bitten, wenn wir dich in die *Quarantäne für verlorene Seelen* schicken. Da werden deine neuen Kumpel dich wegen eines verschimmelten Josharis vergewaltigen.«

»*Quarantäne für verlorene Seelen*?«, fragte Ostaz ungläubig. »Ist das dein Ernst? Ihr habt die Krönung der ägyptischen Cuisine abgeschoben in eine alberne Quarantänezone?«

El Sheikh ignorierte seine Frage. »Sag mir, wer sie sind, diese Ilmani?« Dann fügte er nach einer Pause hinzu: »Sind sie Muslime?«

Ostaz stieß einen Seufzer aus und erklärte mit übertriebener Förmlichkeit: »Sie sind die Extraterrestologen der Milchstraße. Offenbar sind sie der Meinung, dass ihr extrem viel Scheiße gebaut habt, und halten es für nötig, mich durch die Zeit hierher zu schicken, um nach dem Rechten zu sehen. Und nein, sie sind keine Muslime, du haariger Blödmann, sie sind verdammte Außerirdische.«

Erwartungsgemäß erfolgte ein weiterer Stromstoß. El Sheikh sah fast beleidigt aus: »Nach dem Rechten sehen? Was, bei Gott, ist falsch am Nizam? Wir sind das herausragende Beispiel einer islamischen transcorporalen Gesellschaft der Geschichte.«

»Genau.«

El Sheikh hielt inne und warf einen Blick auf den nackten Ostaz. »Da du so viel Wert darauf legst, wer du angeblich bist, sag mir: Ist der Ostaz Mukhtar, den wir in unseren Unterlagen haben, ein Muslim? Welcher Muslim tut so, als würde er beten und haut dann ab?« Er beugte sich lächelnd vor. »Bist du etwa gar kein Muslim mehr?«

»Um ehrlich zu sein, ziehe ich sexuell befreite Frauen und Whisky vor.«

Seine Antwort ließ das Lächeln auf El Sheikhs Gesicht verschwinden. »Ich frage dich noch einmal, denn Gott ist barmherzig: Bist du Spross einer muslimischen Familie?«

»Ja.«

»Und bist du seitdem zu etwas … Fremdem konvertiert?«

»Nein.«

»Also *bist* du ein Muslim?«

»Nein.«

Einen Moment lang herrschte Stille. Dann sagte Ostaz: »Wenn du die Dinge gesehen hättest, die ich gesehen habe, ergibt die Vorstellung, fünfmal am Tag einen kosmischen Diktator zu preisen, der dir mit ewiger Folter droht, wenig Sinn.«

El Sheikhs Augen weiteten sich. Er wandte sich an den SW in der Ecke und fragte: »Hast du das?« Als der SW ein Lichtzeichen gab, sprang er auf und verließ türenknallend den Raum.

Zehn Minuten vergingen.

Ostaz war erschöpft und hatte Angst. Er fragte sich, ob man ihn auf der Stelle töten würde. Konnten die Ilmani ihn rechtzeitig retten? Anmut hatte ihm versichert, dass sie auf ihn aufpassen und ihn, wenn nötig, zurück ins Raumschiff bringen würden. »Aber du musst verstehen, dass wir nur begrenzt eingreifen können«, hatte er gesagt. »Wir werden beobachten, was passiert, aber du wirst auf dich selbst gestellt sein, Ostaz.«

Die Tür wurde wieder aufgestoßen. Im Türrahmen ließ die Silhouette eines gewaltigen Körpers fast kein Licht mehr durch. Ostaz konnte das Gesicht nicht genau ausmachen. Dann dröhnte eine Stimme durch den Raum: »Wir glauben kein Wort von dem, was du uns erzählst. Man wird dich als Abtrünnigen und Spion der Kuffar vor Gericht stellen und verurteilen. Versteht sich von selbst, dass dir nach Gottes Ratschlag die Gnade einer Verbannung in die *Quarantäne für verlorene Seelen* nicht zuteilwird. Die Neo-Scharia sieht es als unerlässlich an, Menschen wie dich augenblicklich durch Exekution auszumerzen.«

Der Sprecher hielt inne.

Als er die Wörter »augenblicklich« und »Exekution« hörte, wurde es Ostaz eng in der Brust. Falls die Ilmani vorhatten, ihn in Sicherheit zu bringen, wäre jetzt ein guter Zeitpunkt.

Aber dann erhob der gerahmte Schatten wieder seine Stimme: »Man wird dich fesseln, öffentlich, damit unsere Menschen sehen können, wie du vor deiner Exekution verlacht und gedemütigt wirst. Denn das ist das Schicksal eines jeden, der Allah beleidigt und seinem Glauben abschwört.«

Die Silhouette zog sich ins Halbdunkel zurück und verschwand.

Er war gerettet. Fürs Erste.

Das also war es, was die Ilmani im Sinn hatten: Eine öffentliche Verhandlung. Verrückte fundamentalistische Theokratie gegen arroganten Philosophen aus der Mitte des 20. Jahrhunderts, der zufällig gerade auf Tour durch die Galaxie ist. Die Ilmani hatten ihn 1952 vor einer unbedeutenden Gerichtsverhandlung gerettet und in eine zukünftige geschickt, die vermutlich deutlich schlechter für ihn ausgehen würde. Der saure Geschmack der Empörung machte sich in seinem Mund breit. Er war also nach Ägypten zurückgebracht worden, um den Märtyrertod zu sterben und vielleicht vor dem Exitus seine Zuhörer zum Denken anzuhalten. Aber er wollte nicht sterben. Andererseits – wofür lebte er eigentlich im Jahr 2048? Es stimmte, dass die freudigsten Märtyrer jene waren, die nichts mehr zu verlieren hatten. Plötzlich fiel ihm ein alter Freund von der Universität ein, ein Kopte namens Nader. Ostaz hatte ihm gegenüber einmal ganz unschuldig geäußert, dass Jesus Christus mit seiner Kreuzigung wohl kaum alles geopfert habe. »Mal ehrlich«, hatte er zu Nader gesagt, »wie kann es auch nur ansatzweise ein Opfer sein, das Leben hinzugeben, um dann für alle Ewigkeit bei Gott zu sein? Wo ist der Verlust? Und wie kann man sein Leben lassen, wenn man das ewige Leben längst schon hat, wenn man schon Gott ist?«

Danach hatte Nader nie wieder ein Wort mit ihm gesprochen.

Was Ostaz ein klein wenig Sorgen bereitete, war die Tatsache, dass er nicht Jesus Christus war. Falls er starb, würden die Lichter vermutlich nicht kurz darauf wieder angehen. Sein jämmerliches Ego würde trotz seines Einspruchs für immer ausgelöscht werden. Er war zu selbstsüchtig, um als Märtyrer zu enden. Andererseits gab es kaum etwas, dass ein Ego besser zu streicheln vermochte, als das Versprechen ewigen Ruhmes. Er könnte zum Retter Ägyptens werden. Vorausgesetzt, er wäre erfolgreich.

»Vor dem Finale wirst du Kontakt mit Donia Nour aufnehmen müssen«, hatte Anmut ihm kryptisch mitgeteilt. »Unseren Beobachtungen zufolge hat das Mädchen das Potential, zur rebellischsten Bürgerin von ganz Ägypten zu werden. Wir vermuten, dass sie bald den Weg für eine Art Revolte bereiten könnte, aber sie wird deine Hilfe brauchen. Gib ihr die eine oder andere Unterrichtsstunde.«

Der Psychiater hatte dies zum Abschied gesagt, kurz bevor man ihn auf den Platz teleportierte, der nach der Machtübernahme 1952 in Tahrir-Platz umgetauft wurde.

»Donia wer?«, hatte Ostaz gefragt, aber keine Antwort erhalten, denn in diesem Moment hatte sein Körper sich in smaragdgrünem Licht verströmt.

Jetzt, wo er in diesem dunklen Raum saß und zitterte, fragte er sich das immer noch.

Donia wer?

3 | Zulkheir, der Metzger ✎ ✎

Zulkheir El Gazzar saß hinter einem kolossalen Marmorschreibtisch und versuchte erfolglos, sich zu einem Orgasmus zu verhelfen. Er stellte sich ein bleiches, junges Mädchen vor – zu jung, ohne Frage –, die ihn lüstern herbeiwinkte. Er trat näher und betrachtete ihr weißes Gesicht mit den feuchten rosa Lippen und den blauen Augen. Das Mädchen konnte nicht älter als zwölf sein, vielleicht erst elf, und in seiner Fantasie rügte er sie pflichtgemäß für ihr aufreizendes Betragen. Doch sie lächelte nur und entblößte eine weiche, kaum geformte Brust, die danach verlangte, von ihm umschlossen zu werden. In seiner Lieblingsfantasie verweigerte er diesem eigenartigen Mädchen jede Liebkosung, doch sie flehte ihn hartnäckig an. Schließlich würde er nachgeben, und sie würde ihn in sich aufnehmen. Obwohl sie noch ein Kind war, würde sie die Initiative übernehmen, sich rittlings auf ihn hocken und ihn reiten, als wäre sie von einem unersättlichen Dschinn besessen. Dann würde sie bluten und sich überschwänglich bedanken, dass er sie zur Frau gemacht hatte.

Diese ausgefeilte Fantasie hatte immer funktioniert. Bis heute. An seinem Alter konnte es nicht liegen. Er war 69, aber die medizinische Versorgung eines Bewohners von Nordägypten war so gut, dass er nicht nur wie knapp 50 aussah, sondern immer noch in der Lage war, die drei Frauen und das persönliche Dienstmädchen mit seiner unerschöpflichen Manneskraft zum Schreien zu bringen. Mangelnde Potenz war gewiss nicht sein Problem.

Es war Ekel.

Das Mädchen in seiner Fantasie widerte ihn auf einmal an. Noch während er versuchte zu kommen, schlug er in seiner Fantasie auf sie ein. Er schlug sie, denn wenn er nachgab und sie die Initiative übernehmen ließ, war er sicher, dass schon 100 andere Männer in ihr gewesen waren. Die Bilder ihrer Geschlechtsteile brannten sich in sein Hirn ein.

Aber die wahre Quelle seines Ekels war nicht das Mädchen. Das war er selbst. Wenn die Bilder dieser anderen Männer ihn überkamen, spürte er eine ungehörige Erregung. Er schob sie beiseite, aber die Männer berührten ihn aufreizend, einen Moment lang, einen einzigen verhängnisvollen Bruchteil einer Sekunde lang, gab er diesen Männern nach und erlaubte ihnen, dass sie mitmachten, ihn berührten und streichelten und ihm …

Zulkheir hielt abrupt inne, hob die Fäuste über den Kopf und ließ sie auf die Marmorplatte des Schreibtischs donnern. Aus seinem Mund kam kein Stöhnen, sondern der kraftlose Schrei eines langsam sterbenden Bären.

Die Hurenbraut hatte ihn besudelt. Er überlegte, ob er genügend

Energie hätte, etwas in 1000 Stücke zu schlagen. Doch dann kam ihm ein tröstlicher Gedanke, und er seufzte nur auf. Gott sei Dank hatte er die Hure nicht auf den Mund geküsst. Donia Nour – kein Name, den ein Mann wie Zulkheir jemals vergessen würde.

Er hatte sie entsorgt, selbstredend, hatte ihrer Hurerei ein Ende bereitet, aber das war ihm nicht genug. Er mochte es nicht, dass er erst den Nizam einsetzen musste, damit Gerechtigkeit geübt wurde. Er mochte es nicht, dass er ihre Strafe nicht selbst ausführen durfte. Zu viele Leute in seiner Umgebung bestanden darauf, vorschriftsmäßig zu verfahren, und waren ihm damit auf Kosten seiner Ehre im Weg. Zulkheir setzte seinen magischen Rosenkranz ab und lehnte sich zurück. Er nahm ein Stück gefaltetes Schmirgelpapier zur Hand und bearbeitete die stolze Zebibah, die er sein Leben lang gehegt und gepflegt hatte. Er wusste genau, warum diese Donia Nour ihn so aus der Fassung gebracht hatte. Es war diese Ähnlichkeit. Während das Schmirgelpapier seine Haut aufraute, dachte er an die Zeit auf dem Dorf zurück.

Er war 16 und zum ersten Mal verliebt. Salwa war ein wunderschönes Mädchen mit einem unschuldigen Gesicht wie das von Donia, doch ihr Körper wies überall an den richtigen Stellen Kurven auf. Wenn sie die Gasse entlangkam, war er scharf auf sie. Er rief sie beim Namen und sagte ihr, sie sei süß wie Honig. Aber sie lächelte nur und drohte damit zu petzen. Sie war Abboud, seinem älteren Cousin, versprochen.

Abboud war ein geschickter Metzger. Bis in die umliegenden Dörfer war er bekannt dafür, den Kopf eines Bullen mit einem Schlag spalten zu können. Zulkheir schaute zu ihm auf wie zu einem Bruder. Bevor er Mitglied des neuen Parlaments wurde, führte Zulkheirs Vater damals den Familienbetrieb, eine kleine Fleischerei mit bescheidenem Schlachthaus.

Doch für einen Sechzehnjährigen waren Parlamente und Geschäfte so uninteressant wie akademische Studien. Mädchen waren seine Berufung. Nichts tat er lieber, als am Wochenende mit

Freunden einen Bus in die Hauptstadt zu nehmen und unbegleitete Kairoer Frauen anzumachen. »Warum so traurig?«, rief er dann lächelnd, während die Mädchen unter den prüfenden Blicken seiner Freunde vorbeiliefen.

Das änderte sich, als Abboud und Salwa im darauffolgenden Jahr heirateten. Es gab die typische Dorffeier: laute Musik, Stocktänze, das Rennen durch die Straßen, das Geheul der Frauen. Und spätabends gingen sie alle zur neu eingerichteten Wohnung von Braut und Bräutigam. Sie versammelten sich unter dem Fenster, um ihre Hochzeitsnacht zu bejubeln, wenn die Mutter des Bräutigams kurz nach dem Vollzug auf den Balkon treten und feierlich mit dem blutigen Betttuch wedeln würde. Sogar im ländlichen Ägypten der Neunziger Jahre war dies eine aussterbende Tradition, aber in Zulkheirs Dorf hielt man daran fest.

Als 20 Minuten vergangen waren, und dem ausgelassenen Publikum immer noch kein blutiges Laken präsentiert wurde, klopften die Männer sich gegenseitig auf die Schulter und meinten, Abboud, der große Metzger, sei eben ein Mann, der sich beim ersten Mal Zeit lasse. Diese Beteuerungen wurden noch freudiger bekräftigt, als man von oben laute Schreie hörte.

Zulkheir konnte sich noch genau an den Gesichtsausdruck von Vater und Onkel erinnern, als ihnen dämmerte, dass dies keine Lustschreie waren. Es waren keine besorgten Blicke, in ihnen stand der Ausdruck eines jähen Ekels.

Und dann hörten die Schreie auf. Kurz darauf wurden sie vom Gekreisch der Frauen abgelöst, die nach oben gerannt waren, um nach dem Rechten zu sehen. Zulkheir hörte, wie Abboud sie anfuhr, bevor die Fensterläden der Frischvermählten aufgestoßen wurden. Ein schwarzer Ball wurde herausgeschleudert. Er rollte genau vor seine Füße. Das Gesicht Salwas schaute ihn an, die Lippen in kaltem Entsetzen zusammengepresst.

Salwa hatte nicht geblutet.

In den folgenden Wochen erschoss Zulkheirs Vater Salwas Vater, und Abbouds Bruder tötete ihren Bruder. Zulkheir ermordete ihren Cousin, nachdem der seinen Vater niedergestochen hatte.

Es war nicht vorsätzlich passiert, sondern instinktiv. Nach dem Anblick von Salwas abgetrenntem Kopf hatte irgendetwas in Zulkheir Klick gemacht. Später am Abend, als er bei einer Familienversammlung die entsetzten Gesichter der älteren Männer sah und ihre wütenden Forderungen nach Vergeltung hörte, war es, als habe man ihn in eine geheime Bruderschaft aufgenommen, die ihn lehrte, was es hieß, ein richtiger Mann zu sein. Es gab nichts Wichtigeres als die Ehre. Nichts. Das war die erste Lektion. Die zweite, dass Männlichkeit und Ehre sogar enger miteinander verknüpft waren als Männlichkeit und männliche Geschlechtsteile. Drittens gab es nur einen Weg, die verletzte Ehre wiederherzustellen: Rache. Um jeden Preis.

Letztendlich kostete es seinen Cousin Abboud drei Jahre Gefängnis. Das Gesetz berücksichtigte, dass Ehrenmorde eine ganz eigene, durchaus nachvollziehbare Form des Mordes waren. Zulkheir, seine Familie und der Rest von Salwas Familie erhielten nicht einmal eine Vorstrafe. Für die Polizei waren solche Familienfehden einfach zu undurchsichtig, und normalerweise wurde nur der Anstifter bestraft.

Als Zulkheir Jahre später seine erste Frau heiratete, lag in der Hochzeitsnacht ein Hackbeil unter dem Kopfkissen. Er seufzte, als sie blutete, war aber nicht befriedigt. Sein Vater hatte es »den Hunger« genannt, und er, Zulkheir, litt daran. Zwanghaft beschäftigte er sich mit dieser ganz besonderen Delikatesse, bei einer Frau der erste zu sein. Deswegen hatte er auch nie eine feste vierte Ehefrau erwählt. Diesen Platz füllten die Genussehen für eine Nacht, die es ihm erlaubten, im Laufe der Jahre und in Übereinstimmung mit dem Gesetz, Dutzende mittelägyptischer Mädchen zu entjungfern.

Bis er Donia Nour heiratete. Diejenige, die irgendwie *ihn* entjungfert hatte, diejenige, die das Hymen seiner Ehre zerrissen hatte. Nach der dritten Hochzeitsnacht hatte Zulkheir aufgehört, eine Axt unters Kopfkissen zu legen. Er bedauerte das jetzt, bedauerte, dass seine herausgehobene Stellung ihm nicht wie früher erlaubte, in Fragen der Ehre ungestraft davonzukommen. Er hätte ihr auf der Stelle das Genick brechen sollen, alarmierte aber stattdessen die SWs. Und nun griffen die Gesetze der Neo-Scharia. Aber wie auch immer, sie war erledigt.

Ein Tropfen Blut lief seinen Nasenrücken entlang, und er merkte, dass er seine Stirn wieder einmal zu heftig geschmirgelt hatte.

»Abeed«, bellte er. »Nimm ein nasses Tuch und komm her!«

Kurz darauf betrat eine junge, unverschleierte Frau das Arbeitszimmer, die Augen gesenkt, einen Ausdruck permanenter Unterwürfigkeit auf ihrem Gesicht. Er wies auf seine Stirn, und sie tupfte ihn ab. Er zog Abeed einem Robo-Butler vor. Sie hatte diese menschliche Note. Er überlegte kurz, ob er Gebrauch davon machen sollte, aber es gab wichtigere Dinge. Abeed ging zur Bar, schenkte ihm einen halal Whisky ein und servierte ihn. Zulkheir entließ sie mit einem Nicken.

Zu schade, dass er sie bald aufgeben musste.

Mit dem Drink in der Hand trat er an die Panoramascheibe. Da war der Swimmingpool, und in der Ferne konnte man das aufgewühlte Mittelmeer erkennen. Mit leerem Blick schaute er über die See hinweg Richtung Norden. Er verstand nicht so recht, zu welchem Zweck die Außenwelt diesen Mann gesandt hatte, diesen Verrückten, der behauptete, Außerirdische hätten ihn entführt. Er hatte angenommen, die heimlichen Einmischungen in ägyptische Angelegenheiten seien vorbei. Warum nur hatten sie das heimische Rundfunkprogramm gehackt, die bevorstehende Ankunft eines Mannes angekündigt und diesen Spion dann so spektakulär auftauchen lassen? Das alles ergab wenig Sinn, aber andererseits wusste Zulkheir, dass die Welt da draußen sowieso nicht mehr ganz bei Verstand war. Was sie auch immer planten, tat nichts zur Sache. Man durfte diese Gelegenheit nicht ungenutzt verstreichen lassen. Ein Schauprozess würde alle Probleme lösen. Der nackte Mann war ein Geschenk Gottes.

Offiziell gab es natürlich kein Problem. Offiziell war die Neo-Scharia unfehlbar. Aber Zulkheir war nicht naiv. Er wusste um den abnehmenden Gebrauch der magischen Rosenkränze, um die steigende Zahl manipulierter Gebetskabinen, die wachsende Neugier auf die Außenwelt und, am Schlimmsten, um den sinkenden Konsum.

Nur Zulkheir und die anderen Oligarchen waren eingeweiht. Sogar die Administratoren der Datencenter Mittelägyptens hatten keinen Zugang zu diesen Informationen. Gott sei Dank war die Zahl der Systemgegner überschaubar. Sie waren isoliert und viel zu ängstlich, um sich ihrer Umgebung anzuvertrauen.

Die Tatsache, dass es eine schweigende Minderheit gab, machte Zulkheir wenig Sorgen. Ihn beunruhigte der Trend im Allgemeinen. Der Widerstand gegen den Nizam wuchs langsam und insgeheim. Aber wenn der Nizam etwas gut konnte, dann war es, Wandel zu verhindern. Man musste nur so früh wie möglich eingreifen.

Zulkheir nahm noch einen Schluck Whisky und erwog die Vorteile einer öffentlichen Gerichtsverhandlung und der darauffolgenden Exekution. Erstens würde dies den Kuffar die klare Botschaft senden, dass die Oligarchen keinerlei Einmischung tolerierten. Zweitens hatte es schon viel zu lange keine öffentliche Hinrichtung mehr gegeben. Sie würde der Macht und Weisheit des Nizam Geltung verschaffen und bei den Bürgern Furcht verbreiten. Zu guter Letzt animierte eine schöne Hasskampagne die Bürger stets dazu, wie verrückt einzukaufen. Blieb nur die Frage, ob der Abtrünnige öffentlich dasselbe erzählen würde, wie bei seiner Befragung.

Abeed betrat das Arbeitszimmer, ihre Miene noch unterwürfiger als zuvor: »El Sheikh Kommandeur möchte Ihre Eminenz sprechen.«

Er nickte, und wenig später trat El Sheikh ein. Er trug die Camouflage-Dschellaba des Militärs. Zulkheir hatte viele Gründe, diesen Mann zu hassen, aber der Hauptgrund war sein Titel. Dein richtiger Name ist Hamada, mein lieber Kommandeur, dachte Zulkheir, als er El Sheikh umarmte und ihm zwei Küsse auf die schlaffen Wangen drückte. Während Abeed Kaffee einschenkte, nahmen sie Platz.

Technisch gesehen war El Sheikh der Chef des militärischen Geheimdienstes, aber sie wussten beide, dass die Macht des Militärs vor allem in den Köpfen der Bürger existierte – eine Macht, die angeblich sämtliche Kuffar von den heiligen Grenzen fernhielt. Die Kuffar nahmen die Isolation des Staates hin, und das aus gutem Grund. Sie tolerierten allerdings keine wirkliche Armee in Ägypten, jedenfalls nicht seit der Gerechten Revolution. Dennoch tat El Sheikh Kommandeur sein Bestes, um den Nizam über die Außenwelt zu informieren »Wir haben noch nicht aufdecken können, wie unser Rundfunkprogramm gehackt werden konnte. Auch haben wir noch kein Flugobjekt ermittelt, das für das grüne Licht verantwortlich sein könnte«, sagte er.

»Dann sind die Kuffar technologisch wohl entschieden moderner als unsere Geheimdienste angenommen haben.« Zulkheir hatte dies als Affront gemeint, aber El Sheikh tat so, als habe er nichts gehört.

»Man ist allgemein wegen dieser grünen Säule über dem Tahrir-Platz besorgt und fragt sich, was der Nizam unternehmen will, um die Angelegenheit zu klären.«

»Gut.«

»Gut?«

»Je mehr Sorgen die Öffentlichkeit sich jetzt macht, desto erleichterter wird man hinterher sein. Wir müssen den Bürgern klar machen, dass der Mann von den Ungläubigen geschickt wurde, und dass er unverzüglich wegen Gottlosigkeit angeklagt wird.«

»Gibt es schon ein Datum?«

»In genau einer Woche. Wird er reden?«

El Sheikh zog die Augenbrauen hoch: »Der Mann ist verrückt. Er besteht immer noch darauf, Ägypter zu sein und schreit nach Koshari.«

»Könnte er Ägypter sein?«

»Sein Akzent scheint echt zu sein, aber ich kann das nicht glauben. Vielleicht ist er von den Kuffar entführt worden, als er noch jung war, aber wir haben nichts, um ihn sicher zu identifizieren. Es gibt nur eine unvollständige Akte über diesen Ostaz Mukhtar, doch der starb in den Neunzehnhundertachtzigern. Ich habe versucht…«

»Nicht wichtig«, unterbrach Zulkheir. »Wird er vor Gericht seine Geschichte wiederholen?«

»Der Mann verunglimpft den Islam und behauptet, der Koran lehre Sittenlosigkeit – Gott vergib mir!«

»Ausgezeichnet.«

»Sie hoffen, dass seine Einlassungen den Glauben festigen werden?«

»Ich weiß es.«

Schweigen trat ein. Zulkheir starrte seinen Gast an, die Besprechung war beendet. Nicht, dass er noch Termine gehabt hätte. Um geschäftliche Angelegenheiten kümmerte er sich schon lange nicht mehr. Wie alle Oligarchen hatte er nur noch Aufsichtsfunktionen inne. Im Gegensatz zu dem, was die Bevölkerung glaubte, gab es keine Fabriken und keine Produktionsanlagen, die in der westlichen Wüste unter Volldampf Güter des täglichen Bedarfs herstellten. Alles wurde aus den Quellen, die Gott dem Nizam großzügig zur Verfügung gestellt hatte, bestritten.

Dennoch hatte Zulkheir diverse nicht-kommerzielle Pflichten. Am meisten genoss er seine Rundfunkpredigten. Jeder Oligarch hielt pro Woche zwei zweistündige öffentliche Predigten, eine für Mittelägypten, eine für den Süden. Diese Pflicht war ganz nach seinem Geschmack, erlaubte ihm seine herausgehobene Position doch, bequem von zu Hause aus zu senden. Aber seine nächste Predigt stand erst in einigen Tagen an.

El Sheikh verstand den Wink und erhob sich. Gott soll dich verfluchen, dachte Zulkheir, als er ihm die Hand gab. Es war nicht nur der Titel, der ihn irritierte, es war sein Ruf als Paragrafenreiter. Schlussendlich war es El Sheikh, der verhinderte, dass er mit dieser

Hurenbraut nach Lust und Laune verfahren konnte. Er war schuld daran, dass Donia Nours Kopf immer noch auf ihren Schultern saß.

4 | Der Süden ⌦⌫

Donia hockte über einem Loch im Boden.

Die Gemeinschaftstoilette lag vier Türen neben ihrer Zelle. Seit sie eingetreten war, hielt sie den Atem an. Der Gestank war allgegenwärtig. Wenn sie auf ihrer Pritsche lag, drang er durch das Kopfkissen zu ihr durch. Sobald sie sich der Toilette näherte, musste sie ihren Atem kontrollieren, oder sie würde sich über die Fliegen, die den kotbedeckten Boden bevölkerten, erbrechen.

Es waren harte Tage für Donia gewesen, die härtesten ihres Lebens.

Sie erhob sich und zog ihr ehemals weißes Höschen hoch. Dies war nicht die Art von Toilette, in der Papier zur Verfügung stand. Auf Zehenspitzen schlich sie durch die Dunkelheit zurück in ihre Zelle, schloss leise die Tür und brach auf der Pritsche zusammen.

Sie erinnerte sich daran, wie lange es gedauert hatte, bis sie nach Zulkheirs Schlägen wieder zu sich gekommen war. Heftige Schmerzwellen durchfuhren ihren Körper, besonders ihr Gesicht, ihren Nacken, ihre Brust. Sie wusste, dass sie irgendwo eingepfercht lag, in einem Kofferraum vielleicht, denn hin und wieder wurde sie durchgeschüttelt. Sie konnte sich nicht bewegen, Hände und Füße waren gefesselt. Dann wurde sie hochgehoben, auf etwas Hartes und Kaltes geworfen, und man ließ sie dort liegen. Stundenlang? Tagelang? Sie konnte es nicht sagen, denn nach und nach verlor sie das Bewusstsein. Da war nur noch grenzenlose Schwärze. Die Realität wurde zu einem feuchten Stück Seife, das ihr aus den Händen flutschte, je stärker sie versuchte, es festzuhalten.

Irgendwann kam sie wieder zu sich. Sie fand sich in einem geräumigen, gedämpft beleuchteten Raum mit dunkler Holzvertäfelung wieder. Vor ihr saßen etwa ein halbes Dutzend Personen, eine von ihnen erhöht auf einem Podest aus geschnitztem Holz. Über dieser Plattform standen die Worte GERICHT DER SCHANDE. Die vertrauten Lettern der Heiligen Schrift schmückten die Wand gleich unterhalb der Decke:

Im Namen Gottes, des Barmherzigen, des Erbarmers

Und die von euren Frauen, die Unzucht treiben –
Fordert vier Zeugen von euch gegen sie!
Wenn sie es dann bezeugen können, so haltet sie im Hause,
bis der Tod sie hinwegnimmt
oder Gott für sie einen Ausweg schafft! (4:15)

So sprach Allah, der Große

Beim Lesen bemerkte sie, dass ihre Sicht teilweise getrübt war. Sie hob eine Hand, tastete nach ihrem Kopf und spürte den Grund des pochenden Schmerzes: ein geschwollenes rechtes Auge.

»Im Namen Gottes«, tönte eine Stimme vom Podium her. Sie gehörte dem Richter, einem Mann mittleren Alters mit vollem Gesicht und noch vollerem Bart. »Donia Nour, du wirst hiermit hochgradiger sexueller Perversion angeklagt: Verschweigen des Verlustes der Jungfräulichkeit gegenüber dem Ministerium für Schicklichkeit, und, schlimmer noch, Betrug von unschuldigen, aufrechten Freiern durch Vorspiegelung intakter Jungfräulichkeit. Du hast deinen von Gott geschenkten Körper missbraucht, streitest du das ab?«

Donia konnte nicht antworten. Unterhalb des Richters hatte sie ihren Vater entdeckt, der grimmig und angeekelt auf den Fußboden starrte. Neben ihm saß Doktora, ängstlich, aber beherrscht. Und daneben eine ihr unbekannte Frau, die Doktora sehr ähnlich sah.

»Ich frage noch einmal: Streitest du das ab?«

Aber Donia hatte es vor lauter Furcht die Stimme verschlagen.

Ungeduldig nahm der Richter ein Dokument zur Hand. »Der Verfasser dieses Beschwerdebriefs wird anonym bleiben«, erklärte er. »Er ist moralisch über jeden Zweifel erhaben und bleibt namenlos, damit seine Reputation unter keinen Umständen durch die Vergehen der Angeklagten beschmutzt wird. Er schreibt: Ich hatte vor, mich aus Mitleid durch eine dem Gesetz entsprechende Heirat mit Donia Nour zu verbinden. Man hatte mir gesagt, sie sei eine Waise ohne Schutz. Ich wollte sie aus Barmherzigkeit ehelichen, wurde aber stattdessen betrogen. Als ich die Hochzeitsnacht zu vollziehen wünschte, benutzte ich ein Sprühkondom, war aber fassungslos, als dieses rot aufleuchtete und die Treulosigkeit dieser Frau anzeigte. Möge Gottes Gerechtigkeit an ihr vollstreckt werden.«

Donia zitterte am ganzen Leib. Wer war dieser elefantenartige Ehemann für eine Nacht, der sich zu einem einzigen Albtraum entwickelt hatte? War sie immer noch mit ihm verheiratet? War er dem Gericht persönlich bekannt?

»Möge der Vater in den Zeugenstand treten«, wandte der Richter sich nun an Yamen Nour, der die Augen noch immer von seiner Tochter abgewandt hielt.

»Das Kind hat mir gesagt, sie würde die Nacht bei einer Kollegin verbringen.« Ihr Vater betete das herunter, als wisse er nicht um die Bedeutung seiner Worte. »Ich habe versucht, mit einigen ihrer Kolleginnen Verbindung aufzunehmen, aber es ist mir nicht gelungen. Als verantwortungsvoller Vater habe ich dafür gesorgt, dass sie einen Aufpasser angelegt hat. Offensichtlich hat sie ihn ausgeschaltet.«

Sie hatten ihn ausgeschaltet! Der Mann und sein Massoun! Aber Donia bekam immer noch kein Wort heraus, starrte ihren Vater nur an, der wieder in sein grimmiges Schweigen verfallen war. Er hatte sie nicht ein einziges Mal angeschaut.

Der Richter nahm nun ein Gerät zur Hand: »Ich gebe zu Protokoll, dass der Aufpasser, Zeuge Nummer drei in dieser Verhandlung, in der Tat durch die Angeklagte deaktiviert wurde.« Dann neigte er sich zu Doktora: »Ist die vierte Zeugin, Samia Nabil, bereit für ihre Aussage?«

Zögerlich begann Doktora: »Das Mädchen kam zu mir, um sich etwas einsetzen zu lassen, ein … ein …« Sie stockte und schaute die Frau neben sich an. Die nickte ihr aufmunternd zu. »Ein künstliches Hymen«, fuhr Doktora schließlich fort. »Sie hätte einen Reitunfall gehabt, ihr Bräutigam wisse Bescheid und sei einverstanden.«

Auch Doktora schaute sie nicht an, aber Donia begriff, dass sie den Augenkontakt aus Schuldgefühl mied, nicht aus Scham oder Hass wie ihr Vater. Die Frau neben Doktora legte ihr eine Hand auf die Schulter und drückte sie. »Mir ist jetzt erst klar geworden, dass Donia Nour mich reingelegt hat.«

Der Richter wandte sich an die unbekannte Frau: »Kann die Schwester das bestätigen?«

»Ja«, sagte die Frau.

Nun drehte der Richter sich wieder zu Donia: »Donia Nour, du bist hiermit …«

»Warum hat man fünf Zeugen gegen mich aufgefahren?« Donias Stimme klang dünn, und ihre Zunge fühlte sich viel zu groß an, aber eine plötzlich aufkommende Wut gegen den Wahnsinn dieses ganzen Verfahrens half ihr, die Sprache wiederzufinden. Später würde sie sich darüber ärgern, nicht mehr gesagt zu haben.

Der Richter ließ sich von diesem Einwurf nicht beeindrucken. »Dummes Kind, kennst du nicht deinen Koran? ›Nehmt zwei eurer Männer euch zu Zeugen! Wenn zwei Männer nicht vorhanden sind, dann einen Mann und zwei Frauen, von solchen, die euch als Zeugen tauglich dünken: Irrt eine von den beiden, dass sie die andere erinnern kann.‹«

In der Tat kannte Donia ihren Koran. Sie wusste sofort, dass es sich um Sure 2, Vers 282 handelte. Die beiden Zeugen waren dann erforderlich, wenn zwei oder mehr Parteien einen Vertrag geschlossen hatten, aber der Grundsatz, dass vor Gericht zwei Frauen einem Mann entsprechen, wurde als universell anwendbar angesehen. Also hatte man zusätzlich die Schwester aufgeboten, damit Doktora als Zeugin voll zählte.

»Ich wiederhole: Donia Nour, du wirst hiermit zur minderwertigen Frau erklärt, die eines Lebens in Mittelägypten nicht wert ist. Deine Heirat ist wegen Irreführung annulliert worden. Du wirst in den Süden verbannt, bis der Tod dich holt oder Gott dich zu etwas anderem bestimmt. Es ist nur der Gnade dieses Gerichtes und des Klägers zu verdanken, dass du nicht in die *Quarantäne für verlorene Seelen* verbannt wirst.«

Der Hammer knallte auf das Richterpult, und noch bevor dessen Echo verklungen war, wurde sie von hinten ergriffen. Grobe Hände stießen sie herum. Verzweiflung stieg in ihr hoch, als ströme heißes Wasser durch ihre Adern. Bilder ihres Vaters schossen ihr durch den Kopf, Zulkheirs wutverzerrtes Gesicht. Ihr Geist produzierte Bruchstücke von Schuld und Wut und Hoffnungslosigkeit. Sie verlor jedes Zeitgefühl, ihre Gedanken gerieten ins Schlingern. Vielleicht schlief sie oder träumte, aber alles, was sie sah, war eingehüllt in Schwärze.

Später, viel später, spürte sie, wie jemand ihr die Fesseln abnahm. Dann hörte sie lautes Türknallen. Wer immer sie auch hierher gebracht hatte, war gerade fortgegangen. Als sie langsam wieder zu sich kam, fand sie sich auf einer klapprigen Pritsche wieder. Außerdem befanden sich in der Zelle ein rostiger Gaskocher, ein halb zerfetzter Korbstuhl, ein Wasserhahn und ein vergitterter Sehschlitz ganz oben an der unverputzten Wand. Ein Tontopf war mit »Wöchentliche Wasserration« beschriftet, daneben lagen ein paar getrocknete Datteln und ein magischer Rosenkranz. Donia griff nach den Datteln und schlang sie hinunter. Sie hatte keine Ahnung, wann sie das letzte Mal etwas gegessen hatte. Während sie kaute, fielen ihre Augen auf ein Blatt Papier, das an der Wand vor ihr klebte.

Willkommen in Assuan

*Du bist von deinem Vater enterbt worden. Die derzeitige Gesundheit
deiner Seele liegt bei 0 %. Alle früher erworbenen Taten wurden ge-
löscht. Waleeda Adel ist dir zur ersten Orientierung zugeteilt worden.
Der Zugang zu den Gebetskabinen ist erst nach 14 angesammelten
Arbeitsschichten möglich. Das tägliche dreistündige Tragen des magischen Rosenkranzes ist obligatorisch. Jeden, der weitere Verbre-
chen begeht, erwartet die* Quarantäne für verlorene Seelen.
Pflichten: Graben

Friede sei mit dir.

5
| Die Baltagiya ﹥◦◦﹤

All die widerlichen alten Männer, denen sie erlaubt hatte, in sie
einzudringen – ihre ganze Jugend war verschwendet. Mit diesem
Gedanken, der ihr unaufhörlich im Kopf kreiste, schlief Donia in
ihrer ersten Nacht in Assuan ein. Im Schlaf wurde sie von keiner
Werbung gestört, zumindest träumte sie nicht von Produkten. Die
meiste Zeit träumte sie vom Koran, der durch ihr Unterbewusst-
sein plärrte, Vers auf Vers auf Vers. Dann sah sie sich hart arbeiten,
schwitzend und schnaufend. Und in diesem Traum fühlte sie sich
gut, fast beflügelt. Schließlich funkte der Ruf zum Morgengebet dazwischen und machte alles zunichte. Aber er war anders, sang nicht
»Eilt zum Gebet«, sondern drohte »Bete, oder du wirst bestraft«.

Auf dem Gang hörte man schlurfende Schritte. Eine Maus
quietschte in einer Ecke ihrer Zelle. Jemand hämmerte an ihre Tür.
Sie ignorierte es, rutschte an der Wand hoch und umschlang ihre
Knie. Das Hämmern ging noch einige Minuten weiter, aber Donia
regte sich nicht.

Stunden später – Tageslicht strömte durch den Schlitz in der Wand – atmete sie tief ein und wagte sich noch einmal auf die Toilette. Als sie fertig war, rannte sie würgend zurück. Verstört und ein wenig benommen von der Luft im Gang, stieß sie mit jemandem zusammen.

»In ein paar Wochen wirst du hier atmen, als wäre es frische Seeluft.«

Eine Frau stand vor ihr, etwas jünger als sie, aber kompakter von der Statur. Donia nahm zuerst die ungezupften Augenbrauen wahr, die ihre haselnussbraunen Augen überwölbten, dann das Gestrüpp ihres unverschleierten kupferfarbenen Haars. Sie wollte etwas sagen, brachte aber nur ein Krächzen heraus. Dann räusperte sie sich und versuchte es erneut: »Wer bist du?«

»Ich bin diejenige, die vorhin an deine Tür geklopft hat. Und jetzt habe ich wegen dir meine Schicht verpasst.«

Donia konnte nicht sagen, ob in ihrer Stimme Verärgerung oder eine verspielte Provokation mitschwang. Bevor sie zu einem Schluss kam, streckte das Mädchen eine schwielige Hand aus. »Ich bin Waleeda«, sagte sie lächelnd. »Ich soll dir helfen, dich hier zurechtzufinden. Was ist denn passiert? Dein Gesicht sieht ja furchtbar aus.«

Müde schüttelte Donia ihr die Hand und murmelte ihren Namen. »Ich habe geschlafen. Zurechtfinden bei was?«

»Das hier!« Waleeda wies auf den Flur. Die unverputzten Wände waren mit Farbresten übersät, hier und da sah man wahllos Parolen wie »Denk an Allah«.

»Das hier ist ein Heim für unverheiratete Mädchen ohne Schutz. Ich bin deine Zellennachbarin. Es ist gefährlich jetzt nach draußen zu gehen, aber komm mit aufs Dach, da kannst du dich orientieren.«

Sie stiegen eine Backsteintreppe hoch, deren Stufen mit Bauschutt und toten Kakerlaken zugemüllt waren. Als sie sich der weitläufigen Dachterrasse näherten, zog Waleeda einen Schleier hervor und schlang ihn sich nachlässig um den Kopf. »Nimm das.« Sie gab Donia einen Nikab. »Die Schicht hat schon angefangen, und die Baltagiya dürfen uns nicht erwischen.«

Donia schlüpfte in den Nikab, trat auf die Terrasse und blinzelte in die kräftige, südliche Sonne. Sie beschirmte ihre Augen und ließ die Umgebung auf sich wirken. Die größten Gebäude waren kaum höher als vier Stockwerke. Alle waren aus nacktem, rotem oder grauem Backstein, manche nur zu zwei Dritteln fertiggestellt. Überall sah man Armierungen, die wie Speere aus halbfertigem Mauerwerk ragten. Nur eine Moschee und ein Müllberg, der kurz davor war, auf die umliegenden Gebäude zu kippen, waren höher.

»Gott kann eure Gedanken lesen, jeden … einzelnen … einzelnen … einzelnen …«

Eine öffentliche Predigt hallte in ohrenbetäubender Lautstärke. Donia konnte keine SWs entdecken, sah niemanden auf den Straßen. Nur ein abgezehrter Hund humpelte einen müllübersäten Weg aus gestampfter Erde entlang. Die Allee schlängelte sich zu etwas hin, das für sie wie der Nil aussah. Hier war er etwas breiter als in Kairo.

»Willkommen in Südägypten«, sagte Waleeda mit einem sarkastischen Grinsen, »wo Ägyptens vornehmste 30 Prozent der Bevölkerung leben.«

So etwas hatte Donia noch nie gesehen – eine Wüste der Ärmlichkeit, ein wenig wie auf den Fotos in ihren Schulbüchern, die mehrere sogenannte Slums vor der Gerechten Revolution gezeigt hatten.

»Und dort wirst du mit uns anderen arbeiten«, sagte Waleeda. Donia drehte sich um und folgte ihrem ausgestreckten Zeigefinger. Weit entfernt sah sie etwas, das wie eine Schar weißer Vögel aussah, die über enormen Sandgruben kreisten. Menschen schienen dort zu graben. Neben der Grabungsstätte ragte ein pyramidenförmiges Gebäude empor, weit und breit das höchste, das Donia ausmachen konnte. Entlang seiner schrägen Seiten konnte man das Wort VORMUNDSCHAFT lesen.

»Was fliegt denn da?«, fragte sie.

Waleeda lachte, bis ihr klar wurde, wie unhöflich sie war. »Das sind SWs. Sittenwächter. Wo du her kommst gibt es die doch auch, oder? Wie gesagt, im Moment läuft eine Schicht. Sie sorgen dafür, dass alle ordentlich graben.«

»Graben nach was?«

»Nach Götzenbildern natürlich. Du weißt wirklich gar nichts über den Süden, stimmt's?«

Donia wollte etwas antworten, aber Waleeda redete schon weiter: »Seit Jahren, Jahrzehnten jetzt schon, gräbt man hier nach Pyramiden, Grabkammern, Tempeln, allem Möglichen von den heidnischen Pharaonen. Die werden dann zerstört, um das Land zu reinigen. Hier suchen wir nach Töpfen und anderen Utensilien, aber ein bisschen weiter weg graben wir auch nach unterirdischen Quellen. Assuan ist nicht der zivilisierte Norden, wir haben keine Entsalzungsanlagen wie der Rest des Landes.«

»Ich bin nicht aus dem Norden«, sagte Donia.

»Norden oder Mitte, für uns ist das alles Norden.«

Da war etwas in der erstaunlichen Gelassenheit, mit der Waleeda sprach, das Donia beruhigte. Sie blickte sich noch einmal um und atmete tief ein. Die Luft stank nach Müll und Jauche. »Das ist also alles, was ihr macht«, sagte sie, »graben?«

»Das wirst auch du tun müssen, zumindest wenn du die Gebetskabinen benutzen willst. Wenn du keine zwei Schichten pro Tag schaffst, darfst du die Kabinen in der Moschee nicht betreten. Und wenn du nicht betest, werden dir keine Guten-Taten angerechnet. Das heißt keine Kleidung, kein Wasser, nichts zu essen. Und wenn du stirbst, landest du an einem noch viel schlimmeren Ort als hier.«

Wie wohl die Toiletten in der Hölle rochen? Laut sagte Donia: »Letzte Nacht habe ich geträumt, ich würde graben. Und es hat sich ... gut angefühlt.«

»Das soll dich zur Arbeit anstacheln. Das sagt jedenfalls der Nizam.«

»Dann hast du also denselben Traum? Hilft es denn?«

»Sicher. Jedenfalls die ersten 500 Mal. Aber ich träume schon vom Graben, solange ich mich erinnern kann. Irgendwann willst du dir nur noch ein Grab schaufeln und dich von den anderen beerdigen lassen«, lachte Waleeda.

Ein Geräusch ließ Donia über die Brüstung spähen. Eine Familie kam um die Ecke geknattert – ein Mann, zwei Kinder, eine Frau mit einem hölzernen Käfig und zwei Hühnern. Sie fuhren auf einem altersschwachen Moped, das ein Solarmodul hinter sich her schleppte. Bevor es in Richtung Fluss steuerte, wich es einem toten Esel aus. Urplötzlich sprangen mehrere junge Männer aus einem der Gebäude hervor und hielten das Moped an. Waleeda packte Donia beim Ärmel und zog sie zurück. »Vorsicht«, zischte sie. »Das sind die Baltagiya. Der Mann hat wahrscheinlich bei der Arbeit gefehlt. Ich habe dir ja gesagt, dass es jetzt hier draußen gefährlich ist.«

»Wer sind diese Baltagiya?«

»Schamlose Männer aus der *Quarantäne für verlorene Seelen*.«

Donia lugte noch einmal über die Brüstung. Die Männer hatten jetzt die Familie eingekreist. Einer von ihnen schnappte sich den Käfig und beförderte ihn auf einen Müllhaufen. Die anderen ergriffen die Ausreißer und schleppten sie in das Gebäude.

»Warum machen sie das?«, fragte Donia »Wo sind die SWs?«

»Das *sind* die SWs! Man sagt, dass sie aus der *Quarantäne* hierher gebracht wurden, um auf Streife zu gehen und dafür zu sorgen, dass niemand bei der Arbeit fehlt. Die Maschinen kontrollieren nur die Gruben. Ich weiß nicht, was der Mann sich dabei gedacht hat, mit seiner Familie durch die Gegend zu fahren. Wo ich gerade dabei bin …« Waleeda zog Donia von der Brüstung zurück und gab ihr ein Stück Plastik. »Hier ist deine Stempelkarte. Wenn du zur Arbeit kommst, musst du sie bei den Drehkreuzen einlesen. Du brauchst sie auch, um später in die Gebetskabinen zu kommen.«

Donia schaute zu den Sandgruben hinüber. Männer und Frauen schienen getrennt zu arbeiten. Sie wollte Waleeda gerade nach dem merkwürdigen Gebäude mit der Aufschrift VORMUNDSCHAFT fragen, als diese sie anstupste: »Was hast du angestellt, dass man dich hier hergeschickt hat? Und woher kommst du? Minya? Beni Suef?«

Die erste Frage beantwortete Donia nicht. »Kairo«, sagte sie.

Waleeda machte große Augen: »Kairo? Die Hauptstadt? Ich habe noch nie jemanden von dort getroffen.« Dann, als wäre endlich der Groschen gefallen, platzte sie aufgeregt heraus: »Hast du *ihn* getroffen? Warst du auf dem Tahrir-Platz, als er aufgetaucht ist?«

»Wovon redest du?«

»Der fremde Mann, der Bote der Kuffar, der Perversling – der nackte Mann auf dem Tahrir!«

Donia erstarrte.

»Oh«, sagte sie. Eine Reminiszenz schoss ihr durch den Kopf, ein vager Nachhall. Die grüne Lichtsäule, die den fernen Himmel erleuchtet hatte, kurz bevor Zulkheir sie angriff, stand ihr wieder vor Augen. Es fühlte sich an, als wäre es in einem anderen Leben passiert.

»Das grüne Licht habe ich gesehen«, sagte sie schließlich. »Aber ist der Mann wirklich geschickt worden?«

»Ja! Wo bist du in den letzten Tagen nur gewesen?«

»Ich … war sehr krank. Aber wer ist er? Weiß man, wer ihn geschickt hat?«

»Die Kuffar natürlich. Er kommt nächste Woche vor Gericht. Damit wir alle zugucken können, fällt sogar die Schicht aus. Es wird als Hologramm übertragen. Live! So aufregend. Er wird wegen Atheismus angeklagt. Atheismus! Die Regierung sagt, dass die Kuffar ihn geschickt haben, um Chaos zu verbreiten. Alle erwarten eine öffentliche Hinrichtung. Hast du schon mal eine gesehen?«

Das hatte Donia nicht. Soweit sie sich erinnern konnte, hatte es öffentliche Exekutionen seit Jahren nicht mehr gegeben, auch keine privaten. Wer zu viel Unruhe stiftete, wurde in die *Quarantäne für verlorene Seelen* gesteckt, deswegen herrschte dort ein solches Chaos. Er wurde von Verrückten und Mördern bewohnt. Aber

Atheisten, das wusste sie, waren etwas anderes. Die waren viel gefährlicher.

Es war der plötzliche Ausdruck von Sorge auf Waleedas Gesicht, der ihr bewusst machte, dass schon wieder Tränen über ihr Gesicht flossen. Sie schniefte, als das Mädchen zögerlich eine Hand auf ihre Schulter legte. Die zärtliche Geste löste in ihr eine Empfindung aus, die sie vorübergehend verdrängt hatte: Alles verloren. Sie lebte jetzt in einer Welt der Armut und Brutalität.

»Geht es wieder?«, fragte Waleeda.

Doch Schreie von unten machten jede Antwort unmöglich. Donia zog ein letztes Mal die Nase hoch, bevor sie wieder an die Brüstung trat, um nachzuschauen, was passiert war. Die Baltagiya schleppten den entflohenen Mann aus dem Gebäude. Er schien bewusstlos zu sein. Als sie ihn auf einen Müllhaufen neben dem Hühnerkäfig warfen, bewegte er sich nicht mehr. Noch lauteres Geschrei ertönte, als seine beiden Kinder und die Frau aus dem Gebäude gerannt kamen. Sie wurden von einem jungen Kerl verfolgt, der einen Stock schwang. Er scheuchte sie etwas halbherzig herum, blieb dann stehen, lachte und johlte: »Los, du Hure, du hast die hässlichsten Kinder, die Gott je einer Frau gegeben hat!«

Der Schläger lief zurück zu seinen Freunden. Sie schlugen sich gegenseitig auf die Schulter und schnappten sich die Hühner, bevor sie abzogen und den Mann neben dem Müll liegen ließen.

6 | Graben ✂

48 ... 49 ... 50 ... 51 ...

Donia registrierte nicht, dass sie schon wieder zählte. Sand schaufeln war durchaus nicht dasselbe, wie Punkte auf einem Bildschirm zählen, aber bald setzte eine Routine ein, die ihr half, weniger an Hitze und Schmerzen zu denken. Die Arme zitterten vor Müdigkeit, und ihr Rücken tat weh. Sie und die vier Frauen, die neben ihr arbeiteten, befüllten mit ihren Schaufelladungen einen Container in der Mitte der Grube. Jedes Mal, wenn sie etwas abluden, blinkte er kurz grün und purpurn auf, bevor der Sand mit einem lauten Zischen an den Seiten wieder ausgespuckt wurde. Donia hatte keine Ahnung, welchem Zweck das diente, traute sich aber nicht, die anderen Frauen zu fragen. Die starrten sie ebenso neugierig wie misstrauisch an. Sie trug immer noch den Nikab, den Waleeda ihr gegeben hatte. Weil sie stark schwitzte, klebte er an ihrem Körper. Sie griff unter das klatschnasse Gewand und fischte die trocknen Datteln heraus, die ihr Waleeda zusammen mit einer halben Scheibe Baladi-Brot geschenkt hatte, nachdem sie vom Dach heruntergekommen waren und in Donias Zelle gesessen hatten. »Nimm, du wirst Kraft brauchen, glaub mir.«

Sie hatte recht. Nach dem Mittagsgebet, an dem Donia noch nicht teilnehmen durfte, ging sie zu den Drehkreuzen der Arbeiterinnen, wo Hunderte Frauen, alle in schwarze Nikabs gekleidet, Schlange standen, um auf die Felder zu ziehen.

Als sie die Gruben erreichte, nahm sie eine Schaufel mit splittrigem Stiel zur Hand und folgte den Frauen mehrere hundert Meter entlang von Gruben unterschiedlicher Tiefe und Ausdehnung.

»Du, du gräbst hier.« Das war eine der Frauen, die angestrengt versucht hatten, sie einzuordnen. Sie war dunkelhäutig – Nubierin wahrscheinlich – und hatte einen indigoblauern Lidstrich um ihre Augen gezogen. Die Frau zeigte auf eine der weniger tiefen, steinigen Gruben. Donia tat, was man ihr sagte. Sie kletterte hinunter, sah zu, was die anderen Frauen machten und versuchte, es ihnen gleichzutun. Währenddessen dröhnten ohne Unterlass öffentliche Predigten aus einem Lautsprecher gleich über Donias Grube.

»In die *Quarantäne für verlorene Seelen*«, brüllte der Scheich »Ins Land der Gesetzlosen, wo Bürger, die sogar die helfende Hand des Nizam ausschlagen, in dämonischer Verzweiflung und Tollheit zusammenleben und dort den Tod sowie das ewige Feuer zu erwarten haben! Das ist das Schicksal eines jeden, der die Pflichten, die Gott ihm auferlegt hat, scheut.«

Im Lauf mehrerer Stunden kreiste hin und wieder ein SW über ihnen und verteilte Wasserflaschen. Dann hatten sie zehn Minuten Pause, in denen sie die Latrinen aufsuchen durften. Aber nun war seit der letzten Wasserpause schon eine Weile vergangen, und Donia fühlte sich so matt, als habe ihr Blut Mühe, hoch zu ihrem Gehirn zu kommen. Sie legte die Schaufel beiseite, wischte mit dem Handrücken über ihre Stirn und steckte sich mit der anderen Hand eine Dattel in den Mund.

Sofort schoss ein SW auf sie zu, ließ sein Auge rot aufblitzen und kreischte: »Du bist identifiziert worden. Nimm sofort deine Arbeit wieder auf. Wenn du nicht augenblicklich beginnst, wird deine Schicht nicht zu den Privilegien gezählt, und du wirst keine Wasserration erhalten.«

Also schaufelte Donia weiter. 52 ... 53 ... 54 ... 55 ... Warum der Nizam keine Maschinen einsetzte, war ihr ein Rätsel.

So vergingen ihre Tage – Zählen und Graben. Am zweiten Tag hatten ihr die Muskeln fast den Dienst verweigert. In der Toilette war sie beim Hinhocken auf den Rücken gefallen. Ihre gesamte Rückseite war mit Kot beschmiert.

Waleeda besuchte sie oft zwischen den Schichten und saß beim Mittagessen im Trakt der Mädchen gewöhnlich neben ihr. Es gab Reis, gummiartiges Brot und einen Happen Lamm auf einem Blechteller, dazu einen Becher mit irgendwie schwefelhaltigem Wasser. Die anderen Mädchen waren nicht ganz so freundlich zu ihr wie Waleeda. Zwischen den Bissen belauerten sie Donia, ignorierten sie aber sonst. Abends saß sie meistens mit dem Rosenkranz auf dem Kopf auf dem Dach und betrachtete die Sterne, die der Leuchtkraft Kairos entkommen waren. Danach humpelte sie zurück in ihre Zelle und weinte sich in den Schlaf.

Donia brauchte einige Tage, bis ihr aufging, dass die meisten Mädchen in ihrem Gebäude, obwohl scheinbar gleichaltrig, viel jünger waren als sie, die meisten unter 17. Sie war bei weitem die Älteste. Sogar Waleeda, bei der Donia geschworen hätte, dass sie mindestens 18 war, stellte sich als Sechzehnjährige heraus. Donia begriff, dass die südliche Sonne daran schuld war, die Sonne und die brutale Arbeit.

Am fünften Tag, mitten in ihrer neunten Schicht, der Rücken versteinert, die Hände gefühllos wie Greifzangen, sprachen die anderen Frauen in der Grube endlich mit ihr. Es geschah exakt bei ihrer 38. Schaufel des Tages. Während sie die Schaufelladung im Container ablud, sprach sie leise die Zahl vor sich hin, als urplötzlich solch ein Alarm ertönte, dass sie buchstäblich umfiel. Bevor sie sich wieder aufrappeln konnte, flogen drei SWs auf sie zu. Einer von ihnen sank herab, fuhr einen zierlichen Greifarm aus und schnappte sich ein fingergroßes, burgunderrotes Etwas, das Donia für Keramik hielt, pharaonische Keramik. Die Maschine wickelte das Fragment in Papier ein und entschwand in der Ferne.

Hände packten Donias Arme, und sie wurde von zwei Frauen in die Luft geworfen. Fältchen um die Augen ließen darauf schließen, dass sie lächelten.

»Gott ist dir gnädig«, rief die eine von ihnen.

»Möge er fortfahren, unser Land zu reinigen«, predigte die andere und fügte hinzu: »Man wird es sofort zerstören bis das letzte Überbleibsel dieser Götzenverehrung verschwunden ist, und der Süden unter Gottes gnädigem Blick erblüht.« Sie klopften ihr auf die Schulter und nahmen ihre Arbeit wieder auf.

Als die Schicht mit dem Ruf zum Nachmittagsgebet endete und Donia zur Stadt zurückschlurfte, kniff jemand sie in die Seite. Sie erblickte Waleedas ungezupfte Augenbrauen, die freundschaftlich hochgezogen waren. Donia erzählte ihr von der Keramikscherbe und Waleeda, die ihr zuerst nicht glauben wollte, erklärte ihr, wie selten so etwas vorkam, erst recht bei einem Mädchen in der ersten Woche.

»Seit Jahrzehnten haben Leute in dieser Gegend gegraben und nichts als ein Stückchen versteinerte pharaonische Kacke gefunden.« Sie mussten beide lachen. In diesem Moment wurde Donia klar, dass sie dabei war, etwas so Ungewohntes wie Freundschaft zu empfinden. Die Mädchen scherten aus dem Strom der Frauen aus und machten sich in Richtung Unterkunft auf. Ein paar hundert Meter weiter sah Donia den pyramidenhaften Bau mit der Aufschrift VORMUNDSCHAFT. Irgendetwas daran machte sie neugierig.

»Weißt du, was das für ein Gebäude ist?«, fragte sie Waleeda.

»Habt ihr in Mittelägypten denn keinen Vormund?«

»Nein, ich glaube nicht. Was ist das?«

»Für mich ist es die Chance, zurück in die Heimatstadt meiner Eltern zu kommen. Für andere bedeutet es ein Luxusleben im Norden als Jawari, als Haussklavin. Man wird dort sehr gut behandelt.«

Die beiden nutzten die Fußgängerbrücke, die den Nil überquerte. Waleeda führte sie auf eine kleinere Brücke etwas südlicher zu. »Geht schneller«, sagte sie.

»Als Haussklavin?«, brachte Donia schließlich heraus. »Ist das ein Witz?« Sie schämte sich, weil sie so etwas Absurdes einen Moment lang geglaubt hatte, und wechselte das Thema: »Woher kommen deine Eltern?«

Waleeda zögerte: »Donia, ich werde dir etwas anvertrauen, hoffe aber, dass du mich deswegen nicht verurteilst. Meine Eltern – möge Gott ihnen gnädig sein – starben in den Gruben, als ich noch sehr klein war. Sie waren Christen.« Sie machte eine Pause, fuhr dann fort: »Ich weiß, ich weiß, aber bevor sie starben, hatten sie sich schon lange dem Islam verschrieben, gelobt sei Gott. Sie kamen ursprünglich aus Alexandria, wurden aber während des Umsiedlungsprogramms in den Zwanzigern hier hergebracht.«

Donia hatte noch nie jemanden kennengelernt, der zugab, christliches Blut in sich zu haben. Andererseits hatte sie noch nie jemanden wirklich kennengelernt.

»Das mit dem Tod deiner Eltern tut mir leid«, sagte sie. »Vielleicht weißt du es nicht, aber das Meer hat das Meiste von Alexandria schon vor langer Zeit verschlungen.«

»Wir im Süden sind nicht total ahnungslos. Ich weiß das. Mein Meister lebt in einem gesicherten Gebiet südlich von dem Ort, wo die Stadt lag. Und dahin werde ich hoffentlich bald ziehen.«

Donia zog die Augenbrauen zusammen. Die plötzliche Albernheit des Mädchens irritierte sie. »Wovon redest du? Welcher Meister? Warum sollte der Nizam dich in den Norden ziehen lassen?«

»Wenn du dich bei der Vormundschaft anmeldest, finden sie jemanden im Norden, der dich adoptiert. Er hat dann das Sorgerecht für deinen Körper. Du wirst sozusagen sein Besitz, eine Sklavin. Aber wie gesagt, du wirst sehr gut behandelt. Die Neo-Scharia legt Wert darauf. Du musst nur im Haus helfen, saubermachen, ein bisschen bedienen. Oder was sie sonst so brauchen.«

Je mehr ihr dämmerte, dass Waleeda keine Witze machte, desto beunruhigter wurde Donia. »Du willst mir erzählen, dass du eine Sklavin von jemandem im Norden bist?«

»Nicht nur ich, die meisten Mädchen bei uns. Tausende haben unterschrieben, fast alle Unverheirateten. Jedes junge Mädchen ohne Aufsicht kann sich bei der Vormundschaft melden. Jungen ohne Aufsicht auch. Und Eltern dürfen ihre Kinder anmelden, das ist üblich. Wenn sie unverheiratet sind, können sogar ältere Frauen mitmachen, obwohl man für sie nur schwer jemanden findet.«

Inzwischen hatten sie die kleine Brücke erreicht, die mit stinkendem Abfall übersät war. Ein räudiger Hund schlief an ihrem Fuß. Als er sie kommen hörte, sprang er auf und knurrte. Waleeda tat so, als würde sie einen Stein aufheben und nach ihm schmeißen. Er rannte weg und bellte wie wild, aber erst aus sicherer Entfernung.

Solange sie die Brücke überquerten, hielt Donia die Luft an. Auf der anderen Seite wandte sie sich wieder an Waleeda: »Wenn es stimmt, was du sagst, warum bist du dann noch hier? Warum sind all die anderen Mädchen in unserem Trakt noch da, wenn sie bei dieser Vormundschaftssache mitmachen?«

»Der Norden kann nicht alle auf einmal aufnehmen, Donia. Aber immer wieder mal wird jemand weggeschickt, um in einer tollen

Villa mit Swimmingpool zu leben. Samar letzten Monat, Fatma im Monat davor, Shirin vor einem Jahr. Ich habe mich schon mit einer Vermittlerin getroffen, und es sieht so aus, als würde ich schon bald gerufen. Möge Gott mir Geduld geben.«

Etwas Verträumtes lag in Waleedas Gesichtsausdruck, etwas kindlich Unschuldiges. Als Donia das sah, wurde sie noch böser auf das Mädchen, obwohl sie nicht genau wusste, warum.

»Verzeih mir«, sagte sie. »Ich kann einfach nicht glauben, dass du dich an einen Fremden verkauft hast, der mit dir machen kann, was er will. Du bist seine *Sklavin*.«

»Wir alle sind Allahs Sklaven, Donia, und es ist nichts Schlimmes dabei, sich den Oligarchen im Norden zu fügen«, lächelte Waleeda, taub für Donias Entrüstung. »Davon abgesehen, bekommst du Extrarationen, wenn du unterschrieben hast. Für den Fall, dass du angefordert wirst, musst du gesund sein. Egal, ich bin mir sicher, dass du dich mit der Idee anfreundest. Das haben alle gemacht.«

Sie hatten den Fluss hinter sich gelassen und stiegen nun die engen Gassen hoch, die von gestapelten Gummireifen und allerlei Müll gesäumt waren. Eine tote Katze lag im Schmutz, ihr Leichnam aufgebläht. Der dünne Stoff von Donias Nikab bedeckte zwar Mund und Nase, konnte den Gestank aber nicht abhalten.

Es war die Naivität in Waleedas Stimme, die Donia störte. Sie fühlte sich von ihr verraten, von dem Menschen, den sie mochte, von wahrscheinlich der einzigen Person, bei der sie sich je wohlgefühlt hatte. Aber wie konnte sie ein dummes Kind mögen, das bereit war, sich für einen albernen Traum von Villen und Swimmingpools zu verkaufen? Mit einem Mal war dieses Mädchen ihr fremd, und sie spürte den enormen Klassenunterschied, der zwischen ihnen lag. Dieses Mädchen mit seinem christlichen Blut. Just als ihr diese Gedanken durch den Kopf schossen, stand ihr wieder das frevelhafte, das unaussprechliche Bild vor Augen. Wie immer kam es aus dem Nichts und ließ sie erröten. Zum Gebet beugte sie sich nach vorn, und der monströse Mann nahm sie von hinten. Und während eine Mischung aus Ekel und Hilflosigkeit sie schaudern ließ, begriff sie, was sie in Wahrheit so aufregte. Es war nicht Waleedas Naivität, die sie so wütend machte, sondern ihre eigene Scheinheiligkeit. Waleeda, die sich in der Hoffnung auf Entkommen an einen Mann aus dem Norden verkaufte – etwas anderes hatte auch Donia fast ihr ganzes Leben lang nicht gemacht. Vor ihr stand lediglich eine unverdorbene Version ihrer selbst. Und mit diesem Gedanken löste sich ihr Groll in nichts auf. Donia zog Waleeda zu sich heran und umarmte sie.

»Vielleicht sind wir gar nicht so verschieden«, sagte sie. »Vielleicht sehe auch ich mich mal bei dieser Vormundschaft um.«

Waleeda strahlte und hakte sich bei ihr unter, als sie sich dem näherten, was Donia langsam als ihr neues Daheim ansah. Zumindest so lange, bis Gott für mich eine andere Bestimmung hat, dachte sie.

7 | Einvernehmliche Vergewaltigung ⤜⤛

Als am nächsten Tag die Morgenschicht mit dem Ruf zum Mittagsgebet endete, schlenderte Donia zu den Drehkreuzen, wo es Wasser und Schatten gab. Das Gelände war fast menschenleer, da die meisten beim Gebet waren. Sie brauchte noch vier Schichten, bevor sie die Gebetskabinen betreten durfte. Es war sicher schon zwei Wochen her, seit sie das letzte Mal gebetet hatte, die längste Auszeit ihres erwachsenen Lebens. Es fühlte sich an, als habe sie eine lebenslange Gewohnheit aufgegeben, nur um herauszufinden, dass sie überhaupt nichts vermisste. Natürlich gab es diejenigen, die außerhalb der Kabinen beteten, aber Donia hatte das nie verstanden. Sie hoffte immer noch, dass Gott ihr eines Tages ihre zahlreichen Missetaten vergeben würde, doch tief im Innern war sie davon überzeugt, dass kein noch so tiefer Kniefall – innerhalb oder außerhalb einer Gebetskabine – sein Urteil ändern würde. Nein, der einzige Grund für ihre Gebete war die Furcht, in die *Quarantäne für verlorene Seelen* verbannt zu werden. Und für diese Art von Gebet war eine Kabine notwendig.

Während ihr der Schweiß von der Stirn perlte, füllte sie einen Tonbecher mit Wasser aus einem großen Becken, legte sich in den Schatten und schloss die Augen. Sie dämmerte kurz weg, bis der Koran sie wieder aufweckte. Keine zehn Minuten waren vergangen, doch sie war rastlos. Sie nahm einen Schluck von dem abgestandenen Wasser, und als sie den Becher absetzte, schien der Schriftzug VORMUNDSCHAFT sie aus der Ferne zu locken. Sie vergewisserte sich, dass der magische Rosenkranz fest auf ihrem Kopf saß und brach in Richtung des pyramidenhaften Gebäudes auf. Als sie sich ihm näherte, bemerkte sie, dass nur im ersten Stock Fenster vorhanden waren. Kurz bevor sie den Eingang erreichte, erschien eine alte Frau in einem glitzernden, schwarzen Gewand, das nur ihr Gesicht freiließ.»Komm, komm, das ist in Ordnung. Ich werde später beten. Komm.« Ein Lächeln spannte sich über die gesamte Breite ihres Gesichts und legte eine Reihe gebleichter Zähne frei. An ihrem rechten Nasenloch hing ein großes, goldenes Piercing.

Donia lächelte verhalten und trat durch die weit offenen Glastüren in eine Lobby mit hoher Decke und großzügiger Sitzlandschaft. Alles war blitzsauber und klimatisiert. Die kühle Luft landete auf ihren Schultern wie ein belebender Klaps.

»Hereinspaziert, hereinspaziert«, drängte die Frau.»Sehr hübsch, oder?« Donia nickte. Außer ihnen war niemand da.

»Ich bin Faiza. Du bist neu hier? Im Trakt der Waisen?«

Donia nickte wieder. Die Frau schien um die Fünfzig, aber es hätte Donia nicht erstaunt, wenn sie viel jünger sein sollte.

»Gut, gut«, sagte Faiza.»Bitte nimm dies.« Sie überreichte Donia ein Faltblatt. Die Überschrift lautete: *Ein Leben in Nordägypten erwartet dich.* Ein Foto aus der Vogelperspektive zeigte hinter dem gelben Sand der nördlichen Küste mehrere Anwesen mit üppig grünen Außenanlagen und Swimmingpools.

»Du hast sehr hübsche Augen«, sagte Faiza. »Ziehst du bitte deinen Nikab aus?«

Donia zögerte. Irgendetwas an diesem Ort war ihr unheimlich.

»Bitte?«, flehte Faiza mit übertriebener Schüchternheit. Donia räusperte sich, nahm die Kopfbedeckung ab und ordnete ihr Haar.

»Ahhh«, säuselte Faiza. »Kein Problem, für dich einen Vormund zu finden. Du kannst nun die Bewerbung ausfüllen.«

»Danke, nein. Ich wollte nur wissen, wie das hier läuft.«

»Das kann ich dir erklären. Kein Problem, kein Problem. Setz dich doch.« Der Ledersessel war das Bequemste, in dem Donia seit Assuan gesessen hatte.

»Es ist ganz einfach«, sagte Faiza, nahm Donias Hände und begutachtete sie, bevor sie ihr in die Augen schaute, als suche sie nach Zeichen einer Krankheit. »Du füllst diese Bewerbung aus. Sie hilft uns, deinen Charakter besser zu verstehen, damit wir einen geeigneten Vormund für dich finden. Wir sind sehr gut darin, das passende Gegenüber zu finden.«

»Dieser Vormund – wie komme ich in seine Obhut?«

»Ganz einfach. Nachdem deine Bewerbung angenommen wurde, kommst du unter Vormundschaft dieses Amtes. Es ist nur eine Formalität und wird an deinem täglichen Leben nichts ändern. Natürlich erhältst du mehr Wasser und größere Dattelrationen. Sobald wir einen interessierten Meister gefunden haben, transferieren wir die Vormundschaft an ihn.«

»Meister? Sie meinen jemanden, der mich kaufen will? Verkaufen die Leute sich hier einfach nur?«

Die Frau lachte schrill auf und tätschelte beiläufig Donias Schoß. »Nein, nein ... kein Verkauf, kein Verkauf. Hier geschieht alles entsprechend der Neo-Scharia, natürlich. Du verkaufst dich nicht, du bekommst kein Geld als Gegenleistung. Kein Geld. Was du erhältst, ist die Chance auf ein Leben im Luxus.«

»Aber der Vormund – nach dem Gesetz würde er mich besitzen, oder?«

»Nicht *besitzen*. Du gehörst nur Allah. Wenn deine Bewerbung erst einmal angenommen wurde, stellen wir ein Benutzungsrecht über deine Sachen aus.« Während Faiza mit den Fingern kleine Kreise zeichnete und dabei auf Donias Körper wies, lächelte sie breit. Flink tätschelte sie ihre Hüften und Oberschenkel und murmelte dabei: »Gut, das ist gut.«

Donia wand sich und zog ihre Beine zurück.

Faiza legte den Kopf in den Nacken und kicherte wieder: »Tut mir leid, tut mir leid.«

Die Frau war stark. Donia fielen ihre kräftigen Unterarme sogar unter dem Gewand auf. Wahrscheinlich hatte sie jahrelang mit der Schaufel gearbeitet.

»Und gilt dieses Benutzungsrecht lebenslang?«

»Wenn wir einen Meister für dich gefunden haben, geht das Benutzungsrecht auf ihn über. Er hält die Rechte an dir, bis er dich freilässt, wonach du im Norden bleiben kannst – wenn dein Ruf einwandfrei ist. Oder, natürlich, er heiratet dich vom Fleck weg. Mit diesen Hüften und dem engelhaften Gesicht dürfte Gott dir in Windeseile diese Gunst gewähren, glaube mir. Soll ich dir jetzt einen Bewerbungsbogen holen?«

Plötzlich hatte Donia das dringende Bedürfnis, diesen Ort zu verlassen. Sie erhob sich. »Ich muss darüber nachdenken.« Als sie sich im Weggehen umdrehte, lächelte die Frau immer noch.

»Überleg nicht zu lange«, rief sie.

Draußen umhüllte sie die Hitze wie eine sanfte Vorbereitung auf das Höllenfeuer. Zorn verlieh ihrem Schritt einen ungewohnten Nachdruck. Eine anständige Frau spürte keinen Zorn. Man fühlte sich hilflos, abhängig, deprimiert sogar. Aber man spürte keinen Zorn – jedenfalls nicht als anständige Frau.

Donia ärgerte sich über Waleedas Naivität, über ihren Wunschtraum, in den Norden zu gehen, über ihren Optimismus, dort brauche sie nur ein wenig sauberzumachen und Kaffee zu servieren. Was waren die Jawari schließlich anderes als Sexsklaven? Sie ertrug es nicht, dass jemand eine so zerstörerische Erfahrung machen sollte, eine Erfahrung, die Donia seit ihrem 13. Lebensjahr vertraut war.

Einvernehmliche Vergewaltigung, dachte sie, die Geschichte meines Lebens.

Sie stapfte weiter auf die Sandgruben zu. Die Straße war leer, die Moschee lag ruhig da. Donia rannte jetzt. Ihre Schicht hatte schon begonnen. Sie hatte zu viel Zeit bei der Frau verbracht.

»Nutze die Duha als Schutz vor Unfällen und Katastrophen«, predigte der Scheich über Lautsprecher. Donia begann tonlos ihre Duha zu beten. »Im Namen Allahs, in dessen Namen nichts auf der Erde, sowie im Himmel Schaden nimmt, er ist der Allhörende, Allwissende.« Doch bevor sie die Gruben erreichte, hörte sie einen lauten Ruf. »Warum rennst du so, Süße?« Ein junger Kerl, narbengesichtig und mit anzüglichem Lächeln, war aus dem Nichts aufgetaucht und versperrte ihr den Weg. Sie blieb wie angewurzelt stehen. Zwei weitere Männer stießen dazu. Plötzlich hatte eine Bande von sieben oder acht unangenehmen Typen sie eingekreist.

»Hoffst du, deinen Körper an einen reichen Mann verkaufen zu können, kleine Hure?«, fragte einer von ihnen. Sie lachten. Jemand schlug sie von hinten auf den Po. Sie schrie auf und versuchte den Ring der Baltagiya zu durchbrechen, wurde aber sofort wieder in deren Mitte gestoßen. Eine schmutzige raue Hand riss ihr den Schleier vom Kopf.

»Das ist besser«, sagte er. Ein anderer musterte sie von oben bis unten und rief: »Allah, was für eine unverschämte Schönheit! Das ist aber gar nicht gesund. Ich glaube, Jungs, wir müssen von der Schönheit was abkratzen.«

Donia rief um Hilfe. Die Männer lachten.

Zwei von ihnen packten sie an der Schulter, eine Hand wie Sandpapier legte sich auf ihren Mund, und der Mann mit dem anzüglichen Lächeln säuselte: »Keine Sorge, mein Kätzchen. Wir tun dir nichts. Entspann dich.«

Sie drängten sie wieder in ihren Kreis, traten dann alle wie auf Kommando einen Schritt zurück. Donia sah mit Entsetzen, wie sie ihre Hosen aufknöpften.

Sie drehte sich panisch um ihre eigene Achse, suchte nach einer Lücke.

»Beim Propheten, halt still, Hure!«, befahl einer. Wie die anderen bearbeitete auch er fieberhaft seinen Penis. Ihre Geschlechtsteile zielten auf sie wie Pistolen. Plötzlich wurden sie still und verzogen das Gesicht in frustrierter Konzentration.

Donia war wie gelähmt. Die Arme schützend um ihre Brust gelegt, stand sie nur da. »1, 2, 3 …«, begann sie zu zählen, und schon war sie woanders, jedem Gefühl von Zeit und Raum entflohen. Doch schnell wurde sie vom Stöhnen um sie herum in die Gegenwart zurückgeholt. Wie ein orchestrierter Höhepunkt ejakulierten die Männer auf sie. Dann sah Donia, wie die Schwäche nach dem Orgasmus die Männer überkam, Rückgrat gekrümmt, Knie leicht eingeknickt.

»Gut eingetaktet, Jungs«, sagte einer von ihnen, und die anderen kicherten matt.

Das war ihre Chance. Lauf, sagte sie sich. Ihr Fluchtinstinkt kämpfte mit ihrer Erstarrung.

Eine verklebte Hand griff von hinten nach ihr und stieß sie aus dem Ring.

»Verpiss dich, du dreckige Hure!« Das mit Straßendreck und Samen beschmutzte Oberteil ihres Nikab wurde ihr hinterher geworfen. »Und wenn wir dich noch mal beim Schwänzen treffen, dann Gnade dir Gott«, brüllte einer von ihnen.

»Gott helfe *uns*«, verbesserte ein anderer, und sie johlten, offenbar wieder bei Kräften.

Donia drehte sich der Magen um. Sie zog den Nikab wieder über und stolperte kopflos auf die Gruben zu. Man hatte ihr vorher schon Gewalt angetan, immer wieder. Sicher, theoretisch war sie stets verheiratet gewesen, wenn es passierte. Und auch wenn sie vielleicht nach dem Gesetz zu jung gewesen war, sich mit Herrn Tafik einzulassen, hatte sie ihre letzten Dutzend oder mehr Ehemänner auf ihr eigenes Bestreben hin geheiratet. Sie war von den Baltagiya kaum berührt worden, hatte sich aber noch nie so entehrt gefühlt. Ihr wurde klar, dass sie letztendlich nie freiwillig in etwas eingewilligt hatte. Nicht darin, in den Süden geschickt zu werden, noch nicht einmal darin, geboren zu werden.

Als sie den Grubeneingang erreichte, blickte Donia auf das Gebäude der Vormundschaft zurück. Sie hatte ihren Körper sowieso nie besessen. Was also war dabei, wenn sie ihn jemand anderem übergab? Jemandem, der an der Küste lebte? Irgendjemandem, der nahe bei den Booten lebte, die einen aus diesem Albtraum von Land schmuggeln konnten.

8 | Entkairofiziert ⤚⤜

Ostaz Mukhtar flog in einem Käfig über Kairo hinweg. Er erkannte nichts wieder.

Zumindest nahm er an, dass es sich um Kairo handelte. Diverse SWs waren an seinen Gitterkäfig angeschlossen, in dem er die letzten zwei Wochen hatte ausharren müssen. Sie beförderten ihn mit solchen Kurven und Sturzflügen zwischen den turmhohen Gebäuden aus Glas und Stahl hindurch, dass seine Wangen flatterten. Um auf den Beinen zu bleiben, klammerte er sich am Gitter fest. Er versuchte, einen vertrauten Anblick zu entdecken, doch es gab noch nicht einmal den Nil. Nur ein schmaler Strom, der von zwei gewaltigen Autobahnen eingefasst wurde, zerschnitt die Metropolis. Er schaute in Richtung Westen und war sich sicher, dort die drei pyramidalen Wunder auszumachen, die ihn immer wieder in

Staunen versetzten – nicht aufgrund ihrer majestätischen Erscheinung, sondern wegen der übertriebenen Selbstüberschätzung, die die Vorfahren dazu bewogen hatte, noch vor Maschinen und Wassertoiletten solche Monumente zu bauen. Er mochte das. Aber die Pyramiden waren nirgendwo zu sehen.

Die Wüste, die einmal die Stadtgrenze markiert hatte, war nun von der metallischen Zersiedlung einer ultraurbanen Landschaft überflutet. Eine Belagerung durch Hochhäuser hatte die Natur erobert. Ostaz fragte sich, ob die Ilmani ihn vielleicht gar nicht in ein zukünftiges, sondern in das Kairo einer anderen Dimension verfrachtet hatten? Warum sollte eine Stadt sich Kairo nennen, die weder Nil noch Pyramiden aufzuweisen hatte? Aber auch wenn die Stadt ihre Seele verloren hatte, war sie atemberaubend. Überall sprangen ihn animierte Werbeanzeigen an, die aufdringlich in der Luft herumtanzten. Eine jauchzte: »Teilen Sie Ihren Ehemann mit anderen Frauen? Kaufen Sie bei Mango-Wife und stechen Sie die Konkurrenz aus!«

Ein gigantischer Turm, der von den Worten *Der Schleier* gekrönt war, kam in Sicht. Im Vorbeiflug spähte Ostaz in die Fenster und machte Stockwerk für Stockwerk endlose Kleiderstangen aus, sämtliche Etagen zusätzlich von einer Armee aus Schaufensterpuppen besetzt, die in jeder denkbaren Farbkombination verschleiert waren. Von Dach bis Parterre war in gigantischen Buchstaben zu lesen:

Er bestraft,
wen er will,
und erweist Barmherzigkeit,
wem er will
(29:21)

Dann verschwand die Schrift schlagartig und wurde durch eine Botschaft in schreiendem Magenta ersetzt: »Testen Sie unseren neuen Wegwerf-Hidschab!« Und darunter in kleineren Lettern: »Sittsamkeit beweisen – Schuppen bekämpfen!«

Die Anzeigen überzogen den Himmel wie eine endlose Abfolge lautloser Feuerwerke. Unter ihm hallte das grimmige Echo einer öffentlichen Predigt.

Ostaz wurde zum Gericht gebracht.

Die ganze letzte Woche hatte er sich mental auf seine Aufgabe vorbereitet, eine Aufgabe mit großem A. Das Konzept Schicksal war ihm intellektuell stets suspekt gewesen, aber was nun anstand, roch fatal nach Bestimmung. Er war Philosoph, und er kannte sich mit Jura aus.

Die SWs an seinem Käfig setzten zur Landung an. Er schaute auf seinen Zielort und erkannte endlich eine Sehenswürdigkeit wieder: das neoklassizistische lachsfarbene Ägyptische Museum. Es wurde von imposanten Nachbargebäuden geradezu erdrückt. Er hatte diese Türme schon bemerkt, als man ihn zum Tahrir-Platz schickte, aber jetzt war statt des grünen Kreisverkehrs etwas anderes zu sehen: eine Art Stadion, hell erleuchtet und scheinbar über dem Erdboden schwebend. Es wies umlaufende Tribünen auf und wimmelte vor Menschen. Als sein Käfig sich näherte, brandete eine Kakophonie auf, tausende Stimmen, die wild durcheinander grölten. Genau über dem Stadion senkten die SWs den Käfig in eine kreisrunde Arena ab. Ostaz musterte die Zuschauer, vermutlich die Urenkel seiner Zeitgenossen, hörte sie buhen und Flüche ausstoßen. Sie waren mit dem fremdenfeindlichen Zorn angefüllt, der am besten in großen, leicht verunsicherten Menschenansammlungen gedieh. Aber es gab auch einen abgesperrten Bereich, in dem einige hundert verschleierte Frauen saßen, still und ausdruckslos.

Als sein Käfig den Boden berührte, machte das Aufsetzen ein so unerwartet lautes Geräusch, dass es von den Rängen um ihn herum widerhallte. Auf einer runden Plattform stand ein kunstvoll verzierter Holztisch. Dahinter saßen fünf grimmig dreinschauende bärtige Männer in makellosen Dschellabas. In ihren Augen entdeckte Ostaz den freudigen Eifer, ein längst gefälltes Urteil zu sprechen.

Jenseits der Richter stand am anderen Ende des Gerichtsplatzes eine klobige Maschine. Sie hatte einen großen, rostigen Trichter, der mit faustgroßen Steinbrocken gefüllt war. Ein paar Meter daneben befand sich ein hölzerner Pfahl.

Aus dem Geschrei von den Tribünen schälte sich langsam ein Schlachtgesang heraus: »STEINIGT IHN! STEINIGT IHN! STEINIGT IHN!« Ostaz nahm seine Mitbürger ins Visier und sah, wie sie im Rhythmus der Parole auf die Maschine wiesen. Schweiß lief aus seinen Achselhöhlen über seine Rippen.

In einem verzweifelten Versuch, Furchtlosigkeit zu demonstrieren, verbeugte er sich in ironischer Dankbarkeit und murmelte leise vor sich hin: »Seid bedankt, ihr Menschen des Mittelalters!« Nur war seine Stimme alles andere als leise. Sie wurde von Lautsprechern verstärkt und füllte das ganze Stadion. Das gefiel der Masse nicht, deren einheitlicher Gesang wieder in einzelne Zornausbrüche und schrille Rufe nach seinem Tod zerfiel. Dann donnerte es hundertfach. Ostaz glaubte, dass der Hammer des Richters Ruhe befahl, aber er sah nur einen ganz gewöhnlichen Hammer.

»Im Namen Allahs, des barmherzigen Erbarmers«, sagte der Richter. Seine Stimme übertönte die lärmenden Zuschauer, als habe Gott persönlich gesprochen. Ostaz schaute sich den Richter genauer an und erkannte den Mann, der ihn zwei Tage zuvor in seiner Zelle aufgesucht hatte.

〜⊕⊱

Achthundert Kilometer südlich davon sah Donia Nour zusammen mit den anderen Einwohnern Assuans denselben Richter live in einer Holografie-Arena. Der Anblick des Gesichtes mit der feuchten Zebibah erfüllte sie mit nacktem Grauen.

Der Auftrag ✖ ✖

Das Geräusch des fallenden Hammers dröhnte durch das Stadion. Ostaz sah, wie der Richter sich langsam über das Hindernis seines Bauches nach vorne schob und mit dem Hammer träge auf den Tisch schlug.

Er erinnerte sich: *Oberster Richter Scheich Zulkheir.*

So hatten die SWs ihn angesprochen, als er ihn in seiner Zelle besuchte. Mit Ostaz hatte er nicht gesprochen, nur dagestanden und ihn gemustert.

Nachdem die Zuschauer sich beruhigt hatten, verkündete Zulkheir: »Unter dem Schutz Allahs ist dieses Gericht zusammengekommen, um das Schicksal des Abartigen zu beraten, dieses Abgesandten der Kuffar.« Jubel ertönte bei diesen Worten. Dann wandte er sich an Ostaz: »Du wirst des Atheismus, der Spionage, der Verunglimpfung Ägyptens und der Homosexualität angeklagt.« Zulkheir betonte jedes Wort mit dem Ernst eines Onkologen, der über die Symptome eines bösartigen Tumors referiert.

»Homosexualität?«, platzte Ostaz heraus.

»Es ist allgemein bekannt, dass die Kuffar den satanischen Akt gutheißen, bei dem Mann bei Mann liegt. Gutheißen und Teilnehmen ist in den Augen Gottes gleich.«

Ostaz lachte. Die Absurdität dieser Begründung ließ ihn für einen Moment seinen drohenden Tod vergessen.

Zulkheir nickte dem Richter zu seiner Rechten zu. Der Mann nickte ebenfalls und drückte einen Knopf. Kurz darauf hörte man über Lautsprecher eine Unterhaltung, die Ostaz sehr bekannt vorkam.

»Bist du Spross einer muslimischen Familie?«

»Ja.«

»Und bist du seitdem zu etwas ... Fremdem konvertiert?«

»Nein.«

»Also *bist* du ein Muslim?«

»Nein.«

Das Publikum schnappte nach Luft, als ob das letzte »Nein« jedem einzelnen von ihnen in den Bauch gestochen hätte.

»Seht ihr?«, sagte Zulkheir. »Einige von euch werden sich wundern: Wie kann dieser Gesandte der Kuffar behaupten, als Muslim geboren zu sein? Aber wir wissen Bescheid. Wir wissen, dass es Länder gibt, wo ein Abglanz des Islam, pervertiert durch die Einflüsterungen des Satans, fortbesteht.«

Überall im Rund waren wütende Rufe zu hören, und Zulkheir nickte, als teile er die Gefühle. Er nahm ein Taschentuch zur Hand und tupfte mehrmals seine Zebibah ab.

»Deswegen, verehrte Mitbürger«, fuhr er fort, »verlangt die Neo-Scharia die Hinrichtung dieses Perversen. Abtrünnigkeit vom Glauben ist der einzige Tatbestand, der von rechtschaffenen Menschen mit dem Tod bestraft werden muss. Aber niemand soll sagen, das Gesetz sei gnadenlos. Jeder muss vor seinem Tod die Chance auf Bekehrung haben. Und es soll auch niemand behaupten, dass das Gesetz nicht dem Willen des Volkes entspricht, ehrenwerte Mitbürger, die ihr entscheiden werdet, ob dieser Abartige das Strafmaß verdient.«

Sofort begann der Sprechchor erneut, und alle außer den separierten Frauen brüllten: »STEINIGT IHN! STEINIGT IHN! STEINIGT IHN!«

Der Klang des Richterhammers konnte dem Geschrei nicht Einhalt gebieten. Sogar als Zulkheir mit seiner Befehlsstimme um Ruhe bat, hörten sie nicht auf. Zulkheir nahm den Hammer erneut zur Hand, drehte mehrmals seinen Stiel und ließ ihn ungestüm auf den Tisch donnern.

Augenblicklich breitete sich über den Rängen ein graues, lichtdurchlässiges Feld aus. Wo es über die Zuschauer hinwegwaberte, wurde es still. Als das ganze Stadion eingehüllt war, konnte Ostaz nur noch den schweren Atem Zulkheirs hören. Die Münder der

Masse bewegten sich, ihre Gesichter waren verzerrt, aber ihre Stimmen erreichten nicht die Arena. Sie schienen sich dessen bewusst zu sein, denn kurz darauf nahmen die meisten wieder Platz.

Mit angeekeltem Stirnrunzeln wandte Zulkheir sich Ostaz zu und fragte: »Leugnest du, Muslim gewesen zu sein, bevor du vom Glauben abfielst? Leugnest du, jetzt ein Kuffar zu sein, ein Atheist?«

Ostaz hob die Hände, als würde er aufgeben. Jetzt oder nie, dachte er. Er stellte sich vor, ein Gladiator vor einem Rudel Löwen zu sein, nur dass sein einziges Schwert all der Scharfsinn war, den er aufbringen konnte. Er zeigte auf Zulkheir und sagte: »Die Frage, Eure Bartheit, lautet, ob *Sie* Atheist sind?«

Überall waren lautlos verzerrte Münder, begleitet von wütenden Handbewegungen zu sehen. Zulkheir sah aus wie ein Mann, der in seinem Leben noch nie beleidigt worden war. Wahrscheinlich war er es auch nicht. Seine Augen und Nasenlöcher weiteten sich, und mit tiefer Stimme brachte er in kalter Präzision hervor: »Strapaziere nicht die Geduld dieses Gerichtes, Abartiger.«

»Es ist eine berechtigte Frage«, beharrte Ostaz. »Glauben Sie an den Gott Zeus?«

Zulkheir antwortete nicht. Er warf einen flüchtigen Blick auf den Richter links neben sich und schaute dann Ostaz an, als wolle er ihn jeden Moment umbringen.

»Was ist mit dem altägyptischen Gott Ra?«, fuhr der fort. »Dem Hindugott Vishnu? Dem chinesischen Gott Pangu? Was ist mit An, Thor, Inti, Lir, Neptun, Chasca? Was mit…«

»Das. Sind. Falsche. Götter«, tat Zulkheir kund.

Der Richter zu Zulkheirs Linken, ein gebeugter alter Mann, sagte: »Du bist nicht hier, um alberne Fragen zu stellen. Antworte, gestehst du ein Atheist zu sein?«

»Aber ich wollte ja antworten. In Bezug auf die meisten Kulturen der Weltgeschichte ist jeder von euch gewissermaßen ein Atheist, da jeder von euch ihre Götter ablehnt.«

Ostaz nahm die Zuschauer ins Visier und fuhr fort: »Und ich bin wie ihr. Auch ich lehne diese Götter ab. Nur dass ich noch einen weiteren Gott auf die Ablehnungsliste gesetzt habe. Man könnte sagen: Ihr alle seid Atheisten, während ich ein Atheist plus eins bin.« Er lächelte.

Vor einigen hundert Jahren hatte er so etwas Ähnliches mal zu einem Studenten gesagt. Er erinnerte sich daran, wie verdattert der gewesen war, und wie er gestammelt hatte, das sei zwar eine interessante, aber auch blasphemische Art, die Dinge darzustellen.

Nicht hier. Es war fast so, als hätten die Richter nicht ein Wort dessen gehört, was er gesagt hatte. Das Publikum sah unbeeindruckt aus, einige schienen zu lachen, andere schauten verwirrt.

»Wann hast du dich vom Islam abgewandt?«, fragte Zulkheir.

Ostaz hatte nicht erwartet, dass seine kleine Ansprache so brüsk ignoriert würde. »Wie? Haben Sie nicht gehört, was ich gesagt habe?«

»Doch«, antwortete Zulkheir leicht zerstreut. »Also, wann hast du dich vom Islam abgewandt?«

Ostaz war irritiert. »Als ich diesen grausamen Koran gelesen und verstanden habe«, platzte er heraus.

Sofort fingen sämtliche Richter außer Zulkheir an, untereinander zu flüstern. Auf den Rängen sah Ostaz Dutzende von Männern aufspringen, die offensichtlich Beleidigungen in seine Richtung ausstießen. Einige von ihnen versuchten sogar, vor lauter Zorn ihre Sitze aus der Verankerung zu reißen. SWs näherten sich, und die Aufgebrachten wurden von ihren Sitznachbarn zurückgehalten.

»Genau«, sagte Ostaz. »Ich habe grausam gesagt. Kann irgendjemand behaupten, dieses Buch sei nicht grausam? ›Und wie viele Städte sind es, die wir zugrunde richteten!‹ Allah brüstet sich damit. ›Da kam unser Schlag über sie des Nachts oder als man zu Mittag rastete.‹ Das ist, glaube ich, Sure 7, Vers 4. Dann gibt es da Sure 18, Vers 59: ›Jene Städte richteten wir zugrunde, als sie gefrevelt hatten.‹ Und schließlich: Sure 22, Vers 45: ›Wie viele Städte ließen wir zugrunde gehen, da sie frevelten, sodass sie nun verwüstet sind.‹«

Ostaz hielt kurz inne, fügte dann hinzu: »Er hat blutige Hände, dieser Gott, der Städtezerstörer, der sich dessen auch noch rühmt, findet ihr nicht?«

Er konnte von den Gesichtern der Richter ablesen, dass sie nicht mit seiner intimen Kenntnis des Korans gerechnet hatten. Aber dies war nun einmal sein Fall, den er zu vertreten hatte, ein Fall, an dem er im Kopf gearbeitet hatte, seitdem er in der Zelle saß und sich auf diese Aufgabe vorbereitete.

Der Richter, der seine Unterhaltung mit El Sheikh Kommandeur abgespielt hatte, erhob nun das Wort: »Du hast also deinem Glauben abgeschworen, weil Allah den Götzenanbetern und Frevlern Gerechtigkeit hat angedeihen lassen?«

»Das war ein Grund, ja. Sie werden mir vergeben, wenn ich es moralisch fragwürdig finde, ganze Städte einschließlich ihrer Einwohnerschaft zu zerstören, nur weil die Menschen etwas ungezogen waren und an einen anderen Gott als den Ihren glauben. Das hört sich zu sehr nach einem Soziopathen an, der die Frau eines anderen mitsamt Familie und Kindern umbringt, weil sie sich weigert, ihren Mann zu verlassen und Sein zu werden, finden Sie nicht?«

Ostaz tigerte jetzt in seinem Käfig auf und ab. Wie damals bei seiner umstrittenen Vorlesung, belebte ihn das Adrenalin. »Aber es gibt noch andere Gründe: Dieses Buch ist gespickt mit Sexismus und Unmenschlichkeit. Außerdem gibt es da einige ulkige Ideen über Sklaverei, und, um ehrlich zu sein, ist es nicht sehr nett gegenüber Menschen anderer Religion.«

Der Ansatz eines Lächelns bewegte Zulkheirs schnurrbartlose Oberlippe. »Und was lässt dich glauben, dass du fachkundig genug bist, um zu verstehen, was im Heiligen Buch steht, Abtrünniger?«, fragte er und betonte dabei jedes Wort peinlich genau. »Wie viel Zeit deines wertlosen Lebens hast du damit verbracht, die heiligen Worte Allahs zu studieren?«

»Nun ja«, antwortete Ostaz, der immer noch auf und ab ging. »Wie viel Zeit eines Lebens braucht man, um es zu studieren? Schließlich ist es ›ein Buch, dessen Verse erläutert wurden‹ wie es in Sure 41, Vers 3 heißt – ein Buch, das für alle Zeiten und an allen Orten gilt. Das steht dort wörtlich.«

Ostaz musterte die Schaulustigen. Vielleicht würde dies sie zum Denken bringen. Stattdessen sah er, wie ein mickriger Mann mittleren Alters über die Absperrung sprang. Erstaunlich schnell für sein Alter, stürmte er auf Ostaz' Käfig zu und schwang dabei ein Messer. Offensichtlich diesseits der Geräuschbarriere kreischte er: »Ich bring ihn um! Ich bring ihn um!«

Obwohl der Käfig ihn schützte, zog Ostaz sich von den Gitterstäben wie eine Schildkröte in ihr Haus zurück. Ein Arm würde hindurchpassen, und er hatte Angst, dass der Mann ein professioneller Messerwerfer sein könnte. Aber das spielte keine Rolle mehr. Binnen Sekunden waren die SWs über ihm, warfen ihr Netz aus und transportierten ihn ab.

Zulkheir schlug mehrmals mit dem Hammer auf den Richtertisch, ließ aber durchaus Sympathie erkennen, als er das Wort erhob: »Werte Bürger Ägyptens, sorgt euch nicht, denn diesem Perversen mit seiner gottlosen Arroganz wird Gerechtigkeit widerfahren.«

Ostaz sammelte sich und erwiderte: »Oh ja, und offensichtlich bringt der Glaube an dieses Buch Menschen dazu, andere erstechen zu wollen, die...«

»Ruhe!«, bellten mehrere Richter gleichzeitig. Ganz oben auf den Rängen sah man Männer, die aus irgendeinem Grund in Faustkämpfe verwickelt waren, während SWs nahten. Andere schrien immer noch tonlos und zerrten an ihrer Kleidung, als wollten sie sich alles vom Leib reißen. Die Frauen dagegen blieben bewegungslos.

Ostaz sah, wie die SWs so etwas wie Elektroschocks einsetzten, und binnen weniger Minuten war die Ordnung wiederhergestellt.

»Darf ich bitte darauf zurückkommen, *warum* ich meine Religion aufgegeben habe?«, fragte er zögernd.

Aber die Richter wechselten immer noch Blicke. Ostaz konnte ihre Unsicherheit spüren. Sie durften nicht zulassen, dass er sie weiterhin demütigte und die Leute provozierte. Aber er wusste auch, wie sehr ihnen daran lag, dass er seinen ketzerischen Standpunkt weiterhin ausführte, bevor sie ihn töteten. Alle sollten hören, wie nihilistisch, haltlos und unlogisch seine Worte waren und wie böse die Welt, für die er stand.

»Fahr fort«, sagte Zulkheir. »Aber beleidige Gottes Wort noch einmal, und der Tod wird dir auf der Stelle sicher sein.«

Ostaz nickte und begann wieder auf und ab zu gehen. »Nun, er ist auf eine geradezu mittelalterliche Art sexistisch, der Koran, nicht wahr?« Er hielt einen Moment inne, denn er erwartete einen Rüffel, der aber ausblieb. Also fuhr er fort: »Nicht nur muss die Frau sich in der Hitze verhüllen und wie eine Sklavin auf den Boden starren, sie muss es auch hinnehmen, dass ihr Mann heiraten darf, das heißt Geschlechtsverkehr haben darf und sich möglicherweise sogar neu verliebt. Das gilt für drei andere Frauen, während sie gehorsam kochen und putzen und still sein soll.«

Er nahm die Tribüne der Frauen ins Visier und hielt inne. Während sie auf die Männer um sich herum wiesen, schienen die Frauen zum ersten Mal einmütig etwas zu rufen. Ostaz fand, dass die Männer ziemlich still geworden waren. Konnte das Scham sein? Aber er musste dranbleiben.

»Und wisst ihr, warum die Frauen das hinnehmen, warum sie es hinnehmen, wie Vieh behandelt zu werden, hinnehmen, weniger Rechte zu haben als ein Mann? Weil der Koran es unverblümt sagt: ›Die Männer stehen für die Frauen ein, deshalb, weil Gott den einen von ihnen – das heißt den Männern – den Vorzug vor den anderen gewährte, und weil sie etwas von ihrem Vermögen aufgewendet haben.‹ Das ist Sure 4, Vers 34, wie ihr sicher alle wisst.«

Die Frauen schienen jetzt noch lebhafter zu werden. Alle ballten die Faust, während die Mehrheit der Männer regungslos blieb.

»Doch der Vers geht weiter, nicht wahr? ›Die aber, deren Widerspenstigkeit ihr befürchtet, die ermahnt. Haltet euch fern von ihnen auf dem Lager, und schlagt sie.‹ Was für ein göttlicher Rat ist das denn?«

Die Frauen sprangen nun auf, warfen die Fäuste in die Luft und wiesen dabei auf die Männer. Würde es so beginnen? Einen Moment lang fragte er sich, ob diese Donia Nour – potentiell die rebellischste Bürgerin von ganz Großägypten, wie Anmut gesagt hatte – unter ihnen war und die Rufe anstimmte.

Inzwischen hatten einige Männer begonnen, rhythmisch zu klatschen. Ostaz verspürte einen Anfall von Optimismus. Er versuchte durch das graue Schweigefeld hindurch, von den Lippen der Frauen zu lesen, was nicht einfacher dadurch wurde, dass viele ihre Gesichter verschleiert hatten. Aber er war sich sicher, dass sie dieselbe Parole wieder und wieder skandierten. Schließlich glaubte er, ein Wort zu entziffern. Er war sich nicht sicher, ob es das zweite oder dritte Wort war, aber es handelte sich deutlich um »Gehorsam«.

Konnte das sein? »*Kein Gehorsam und irgendwas irgendwas*?«

Zulkheir hatte Ostaz' Versuche, die Lippen zu lesen, offenbar bemerkt und grinste höhnisch. Er betätigte seinen Hammer, und das Schweigefeld löste sich auf

»BESCHEIDENHEIT! GEHORSAM! EHEMANN, ICH FOLGE DIR!«, schrien die Frauen, während die Männer wortlos mitklatschten.

»Das ist nicht euer Ernst«, stammelte Ostaz.

Breit grinsend setzte Zulkheir die Schweigewand wieder in Gang und legte die Fingerspitzen aneinander. »Sonst noch etwas, Abartiger?«

Ostaz hatte das Gefühl, an seiner Aufgabe jämmerlich zu scheitern, als pflanze er trockene Samen in der Wüste.

»Ja«, antwortete er und ging wieder in seinem Käfig auf und ab. »Der Koran predigt Intoleranz gegenüber anderen Religionen, gegenüber ägyptischen Mitbürgern, die zufälligerweise als Juden oder Christen aufwuchsen.«

»Es gibt keine ägyptischen Juden oder Christen«, sagte Zulkheir.

»Weil sie entweder geflohen sind oder gezwungen wurden zu konvertieren.«

»Sie sind alle freiwillig zur Religion der Wahrheit übergetreten«, warf einer der Richter ein.

Bei diesen Worten sprangen die Zuschauer auf und erhoben die Fäuste. Weit aufgerissene Münder, geräuschlose Schreie. Auch ohne sie zu hören, verstand Ostaz, dass es Siegesschreie waren. Ihm dämmerte, dass es nicht nützen würde, Sure 5, Vers 72 anzuführen: *Ungläubig sind, die sagen: Siehe, Gott ist Christus, Marias Sohn.* Er konnte sich nur ausmalen, was alles im Namen dieses einzelnen Satzes gerechtfertigt wurde.

»Und die Rede ist noch nicht einmal von Polytheisten und Nicht-glaubenden. ›Wenn ihr jedoch die trefft, die ungläubig sind, dann schlagt sie auf den Nacken, bis ihr sie ganz besiegt habt.‹ Das ist Sure 47, Vers 4. Ich gebe gern zu, dass zu der Zeit, als diese Worte geschrieben wurden, die Polytheisten von Mekka Mohammed und seinen Anhängern ziemlich viel Ärger machten. Man könnte argumentieren, dass Gottes Rat unter diesen Umständen nicht ganz so barbarisch war. Aber da er von Herrn Neunmalklug kommt, wäre es nett gewesen, ein paar klärende Sätze anzufügen, die unmissverständlich klar machen, dass es sich hier nicht um eine allgemeingültige Regel handelt – ›für alle Zeiten und an allen Orten‹. Aber was haben wir hier? Sure 2, Vers 62 sagt: ›Siehe, diejenigen, die glauben, die sich zum Judentum bekennen, die Christen und die Sabier – wer an Gott glaubt und an den Jüngsten Tag und rechtschaffen handelt, die haben ihren Lohn bei ihrem Herrn, sie brauchen keine Furcht zu haben und sollen auch nicht traurig sein!‹« Ostaz blieb unvermittelt stehen und zuckte dramatisch die Schultern. »Was also gilt? Sind sie Ungläubige, mit denen wir uns nicht einlassen dürfen, oder unterscheiden sie sich nicht von Muslimen?« Er hielt kurz inne, um die Fragen wirken zu lassen. »Und das bringt mich zu meinem letzten Punkt: Es ist ein verdammt nutzloses Buch, nicht wahr? Welches höchste Wesen kann sich nicht einmal zu einer schlüssigen Meinung durchringen, wie man andere Menschen behandeln soll? Das ganze Ding ist ein Berg von Widersprüchen!«

»Deine Beleidigungen beruhen auf der Unfähigkeit, die Gleichnishaftigkeit des heiligen Buches zu erkennen.« Das kam von dem Richter rechts neben Zulkheir. »Dort heißt es: ›Einige seiner Verse sind klar zu deuten – sie sind der Kern des Buches, andere sind mehrfach deutbar.‹ Du musst verstehen, Abtrünniger, dass dieses Buch keine Anleitung ist, die man aus dem Zusammenhang reißen kann. Nicht jeder törichte Kuffar kann sich damit brüsten, seine wahre Bedeutung zu erfassen.«

Ostaz lächelte ihn an. »Vielen Dank für die Erinnerung. Aber hätte Richter Schlaumeier den Vers zu Ende zitiert, hätte sich das so angehört: ›Doch die, in deren Herzen Verirrung ist, die folgen dem, was darin mehrfach deutbar ist, um Zweifel zu erwecken und um es auszudeuten. Doch nur Gott kennt dessen Deutung.‹« Ostaz schüttelte den Kopf. »Im Grunde«, fuhr er fort, »sagt sogar Gott, dass wir Menschen uns keine Hoffnung machen sollen, dieses Buch voll und ganz zu verstehen.«

Der Richter machte ein finsteres Gesicht. Die Zuschauer hatten die ganze Zeit über rhythmisch auf die Steinigungsmaschine gewiesen, und Ostaz fragte sich, ob seine Worte auch nur zu einem einzigen Menschen durchdrangen. Doch bevor die Richter einschreiten konnten, machte er einen letzten Versuch: »Und wir wollen nicht vergessen, dass dieser Autor, abgesehen davon, dass er ein eifersüchtiger, zerstörerischer Sexist ist, eine ziemlich unangenehme, arrogante Person abgibt. Er hat im wahrsten Sinn des Wortes ein unendliches Ego. Jeder kleine patriarchalische Vers, den er mutmaßlich verfasste, endet mit so etwas wie ›Denn Gott ist der Weiseste‹ oder ›Gott ist erhaben, barmherzig‹ oder ›Gott ist allwissend‹ und manchmal sogar ›Denn Gott ist allwissend und der Weiseste, Erhabenste, Barmherzigste. Ich meine, wie wäre es mit ein bisschen Demut?«

Die Richter fauchten bei diesen Worten wie wild. Auf den Tribünen kochte die Wut, tonlose, überkochende Wut. Im ganzen Stadion sprangen die Männer jetzt auf und rannten herum. Dutzende machten sich an ihren Sitzen zu schaffen, während hunderte andere in die Stadionmitte herabströmten. Zulkheir drosch wieder und wieder mit dem Hammer auf den Tisch ein. Sogar die Frauen standen jetzt. Sie schlugen und ohrfeigten die Luft vor sich.

Und dann ging Ostaz zu weit.

»Und wenn ihr mich fragt, dann neigt diese Sorte Tyrann dazu, irgendetwas zu kompensieren. Das wirft die Frage auf: Hat Gott einen winzigen Penis?«

Überall in der Arena hechteten Männer über die Absperrungen und liefen aufs Feld. SWs flogen ihnen hinterher und warfen ihre Netze aus wie übereifrige Fischer. Aber da immer mehr Zuschauer in die Mitte strömten, waren sie den kleinen Flugmaschinen zahlenmäßig bald überlegen. Mit Mordlust in den Augen, begannen sie Ostaz' Käfig zu belagern. Ihre wilden Flüche hallten über sämtliche Lautsprecher, während sie begehrlich ihre Arme durch das Gitter schoben.

Ostaz stand genau in der Mitte des Käfigs. Nackter Terror ließ seinen Puls galoppieren. Es hatte etwas fast Betäubendes, wie viele Menschen ihn töten wollten, und dass ihre Mordlust lediglich von ein paar dünnen Stahlstäben ausgebremst wurde. Hunderte Menschen umringten ihn jetzt, er konnte die Hitze ihrer Körper spüren. Immer häufiger musste er sich ducken, weil Gegenstände auf ihn geschleudert wurden. Schuhe, magische Rosenkränze und Kugelschreiber wurden von allen Seiten geschossen, verfehlten ihn aber zumeist. Eine gefüllte Babywindel streifte ihn lasch am Knie.

Dann begann die Meute Dinge zu werfen, denen er nicht so leicht ausweichen konnte. Rund um seinen Käfig zogen Männer ihre Dschellabas und Unterhemden aus. Während einige von ihnen die abgeworfenen Netze der SWs abwehrten, stapelten andere die Kleidungsstücke auf und zündeten sie an. Wenn sie ihn nicht mit ihren bloßen Händen töten konnten, dann würden sie ihn eben bei lebendigem Leib verbrennen. Die ersten brennenden Stofffetzen trafen ihn nicht. Die nächsten landeten ganz nah bei ihm, doch er konnte sie wegstoßen. Dann streifte ein brennendes Unterhemd seine Brust und fiel auf seine Füße. Gleich darauf traf ihn eine lodernde Dschellaba im Kreuz. Er strauchelte und sprang mit einem Schrei zur Seite. Dadurch entfernte er sich zu sehr aus der Mitte des Käfigs. Ein Arm legte sich um seinen Hals und presste ihn gegen die Stäbe. Er bekam keine Luft mehr. Eine Hand griff in sein Haar. Wahllose Schläge von allen Seiten trafen seinen Kopf. Schon schrien seine Lungen nach Sauerstoff, nach Leben.

Ostaz schaute in den Himmel und hatte eine Vision. Er dachte an Jesus Christus, den Märtyrer. »Mein Gott, warum hast du mich verlassen?«, soll er vom Kreuz herab gerufen haben. Aber ihn hatte man nicht aufgegeben.

Er schloss die Augen und wartete darauf, dass die Ilmani ihn in Sicherheit holen würden. Aber kein grünes Licht kam ihm zu Hilfe. Und als die Endgültigkeit des Todes den Glauben an sein Überleben zunichte machte, gurgelte ein letzter Gedanke durch sein Hirn: Gottverdammte Ilmani.

10 | Jungfrau ⊰⊱

Donia hielt sich an ihrem Sitz fest. Aber es ging nicht um Balance. Zum ersten Mal hatten ihre Hände Halt gesucht, als mitten über Assuans Hauptplatz Zulkheirs holografisches Konterfei auftauchte. Anfangs waren Angst und Ungläubigkeit der Grund ihrer Erregung gewesen, doch je länger die Anhörung dauerte, desto angespannter wurde sie. Sie hatte Zulkheirs plötzliches Erscheinen noch nicht ganz verdaut, als sie sich dabei ertappte, zusammen mit hunderten Assuanern um sie herum »STEINIGT IHN! STEINIGT

IHN!« zu kreischen. Sie hatte das Gefühl, etwas Obszönes zu beobachten, etwas, das sich wie ein abscheulicher Gestank in ihrem
Inneren ausbreitete. Wie konnte jemand solche Dinge sagen?

Und doch war da etwas an diesem Abtrünnigen, das sie gleichermaßen abstieß, beschämte und faszinierte. Hatte sie in die Länder solcher Menschen flüchten wollen? Dachte sie, in Gesellschaft
von gottlosen Menschen wie ihm würden ihre Sünden sich weniger
schmutzig anfühlen?

Dann begann sein Käfig zu brennen, und sie wurde Zeuge, wie
er durch die Hände wütender Bürger fast erstickte. Ihre eigenen
Hände krallten sich noch fester in den Sitz. Ein kranker Teil ihres
Bewusstseins wollte ihn erwürgen, gleichzeitig fürchtete sie aber
auch, dass das einzige, was sie jemals außerhalb des eisernen Griffs
des Nizam erlebt hatte – das einzige, was vollkommen frei von
Angst war –, vor ihren Augen starb.

Und dann lockerte sich ihr Griff, und sie atmete tief aus.

Sie beobachtete, wie mehrere SWs auf den Käfig des Abtrünnigen niedersanken, sich dort einhakten und ihn aus dem Stadium
transportierten. Trotz Lebensgefahr klammerten sich drei Männer weiterhin an die Gitterstäbe und würgten den Mann. Mehrere
SWs traktierten sie mit Elektroschocks, während andere von unten
operierten und sie mit ihren gespannten Netzen einfingen. Dann
begann die lebensgroße holografische Projektion zu flackern. Die
Übertragung riss ab.

»Was für eine Blasphemie!«, schrie eine Frau hinter Donia. Der
Verlauf der Ereignisse hatte die Menschen auf dem Platz sprachlos gemacht, aber jetzt konnte man wieder wütende Rufe hören,
und hunderte Frauen auf Donias Tribüne fingen aufgeregt an zu
schnattern.

»Warum hat man ihn nicht umgebracht? Warum haben sie den
Männern nicht erlaubt, ihn zu verbrennen?«, rief eines der jüngeren
Mädchen aus Donias Unterkunft. »Und warum hat Gott ihm bei
seinen unflätigen Reden nicht das Maul gestopft?«

Donia dachte einen Moment lang darüber nach. Sie hatte nie jemanden gesehen oder gehört, der das heilige Buch kritisiert oder beleidigt hätte, ganz zu schweigen von der Art und Weise, *wie* es der Ungläubige getan hatte. Sie hätte nie gedacht, dass so etwas überhaupt möglich war. Nach dem Krach um sie herum zu urteilen ging es den anderen genauso.

»Vielleicht hat Gott ihn nicht niedergestreckt, weil er sowieso gesteinigt wird«, schlug Waleeda vor, die neben Donia saß. »Ich bin mir sicher, dass er hingerichtet wird, sobald alles wieder ruhig ist.«

Eine ältere Frau drehte sich zu ihnen um: »Macht euch keine Sorgen, Kinder. Dieser Heuchler wird sein Urteil bekommen, aber Gerechtigkeit muss mit der kalten Weisheit der Unparteilichkeit geübt werden, nicht mit der Leidenschaft der Männer, so rechtschaffen sie manchmal auch sein mögen. Die Neo-Scharia will es so.«

Ringsum allerdings schienen nur wenige die heitere Zuversicht dieser Frau zu teilen. Einige Männer grölten Verwünschungen gegen die Länder der Kuffar, andere schleuderten ihre Stühle auf die Mitte des Platzes, wo die Übertragung stattgefunden hatte. Wiederum andere sangen die Nationalhymne, priesen die Unfehlbarkeit der Neo-Scharia und die Überlegenheit von Ägyptens transcoporealer Gesellschaft. Immer mehr SWs sammelten sich über ihnen, unternahmen aber nichts. Waleeda griff nach Donias Hand, und die beiden bahnten sich einen Weg durch die Menge.

Später am Abend kam Waleeda zu ihr in die Zelle. Donia hatte nichts von ihrem Besuch bei der Vormundschaft erzählt und auch nichts darüber, was ihr anschließend zugestoßen war. Überflüssig, seine Albträume zu teilen. Ihr Leben war voll davon, aber sie hatte nie das Bedürfnis gehabt, sich jemandem anzuvertrauen. Es wäre sowieso niemand da gewesen. Aber nun gab es Waleeda.

Zum allerersten Mal schien das Mädchen verstört zu sein. So kleinlaut wie sie auf ihrem Stuhl in der Ecke hockte, war von ihrer üblichen Verspieltheit nichts mehr zu sehen.

»Was ist los?«, fragte Donia.

»Dieser schreckliche Mann vor Gericht! Der macht mich ganz durcheinander im Kopf!«

»Mich auch«, stimmte Donia zu. Aber ihr war klar, dass es nicht nur darum ging, was er gesagt hatte. Es war das Gerichtsverfahren an sich. Ein böser Mann wurde von einem bösen Richter verurteilt. Sie wusste nicht, wen sie mehr hassen sollte.

»Ehrlich Donia, ich kenne jeden einzelnen Vers des Korans, aber ich glaube, ich verstehe noch nicht mal die Hälfte davon.«

Donia rutschte an die Kante ihrer Pritsche und schaute in Waleedas bekümmertes Gesicht. »Weißt du, ich glaube nicht, dass irgendjemand ihn wirklich versteht, abgesehen von den Oligarchen vielleicht.«

Das schien Waleeda noch mehr Sorgen zu bereiten.

»Ich gehöre einem Oligarchen«, sagte sie. »Ich weiß nicht genau wer er ist, aber man hat mir mitgeteilt, dass er mich kommen lassen wird, dass er mich bald braucht.«

Donia legte ihr eine tröstende Hand aufs Knie. »Vielleicht werde ich morgen bei der Vormundschaft unterschreiben«, sagte sie in der Hoffnung, dass ihre Worte die verspielte und sorglose Waleeda, die sie lieb gewonnen hatte, wieder zum Leben erwecken würden.

Es funktionierte. Ihr Gesicht hellte sich auf. »Wirklich? Vielleicht kriegen wir denselben Vormund! Vielleicht holt er uns zusammen auf sein großes Anwesen.«

Donia lächelte.

»Offen gestanden glaube ich nicht, dass mich da oben jemand will. Und falls es klappen sollte, will ich trotzdem nicht lange dort bleiben.« Donias Herz schlug schnell bei diesen Worten. Ihre Absichten ängstigten sie genauso wie die Tatsache, dass sie zum ersten Mal in ihrem Leben jemandem vertraute.

»Was meinst du damit? Wohin willst du denn gehen?«

»Ich habe so viele böse Dinge getan, Waleeda. Zu viele. Ich glaube nicht, dass selbst das prallste Tatenkonto mich noch retten kann.«

Waleedas sorgenvolle Miene kehrte zurück. Sie hatte Donia nie gefragt, warum man sie in den Süden geschickt hatte. Natürlich war sie neugierig, aber sie hatte sich zurückgehalten. Hier im Süden war das eine Privatangelegenheit, man fragte höchstens ein einziges Mal danach.

»Und was soll eine Flucht bringen? Wo würdest du hingehen? Und warum?«

»Ich weiß nicht, ob du das verstehst«, antwortete Donia. Sie flüsterte jetzt. »Aber manchmal habe ich das Gefühl, dass mit diesem Ort etwas nicht stimmt.«

»Assuan? Na klar, es ist schrecklich.«

»Nein, ich meine Ägypten. Ich will weg aus Ägypten.«

Waleeda zog ihre Augenbrauen hoch. »Und du denkst, die Kuffar-Länder sind besser? Wir haben doch alle gehört, was dieser, dieser ...«

»Ich weiß. Aber denkst du nicht auch manchmal, du möchtest es mit eigenen Augen sehen? Es gibt so viel auf dieser Welt, und wir sind total davon abgeschnitten. Ich habe es auf einer Karte gesehen. Wusstest du, dass Russland 17 Mal größer ist als Ägypten? Wusstest du, dass Italien wie ein Stiefel aussieht? Keine Ahnung, ob es diese Länder immer noch gibt, aber ich will es mit eigenen Augen sehen. Dieser Mann hat wirklich grässliche Dinge gesagt, aber er war kein Tier oder ein wahnsinniger Barbar, wie der Nizam es uns immer erzählt hat. Jedes seiner Wörter war schmutzig, und doch, wie er gesprochen hat, so frei und unabhängig, das war so ...«

Donia hielt inne. Sie hatte Angst, als nächstes etwas Ketzerisches zu sagen. Waleeda schwieg, mit leerem Blick zupfte sie an ihrer Unterlippe.

»Mein ganzes Leben lang habe ich das Gefühl, nirgends dazuzugehören«, seufzte Donia.

Waleeda hörte auf, an ihrer Lippe zu zerren, schaute aber immer noch ins Leere. »Wie willst du denn wegkommen? Sie würden dich nicht lassen«, sagte sie.

»Ich werde flüchten. Es gibt da diese Boote im Internet.«

»Inter was?«

Donia erzählte, was sie im World Wide Web der Kuffar gelesen hatte.

Waleeda war skeptisch: »Und sie nehmen jeden mit, einfach so?«

Donia wusste darauf keine Antwort. Jetzt war ausnahmsweise einmal sie es, die das naive Kind geben musste. Waleeda mochte davon träumen, eine Sklavin in einem Haus mit Swimmingpool zu sein, aber was sie vorhatte, war noch viel absurder. Sie hatte ihr ganzes Gold verloren, wusste nicht, wie oft diese Boote fuhren und von wo. Und sie war sich nicht einmal sicher, ob sie überhaupt existierten. All diese ekelhaften Männer, mit denen sie für Gold geschlafen hatte – all diese sündigen Risiken für einen unsinnigen Traum. Und doch hielt sie daran fest. Sie klammerte sich daran, obwohl sie wusste, dass mit oder ohne Unterschrift bei der Vormundschaft kein Meister nach einer entjungferten Hure mit Vorstrafe verlangen würde.

Und genau nach dieser Jungfernschaft wurde sie am nächsten Tag gefragt. Nach der Morgenschicht schwänzte sie das Mittagsgebet und eilte zur Pyramide. Sie war entschlossen, den Vertrag so schnell wie möglich zu unterschreiben, um zur nächsten Schicht zurück zu sein. Sie fröstelte, als sie in die Nähe der Stelle kam, wo man sie eingekesselt und wie ein Stück lebendige Pornografie benutzt hatte.

Als würde sie erwartet, stand Faiza an der Eingangstür. Heute war ihr Lächeln noch breiter. Sie sprach Donia nicht an und berührte sie auch nicht, jedenfalls nicht sofort, sondern drückte ihr nur den Bewerbungsbogen in die Hand.

Noch bevor sie gebeten wurde, ihren Namen zu nennen, stand diese Aufforderung:

Bitte kreuzen Sie Ihren Jungfräulichkeitsstatus an
... rein
... unrein

Dann wurde nach Vorstrafen gefragt.

»Nicht lügen, meine Schöne«, sagte Faiza. »Du kannst sicher sein, dass jeder Meister, der dich in Besitz nehmen will, alle Information mehrfach überprüft. Du möchtest nicht in den Norden geschickt werden, nur damit jemand herausfindet, dass du etwas nicht bist, oder?«

Dennoch log Donia, wie sie es so oft getan hatte. Niemand würde sich für sie interessieren, wenn sie zugab, mit anderen Männern zusammen gewesen zu sein. Falls man nach ihrer Ankunft im Norden ihre Jungfräulichkeit überprüfen sollte, machte das nichts. Einfach nur im Norden zu sein, nur für einen Tag, war mehr als sie erwarten konnte: eine Chance zu entkommen und die Küste zu erreichen.

Als sie den Bogen ausgefüllt hatte und unterschreiben wollte, legte Faiza eine schwitzige Hand auf die ihre und sagte in gemessenem Ton: »Die Neo-Scharia verpflichtet mich zu betonen: In der Sekunde der Unterzeichnung geht dein Körper, dein ganzer Körper, in den Besitz der Gesellschaft über, bis wir einen Meister gefunden haben, der die Rechte daran erwirbt.«

Donia unterschrieb.

Faiza strahlte von einem Ohr zum anderen. »Jetzt noch ein kleiner Stich, und dann sind wir fast fertig.« Sie nahm ein Röhrchen in Kugelschreibergröße zur Hand. »Streck deinen Finger aus«, forderte sie Donia auf und presste es auf ihren Zeigefinger. »Nur ein bisschen Blut, um sicherzustellen, dass du gesund bist, nicht?!«

Sie verstaute das Röhrchen, nahm wieder Donias Hand, dieses Mal sehr viel herrischer und zog sie unvermittelt hoch. Sie lächelte.

»Du hast gesagt, mir würde nichts passieren, bis ihr einen Meister für mich gefunden habt!«, protestierte Donia.

»So ist es auch. Wir möchten nur bei einer gewissen Sache auf Nummer sicher gehen. Alles zu deinem Besten.« Sie zerrte Donia in einen Nachbarraum, in dem sich nichts weiter als ein gynäkologischer Stuhl befand. Faiza stieß Donia in den Stuhl und beugte sich über sie. »Dummerweise funktioniert momentan unser Scanner nicht.« Mit einem ihrer starken Arme packte sie Donia am Hals und hielt sie nieder. Der andere Arm schob Donias Dschellaba in Windeseile bis zur Hüfte hoch.

Donia versuchte sich zu wehren. »Was machst du da? Stopp!«, presste sie gurgelnd heraus. Sie holte aus, um Faiza zu schlagen, doch die drückte ihr seelenruhig die Kehle zu.

Immer noch lächelnd, fuhr Faizas rechte Hand unter ihre Dschellaba, fand die Unterhose und schob sie energisch zur Seite. Und während Donia ein hilfloses Geheul hören ließ, wühlte ein roher Finger in ihren Genitalien. Dann verschwand das Lächeln auf Faizas Gesicht. Sie ließ Donia los.

»Sicher nur ein Versehen, ein Versehen, sicher«, sagte Faiza. Donia sprang aus dem Stuhl und rannte zur Tür.

»Pass auf deinem Rückweg auf diese Jungs auf«, rief Faiza ihr hinterher. »Und keine Bange, wir finden schon das Passende für dich!« Ihr Lachen hallte noch von den hohen Wänden der Lobby, als Donia schon in die Hitze lief.

11 | Die Tirade des Philosophen ⊷⊶

Zulkheir El Gazzar hielt seine öffentlichen Predigten immer frei. Ein Mikrofon vor Augen, und schon lag ihm das richtige Wort auf der Zunge. Im Predigtraum seines Hauses legte er am Schaltpult für Radioübertragungen die Schalter mit der Aufschrift *Mitte* und *Süden* um. Es war der Morgen nach dem Fiasko mit der Gerichtsverhandlung, und es war geboten, eine Predigt für beide Provinzen gleichzeitig zu halten. Auf einem der zahlreichen Bildschirme berührte er einen roten Knopf, und eine Schrift erschien: *Zugang zum Nationalen Rundfunksystem in 3, 2, 1 ...* LIVE.

»Im Namen Gottes, des barmherzigen Erbarmers«, begann er. »Die Kuffar haben ihr wahres Gesicht gezeigt, und ihre Ansichten sind so verdorben wie die Gedanken von Satan persönlich! Doch findet Trost im Wissen, dass der Abtrünnige, der allein mit seinem Atem unsere Luft verpestet, noch heute Abend dem Tod ins Gesicht schauen wird. Beschuldigt nicht den Nizam, den Perversen vor den Händen ehrenhafter Männer in Sicherheit gebracht zu haben, sondern preist ihn für seine Gewissenhaftigkeit, unvoreingenommen den Gesetzen zu folgen, sogar bei so niederträchtigen Kreaturen wie dem Abartigen.«

Eine Stunde lang fuhr Zulkheir auf diese Weise fort, bevor er an einen anderen Oligarchen übergab. Hinterher konnte er sich nie an den genauen Wortlaut erinnern. Er wusste jedoch, dass seine Worte Macht hatten. Schließlich waren die Brüder deshalb auf ihn aufmerksam geworden und hatten seine Nahrungsmittelfabrik finanziert. Während sich der politische Aufstieg der Brüder vollzog, war er noch ein junger Mann gewesen, und alles, was es ihn gekostet hatte, die Bewohner seines Dorfes auf den Pfad der Rechtschaffenheit zu führen, war der Einsatz seiner Stimme gewesen. Damals wurde aus Zulkheir, dem Metzger, Zulkheir, der Prediger, und später dann Zulkheir, der Überbringer des göttlichen Rechts. Er hatte sich nie die Zeit genommen, den Koran auswendig zu lernen, aber die notwendigen Versatzstücke gepaukt, als er in die Politik ging. »Siehe, die ungläubig wurden, nachdem sie gläubig waren, und dann immer ungläubiger wurden – niemals wird deren Umkehr angenommen. Das sind die, die irregehn!«

Es waren die Worte von Sure 3, Vers 90, mit denen er dem Ungläubigen gestern Abend nach der Gerichtsverhandlung entgegengetreten war. Wiederholt hatte der behauptet, das Licht gesehen zu haben, dass die Angriffe auf seinen Käfig Allah in sein Herz gebracht hätten, dass er bereue und Vergebung suche. Doch Gott ließ die Reue von Männern wie ihm nicht zu.

Zulkheir war klar, dass nichts von alledem wirklich eine Rolle spielte. Die noch offene Frage, wer der Spion wirklich war, und warum er sprach, wie er sprach, tat wenig zur Sache. Worauf es ankam, war lediglich, dass der Plan der Oligarchen so umgesetzt wurde, wie sie ihn angelegt hatten. Er blickte auf einen der größeren Bildschirme in seinem Predigtzimmer und studierte die Grafik mit der Überschrift *Rosenkranzgebrauch – letzte 24 Stunden*. Es gab einen markanten Anstieg vom Abend zuvor bis zum heutigen Morgen. Wenn die Leute mehr als gewöhnlich beteten, hatten sie auch mehr Angst, spürten Unsicherheit. Und wie die letzten beiden Dekaden gezeigt hatten, trennte nichts anderes die Menschen so schnell von ihrem Geld, entzündete nichts anderes so stark ihr Bedürfnis einzukaufen wie Angst und Unsicherheit. Er überprüfte die Zahlen eines anderen Bildschirms und stellte eine Verdreifachung der Umsätze des Schariatainments in Mittelägypten fest. Die Kaufhäuser würden in den nächsten Tagen voll sein. Zulkheir lächelte.

Es war die Grundüberzeugung des Nizam, dass nichts die Menschen nachhaltiger ruhigstellte als pausenloser Konsum. Zulkheir kannte diesen Karl Marx und wusste, dass er falsch lag. Religion war nicht das Opium des Volkes, es war der Konsumerismus. Aber wenn das System beide miteinander verweben konnte, Religion und Konsum, dann war die Droge keine, deren Wirkung mit der Zeit nachließ. Sie machte süchtig. Lebenslang.

Ein Piepen lenkte seine Aufmerksamkeit auf einen weiteren Bildschirm. Er las die Mitteilung und verzog den Mund zu einem angewiderten Lächeln. Das war zu erwarten gewesen. Aber es musste warten.

Er rief nach Abeed. Das Mädchen betrat umgehend das Zimmer. »Geschlechtsverkehr«, murmelte er halb abwesend. Die junge Frau zog sich wortlos aus.

Einige Stunden später fuhr Zulkheir in seiner Magnetschwebebahn zurück nach Kairo, wo das Stadion sich schon langsam füllte. An der hohen grauen Mauer, die den Norden von der Mitte trennte, stieg er aus.

Dort war er mit den anderen Richtern verabredet, und sie stiegen gemeinsam in die Schwebebahn um, die für Mittelägypten konzipiert worden war, um zum Tahrir-Platz zu fahren. Ihre luxuriösen Fortbewegungsmittel sollten nicht außerhalb Nordägyptens gesehen werden, jedenfalls nicht offiziell.

»Bist du sicher, dass er bereuen wird?«, fragte einer der Richter, als sie den Nil entlang eilten.

»Zweifelhaft«, sagte Zulkheir. »Aber so oder so bekommen die Leute das, was sie wollen.«

Dreißig Minuten später betraten die Männer die Arena. Als Zulkheir im Gericht erschien, wurde er mit Beifall begrüßt. Wie es der Nizam vorschrieb, war seine Stellung als Oligarch vor den meisten Bürgern geheim gehalten worden, aber nun war sein Gesicht als Oberster Richter zum ersten Mal seit der Gerechten Revolution allseits bekannt.

»Im Namen Gottes, des barmherzigen Erbarmers«, dröhnte er. »Ehrenwerte Mitbürger, zuerst wollen wir uns für die bisherigen Ereignisse entschuldigen. Der Abtrünnige wird rasch hingerichtet werden.«

Tosender Applaus.

»Allerdings behauptet er nun, dass die Vorfälle bei der vorhergehenden Anhörung ihn dazu gebracht hätten, Allah anzuerkennen und sich seinem Willen zu unterwerfen.«

Großes Buh-Konzert.

»Wenn das stimmt, habt ihr alle einem Mann geholfen, zurück zum Islam zu finden, und euer Verdienst ist groß. Dennoch ist die Strafe für seinen Abfall vom Glauben unwiderruflich.«

Die Masse jubelte wieder, ein Jubel, der sich in zorniges Grölen verwandelte, als der Käfig von SWs ins Stadion geflogen wurde. Zulkheir bat mit dem Richterhammer um Ruhe. Heute würde er die

Geräuschbarriere nicht einsetzen. Er wollte das Gebrüll der Masse hören, wenn der Angeklagte vor ihren Augen getötet wurde.

»Man wird dich sofort exekutieren«, teilte Zulkheir dem Mann im Käfig mit. »Willst du bereuen?«

Ostaz hob die Arme und rief: »Ja, ich bereue. Ich habe die Nähe Allahs gespürt.«

»Dann mag Allah dir gnädig sein«, sagte Zulkheir, der daraufhin einen der SWs zu sich beorderte, um mit der Hinrichtung zu beginnen.

»Aber ich möchte diesen guten Menschen mitteilen«, fügte Ostaz hinzu und gestikulierte ins gesamte Rund, »wie dieser Sinneswandel zustande gekommen ist.«

Zulkheir war einen Moment lang unsicher, ob er dieses Risiko eingehen sollte. Schließlich nahm er die Zuschauer ins Visier: »Jeder muss wissen, dass der Nizam ein Hort der freien Meinungsäußerung ist. Die Neo-Scharia gewährt sogar dem größten Sünder das letzte Wort.« Dann wandte er sich an Ostaz: »Aber die Regeln der Neo-Scharia verlangen, dass du nur so lange sprichst, wie es dauert, die 99 Namen Allahs aufzusagen. Du hast fünf Minuten.«

Das Hologramm eines Zeitmessers erschien über dem Stadion und begann seinen Countdown.

Ostaz legte sofort los: »Wisst ihr, ich war immer ein arroganter Student der Philosophie. Es brauchte die guten Menschen hier, die mich töten wollten, damit mir meine Überheblichkeit bewusst wurde.«

Bei diesen Worten wirkte er gebrochen. Zulkheir entdeckte in seiner Miene Resignation, die Art von Hilflosigkeit, die Männer vor ihrem unmittelbar bevorstehenden Tod zeigen.

»Ich pflegte beispielsweise zu lachen«, fuhr Ostaz fort, »wenn die guten Muslime mir erklärten, dass sie Allahs Anwesenheit hautnah fühlten und davon überzeugt seien, dass er allgegenwärtig wäre. ›Natürlich spürt ihr seine Anwesenheit‹, pflegte ich mich lustig zu machen. ›Ihr spürt sie genauso, wie die Römer Jupiter *sahen* und die Katholiken die Jungfrau Maria *bezeugen* konnten.‹ Ich warnte sie davor, ihrer subjektiven Erfahrung zu trauen. Aber nachdem ich nun selbst Allahs Gegenwart erfahren habe, wird mir klar, dass wir – anders als diese Milliarden Menschen in der Geschichte der Menschheit – die einzigen sind, die sich nicht haben blenden lassen. Auch machte ich mich lustig über diejenigen, die darauf hinwiesen, wie perfekt ausbalanciert das Universum ist, wie jedes physikalische Gesetz so beschaffen ist, dass alle menschlichen Wesen auf diesem Planeten gedeihen können. Ich lachte und sagte: ›Natürlich kann für eine so vorteilhafte und präzise Gestaltung nur Gott verantwortlich sein.‹ Dann erklärte ich ihnen von oben herab, dass die physikalischen Gesetze niemals für die Menschen geschaffen wurden, sondern dass im Gegenteil wir es seien, die sich dahin entwickelt hätten, sich diesen Gesetzen anzupassen und so zu überleben. So naiv war ich!«

Während der Abtrünnige weiter plapperte, beobachtete Zulkheir die Zuschauer. Der Drang, diesen ermüdenden Erörterungen ein Ende zu bereiten, nagte an ihm wie eine lästige Stubenfliege, aber es waren kaum zwei Minuten vergangen, und irgendetwas an der schwindenden Aufmerksamkeit der Leute ließ ihn hoffen.

Mit gesenktem Blick fuhr Ostaz fort: »Ich habe gesündigt ohne Ende. Mir hat es Spaß gemacht, die ebenso clevere wie berühmte Pascalsche Wette zu widerlegen. Falls ihr ihn nicht kennt: Pascal war ein französischer Mathematiker des 17. Jahrhunderts. Er behauptete, dass es angesichts der möglichen Auswirkung für einen Nichtgläubigen – ewige Verdammung – sicherer ist, an Gott zu glauben. Falls es ihn wirklich gibt, kann man die Belohnung einstreichen, und wenn Gott nicht existiert, hat man auch nichts verloren. Eine klassische Win-win-Situation.«

Er schlug sich gegen die Stirn, als wolle er sich für seine Dummheit tadeln. »Könnt ihr euch vorstellen, dass ich meinte, bescheiden zu sein? Nein, ich akzeptierte sogar hundertprozentig, dass das Universum sich nicht um uns dreht, dass wir alleine sind und der Gnade der Naturgewalten ausgeliefert, die keinen Begriff von Fairness haben. Diejenigen, die glaubten, das ganze Universum sei nur für sie erschaffen worden, kamen mir eitel vor, während ich mich bescheiden damit zufriedengab, ein Glücksfall der Schöpfung zu sein. Doch jetzt ist mir klar geworden, was für ein ängstliches Kleinkind ich war. Wisst ihr, die Kuffar sind ängstliche Babys.«

Die Zuschauer lachten, aber Ostaz schien das nicht wahrzunehmen. Er fuhr fort: »Das Allerschlimmste aber war, dass ich die guten Muslime verspottete, die Gott als den einzigen Grund ins Feld führten, wie das Leben auf der Erde entstanden sei. Ich forderte sie auf, Darwin zu lesen, statt ihrem zweitklassigen Irrglauben anzuhängen. Es machte mir nichts aus, dass der Mann ein Sodomit war, der auf Galapagos anscheinend Echsen sexuell belästigt hatte – also ist wohl seine Theorie genauso schmutzig wie sein Charakter, oder?«

Größeres Gelächter, und Zulkheir schwang mehrmals seinen Hammer: »Ich denke, du hast deinen Standpunkt klargemacht.« Er machte eine Handbewegung, und mehrere SWs näherten sich der Bühne.

»Und ich bin bereit, mein Schicksal zu akzeptieren«, setzte Ostaz schnell nach, »aber es bleibt mir noch eine Minute, und ich habe noch eine letzte Bemerkung zu machen. Dann werde ich schweigen, Gott sei mein Zeuge.«

Zulkheir erhob widerwillig die Hand. Die SWs hielten inne.

»Gestern Nacht plagte nur noch eine winzige Frage meinen Geist.« Er ließ den Blick über die Ränge schweifen und sprach jetzt schneller. »Die Frage des Bösen. Unschuldige sterben durch schreckliche Krankheiten, Fluten löschen Tausende aus. Wie kann ein Wesen, das in der Lage ist, alles zu tun, das alles weiß und prinzipiell gütig ist, wie kann es erlauben, dass so viel Böses existiert? Da Gott so überaus gütig ist, kann er nicht wollen, dass wir leiden. Da er allwissend ist, weiß er, dass wir leiden. Da er allmächtig ist, kann er das Leid verhindern. Er hätte eine Welt ohne Krankheit und Schmerz schaffen können. Warum hat er es nicht getan?«

Um sicherzugehen, dass Leute wie du niemals straffrei ausgehen, dachte Zulkheir. Doch er hütete sich, dies laut zu sagen. Es war nicht nötig.

»Natürlich muss es Strafen geben. So wie liebevolle Eltern ihre Kinder manchmal bestrafen, wenn sie etwas ausgefressen haben, muss Gott uns bestrafen, wenn wir sündigen, nicht? Halb so wild, dass diese Strafen reichlich willkürlich erfolgen, etwa bei einem Erdbeben, das Unschuldige ebenso tötet wie Mörder. Wen stört es, dass Gott keine Skrupel hat, Millionen in Armut leben zu lassen, während blutrünstige Diktatoren den prallen Luxus genießen.« Ostaz drehte sich zu Zulkheir und schaute ihn bedeutungsvoll an. Dann wandte er sich wieder an die Massen und sagte mit bitterem Sarkasmus in der Stimme: »Gott ist so bemüht um Gerechtigkeit, nicht wahr?«

»Beginnt mit der Hinrichtung«, brüllte Zulkheir.

Auf den Rängen fiel langsam der Groschen. Die Buhs wurden lauter und lauter, nur unterbrochen von Zornausbrüchen und verstörtem Applaus. Die SWs dockten an den Stäben seines Käfigs an, hoben ihn in die Höhe und transportierten ihn ans andere Ende der Arena zu dem Holzpfahl gleich neben der Steinigungsmaschine. Ostaz klammerte sich an die Gitterstäbe und brüllte aus vollem Hals.

Er stieß einen SW zurück, der in seiner Nähe schwebte. »Gott kommt es gar nicht darauf an, was man im Leben getan hat. Wenn du deinem Glauben abschwörst, wird er dich foltern. Blinder Glaube ist sein einziger Maßstab, nicht, was du wirklich tust und wie du dich verhältst.«

Die SWs begannen nun den Käfig zu demontieren. Zwei von ihnen fuhren lange Stahlarme aus, die Ostaz bei der Schulter packten. Zulkheir donnerte seinen Hammer immer wieder auf den Tisch, während Ostaz seinen letzten Trumpf aus dem Ärmel zog. »Stellt euch vor, zu einem berühmten Arzt zu gehen und in seinem Wartezimmer ein Schild vorzufinden: ›Wagt es bloß nicht, eine zweite

Meinung einzuholen, sonst werde ich euch zur Strecke bringen und bei lebendigem Leib verbrennen!‹«

Die SWs hoben Ostaz an und brachten ihn vor dem hölzernen Pfahl in Position. Sie befestigten seine Hände hinter dem Rücken mit Handschellen. Doch sogar als Zulkheir und die anderen Richter lauthals befahlen, Ruhe zu geben, stellte er seine Tirade nicht ein. »Hört ihr nicht den Warnschuss?«, schrie er. Dann atmete er tief ein und legte los, ratterte Wort für Wort herunter, sogar als die Steinigungsmaschine mit lautem Knattern angelassen wurde. »›Er bestraft, wen er will, und er erweist Gnade, wem er will.‹ Das ist pure Tyrann...!«

Zulkheir hatte die im Richtertisch eingelassene Lautsprecheranlage ausgeschaltet. Er fasste die Ränge ins Auge und sah Chaos. Zweifelhaft, ob die Menschen irgendetwas von dem verstanden hatten, was Ostaz gesagt hatte, aber selbst wenn, würden die Beleidigungen darin nur den Hass auf diesen Perversen steigern. Sie mussten ihn nur noch sterben sehen, dann war alles gut.

Er beobachtete Ostaz und registrierte, wie der verzweifelt den Himmel absuchte. So sah jemand aus, der sich vergebliche Hoffnungen machte. Die altertümliche Maschine knatterte lauter und lauter. Sie begann damit, die Steine, mit der sie beladen worden war, in handliche Portionen zu zerkleinern. Waren sie zu groß, würde das Leiden nicht lange genug anhalten. Das Maschinengeräusch erreichte seinen Höhepunkt. Mit Gänsehaut stellte Zulkheir sich vor, was in wenigen Sekunden geschehen würde: Ein Schwung von faustgroßen Steinen würde mit perfekter Zielgenauigkeit auf Gesicht und Torso des Abtrünnigen landen. Sein Gesicht würde sich rot färben, während der zersplitterte Knochen seiner Nase weiß aus dem matschigen Rot herausragte.

Aber was Zulkheir als nächstes sah, war grün. Die erste Ladung Steine flog durch die Luft und knallte mit brutaler Kraft gegen einen leeren Pfahl.

Der Abtrünnige hatte sich in grüne Luft aufgelöst.

12 | Zwischenspiel ～⊙⊙～

Ostaz Mukhtars Hirn wusste nicht weiter.

Kurz zuvor noch hatte es sich darauf eingestellt, sämtliche Operationen einzustellen und eimerweise Angsthormone in den Körper gepumpt. Es hatte sogar die Routineprozedur gestartet, die im Falle eines bevorstehenden Todes durchgeführt wird: einmal kurz die Speicherbank durchsuchen und dieses berühmte »ganzes Leben im Bruchteil einer Sekunde«-Gefühl auslösen.

Sofort darauf aber wurde es von chemischen Substanzen überflutet, die normalerweise nach dem Sex ausgeschüttet werden. Dieses unerwartete postkoitale Phlegma machte es ihm doppelt schwer, sich einen Reim auf die Dinge zu machen.

Er blinzelte und das perlmuttfarbene Innere des Raumschiffs war zu sehen. Ostaz erblickte sein Gesicht, zumindest ein Gesicht, das wie seines aussah. Es schaute ihn an und lächelte.

»Anmut, du Bakterienficker«, grummelte Ostaz.

»Du hast mich also vermisst?« Anmut half Ostaz auf und geleitete ihn vom Teleporter weg.

»Nein«, sagte Ostaz und sackte träge in die Nachbildung seines Wohnzimmersessels. Er war von mehreren Ilmani umgeben, die alle die Form von stinknormalen Menschen angenommen hatten, wie man sie an jeder Straßenecke trifft.

»Ehrlich nicht? Obwohl wir dir gerade das Leben gerettet haben?«, fragte Anmut und stemmte die Arme in die Hüften.

Ostaz antwortete nicht, er begutachtete seinen Schritt: »Dieses Teleportieren ... fühlt sich an, als wäre ich gerade mit einer Frau zusammen gewesen.«

»Für Menschen kann der Transport recht anstrengend sein. Deswegen haben wir ihn besonders angenehm gestaltet.«

»Dann sollten wir das häufiger machen. Aber beim nächsten Mal bitte nicht warten, bis jemand mir das Gesicht zerschmettert.«

»Nun ja, wir wollten dir so viel Zeit wie möglich geben, deine Botschaft rüberzubringen. Gut gemacht, übrigens. Netter Versuch. Die letzte Wutrede über die Tyrannei und so, sehr eindrucksvoll.«

Ostaz seufzte und rieb sich das Gesicht. »Ich brauche einen Drink.«

»Lieber nicht.«

»Bist du jetzt auf der Seite dieser bärtigen Verrückten? Man hätte mich in der Zukunft fast gesteinigt, und jetzt befinde ich mich in einem Raumschiff und rede zu einem gottverdammten Außerirdischen, der genauso aussieht wie ich und das alles, nachdem ich von einem verfluchten Teleporter sexuell belästigt wurde. Ich glaube, ich verdiene einen Drink.«

Anmut kapitulierte.

Augenblicklich erschien auf Ostaz' Sessellehne ein Glas mit einer bernsteinfarbenen Flüssigkeit.

Ostaz trank es hastig aus und stöhnte befriedigt ... »Und? Bin ich fertig?«, wollte er wissen. »Ist die verdammte Revolution ins Rollen gekommen?«

»Nicht ganz. Du musst noch mit Donia Nour Kontakt aufnehmen.«

»*Was?* Ich gehe nicht noch mal da runter! Und wer soll das sein, Donia Nour?«

»Wie gesagt ist sie möglicherweise Ägyptens rebellischste Einwohnerin. Wir glauben, dass sie ziemlich bald die Chance haben wird, etwas sehr Bedeutsames zu erleben. Aber wir haben auch Grund zu der Annahme, dass sie deine Hilfe brauchen wird. Sie benötigt ein paar deiner Vorträge, Ostaz.«

»Ich gehe nicht noch mal da runter. Ich fasse es nicht, dass ihr zugesehen habt, während mich diese Leute fast erwürgt hätten.«

»Ein kalkulierbares Risiko. Und es hat sich gelohnt. Aber keine Angst, wir setzen dich nicht wieder mitten in der Stadt ab, wir beamen dich direkt zu ihr.«

Ohne Vorwarnung schmiss Ostaz sein Glas nach Anmut. Als wäre die Reproduktion seines Körpers nichts als Rauch, ging es mitten durch ihn hindurch und zerschellte am Boden.

»Wofür war das?«, fragte Anmut und schaute mehrmals zwischen den Scherben und Ostaz hin und her.

Trotz seiner Empörung verzog der keine Miene. »Ihr hättet mich also direkt zu dieser Donia beamen können?«

»Nun ja, wir ...«

»Ihr konntet einfach nicht widerstehen, mich mitten in Kairo nackt abzusetzen, nur um zu sehen, was passieren würde, oder?«

Anmut betrachtete seine Füße. »Nein, wir ... wir würden ... also wir dachten, in Kairo würde sich die Gelegenheit ergeben, Donia zu treffen. Aber die Sache lief nicht ganz, wie wir es geplant hatten.«

Ostaz schwieg und schaute finster drein. Und dann, wie aus dem Nichts, drängte sich ihm eine Frage auf, die so naheliegend war, dass er sie bisher schlicht nicht gestellt hatte: »Warum 2048?«

»Hm?«

»Warum nicht stattdessen bei den übelsten Verbrechern der Geschichte einschreiten? Warum nicht zuallererst in unsere Vergangenheit eingreifen?«

»Wir haben eingegriffen!«, sagte Anmut. »Mehrfach. Aber du musst verstehen, Ostaz, dass Geschichte zu überarbeiten ähnlich kompliziert ist, wie einige besonders wackelige Klötze aus einem Jenga-Turm zu entfernen – nein warte, den gibt es ja erst ein paar Dekaden nach deiner Zeit.«

Vor ihren Augen materialisierte sich ein Turm von der Größe eines Unterarms, der aus diversen fingergroßen Holzklötzchen bestand. Anmut streckte seine Hand aus, zog ganz vom Fuß des Turmes ein Klötzchen heraus und platzierte es auf die Spitze. »Siehst du«, sagte er. »Er soll stehen bleiben. Aber entscheidest du dich für das falsche Klötzchen, fällt alles zusammen.«

Ostaz versuchte, einen weiteren Klotz herauszuziehen, und der Turm kippte sofort um.

»Und genau das passiert bei einigen dieser berüchtigten Herren mit Schnauzbart aus deinem Zeitalter«, sagte Anmut. »Entferne sie aus der Gleichung, und es kann passieren, dass die Universen sich in einen riesigen kosmischen Trümmerhaufen verwandeln.«

»Aber im Ägypten des Jahres 2048 kann so etwas nicht passieren?«

»Ja. Äh, nein, es gibt keine Garantie ... aber hoffentlich nicht.«

Die Jenga-Klötzchen verschwanden, und Ostaz schüttelte entgeistert den Kopf. »Ihr seid wirklich so größenwahnsinnig wie Götter, nicht wahr? Nur mit dem Unterschied, dass ihr Affen wirklich existiert – das ist die Katastrophe.«

»Du weißt, wie es läuft, mein Freund: Mit großer Macht kommt große Hybris. Aber wir sind immerhin so bescheiden, unsere Hybris zu benennen, und das ist mehr als man über die meisten bescheidenheitsresistenten Götter sagen kann.«

Ostaz schüttelte noch einmal den Kopf. Er hatte Anmut früher schon gelöchert, warum die Ilmani sich überhaupt mit dem Planeten Erde abgaben, doch jedes Mal zur Antwort bekommen, sie fürchteten nichts mehr, als die Langeweile. »Man erreicht ein bestimmtes Maß an Komfort und Technologie«, hatte Anmut gesagt, »und schon ist man unsterblich. Ein paar Millionen Jahre danach wird die Langeweile zu einer wirklich existenziellen Gefährdung. Manchmal haben wir nur aus Neugierde unsere Selbstauslöschung in Betracht gezogen.«

»Und nun?«

»Erst einmal wird es dich freuen, dass wir dich frühestens in vier Wochen zurückschicken.«

»Mit vier Wochen meinst du zehn Jahre?«

»Nein, nein, wir bleiben ortsgebunden. Danach werden wir dich diskret zu dem Mädchen beamen.«

»Diskret? Und was ist mit dem grünen Licht?«

»Welchem grünen Licht?«

»Diese Strahlung, diese Lichtsäule, durch die ihr mich geschickt habt.«

»Ach, die Menschen können sie sehen?« Anmut sah ernstlich überrascht aus.

Ostaz legte die Stirn in Falten und verzog die Lippen zu einem Ausdruck des Ekels.

»Wirklich?«, fuhr Anmut fort. »Ihr könnt die Farbe sehen?«

»Na ja, da es sich um die Farbe des pflanzlichen Lebens handelt ...«

»Oh. Keine Sorge, wir kümmern uns darum. Kein sichtbares Licht beim nächsten Mal, versprochen.«

»Und keine Nacktheit?«

»Nein, aber du solltest dich jetzt wieder eingewöhnen. Wasch dich, rasiere dich. Und anschließend müssen wir dich wohl besser mit dem Ägypten von heute bekanntmachen. Sind dir die fehlenden Pyramiden aufgefallen?«

»Ja, was bedeutet das?«

»Du wirst es nicht glauben.«

13 | Recht und Unrecht ✄

Waleeda hatte mit den Gemeinschaftstoiletten recht gehabt. Kaum ein Monat war vergangen, und Donias Geruchssinn hatte sich längst dagegen gewappnet. Sie hatte es sogar aufgegeben die Fliegen wegzuscheuchen, wenn sie sich hinhockte. Kein Bedarf mehr. Der allgegenwärtige Schmutz war zu einem normalen Teil ihres Lebens geworden und schützte sie wie eine zusätzliche Hautschicht davor, übermäßig zimperlich zu sein.

Der menschliche Körper besteht aus Billionen Zellen, hatte in ihrem Buch der Fakten gestanden. *Nur zehn Prozent dieser Zellen zählen zur menschlichen* DNA. *Der Rest sind mikrobielle Formen.*

Wenn sie mit ihren Ehemännern schlief, war ihr das manchmal in den Sinn gekommen. Auf diese Weise konnte sie sich vormachen, es sei nicht so wichtig, was ihrem Körper angetan wurde. In Wahrheit war er ja sowieso nicht ihrer, sondern gehörte diesen unsichtbaren Lebensformen. Und nun, nachdem sie wochenlang trotz ihres schmutzigen Schweißfilms nur sporadisch geduscht hatte, war sie sich sicher, dass noch weniger ihrer Zellen menschlicher Natur waren – aus ihr war 1% Mensch und 99 % Dreck geworden. Und das hatte etwas Befreiendes. Hier im Süden war jeder Hygienewahn sinnlos.

Ebenso verhielt es sich mit dem Drang einzukaufen. Selbst wenn sie gewollt hätte, gäbe es hier nichts zu shoppen. Assuan war eine kleine Stadt, die zu Zeiten des Tourismus einmal sehr belebt gewesen sein musste. Heutzutage gab es keine Möglichkeit, Produkte, und damit Punkte, anzuhäufen. Wie alle anderen auch wurde Donia für ihre Arbeit und ihre Gebete nur mit Essen, Kleidung und Unterkunft bezahlt. Manche hier glaubten, dass man mit stetiger Unterwürfigkeit und höchster Konzentration beim Gebrauch des magischen Rosenkranzes genügend Gute-Taten sammeln konnte, um zurück in die Mitte zu dürfen. Donia aber fand es in dieser überwältigenden Hitze fast unmöglich, ordnungsgemäß den Rosenkranz zu beten.

Während ihrer dritten Woche im Süden entdeckten Arbeiter in einer der Sandgruben im Südosten von Assuan eine ausgedehnte Begräbnisstätte aus der Pharaonenzeit. Es war der größte Fund der letzten 15 Jahre. Jeden Tag musste sie zusammen mit fast der Hälfte des gesamten städtischen Grabungstrupps die acht Kilometer zur neuen Anlage laufen, um dort Überstunden zu machen. Während sie schippten, bauten SWs die heidnischen Steinwände ab, reinigten sie, verpackten sie und transportierten sie ab.

Obwohl diese Entdeckung härtere Arbeit bedeutete, schien sie unter den Einwohnern Assuans ein Glücksgefühl auszulösen.

»Wir sind wie die 10.000 Krieger des Propheten, die Mekka von den Götzenanbetern befreien«, sagte eine Frau mittleren Alters. »360 Statuen von falschen Göttern haben sie dabei zerstört.«

Donia kannte ihren Namen nicht, hatte aber gehört, dass sie eine offizielle Segenspenderin war. Auf indirektem Weg wurde sie von Einwohnern Nordägyptens engagiert, um für die Gesundheit ihrer Familien und deren Glück zu bitten. Einen ganzen Tag lang widmete sie sich dem Familiennamen und bat Gott unablässig um seinen Segen. Als Entlohnung erhielt sie größere Wasserrationen. Es war eine sehr begehrte Stelle.

Als die Frau erfuhr, dass Donia aus Kairo kam, machte sie es sich zur Aufgabe, sie wie eine Touristin zu behandeln. »Nur so können wir den Süden wieder zu Wohlstand führen«, erklärte sie ihr beim Graben. »Das ist unser Problem hier – zu viele falsche Götter in unserem Sand. Allah wird diesen Ort auf ewig meiden, solange wir sie nicht wie im Norden und in der Mitte komplett entfernt haben. Dann wird es uns gut gehen.«

Niemand wusste genau, wo die Altertümer zerstört wurden. Waleeda hatte etwas von einer Pulverisierungsanlage in der westlichen Wüste gehört. Arbeiter, die im Eifer einer Ausgrabung ein Artefakt zerstörten, wurden allerdings bestraft. Götzenfiguren nur zu zertrümmern, hatte man Donia erklärt, führe dazu, dass kleinere Teile ungewollt im Sand verblieben und ihn damit verunreinigten. Deswegen müssten SWs sie entfernen und ordnungsgemäß entsorgen.

Mehr als die letzte Entdeckung aber beschäftigte die Stadt das Schicksal des Abartigen. Zuerst war es Donia vorgekommen, als könne es wegen seines mysteriösen Verschwindens einen Aufstand geben. Nachdem das grüne Licht erschienen war, und der Mann sich genau in dem Moment in Luft auflöste, als die ersten Steine nach ihm geworfen wurden, riss die holografische Übertragung ab. Die Leute schrien, schleuderten ihre Sitze durch die Gegend, und überall klirrte Glas.

»Was soll das bedeuten?«, rief eine Frau neben Donia. »Ist Gott nicht auf unserer Seite? Wie konnte der Abartige der göttlichen Gerechtigkeit entgehen?« Doch kaum fünf Minuten später, als der Aufruhr sich ausweitete und die SWs sich zu einer Absperrung in der Luft formierten, wurde die Übertragung fortgesetzt. Die drei alten Männer, die jeder von der Bekanntmachung der Wahlergebnisse kannte, baten um Aufmerksamkeit.

»Bürger von Großägypten«, ergriff einer von ihnen das Wort. »In diesem Moment hat unsere große Luftwaffe ein Tarnkappenflugzeug der Kuffar abgefangen, das den Auftrag hatte, ihren verschlagenen Abgesandten zu retten. Mit Gottes Hilfe hat die Luftwaffe das Flugzeug zerstört. Der Abtrünnige wurde getötet. Gottes Gerechtigkeit ist ihm damit widerfahren.«

Die drei Männer verschwanden, und das Bild eines Gesichts wurde eingeblendet, dass trotz der grauenhaften Schnitte und Wunden als das Konterfei des Mannes zu erkennen war, der den Islam und Gott beleidigt hatte. Die Nachricht beschwichtigte die tobenden Männer, die nun in Sprechchören ihr Land hochleben ließen.

In den folgenden zwei Wochen sprachen Donia und Waleeda über nichts anderes. Eines Abends, als sie durch die Wüste zurück in die Stadt marschierten, frage Waleeda gereizt: »Wie kann jemand so gar nicht an Gott glauben? In Ordnung, es gibt fehlgeleitete Menschen, aber wie soll irgendetwas Sinn ergeben ohne Gott?«

Donia versuchte, ihre schmerzenden Glieder und die drückende Hitze zu ignorieren, als sie darüber nachdachte. Sie beschäftigte aber vor allem, wie jemand, ohne an Gott zu glauben, den Unterschied zwischen Recht und Unrecht erkennen wollte. Was sie betraf, glaubte sie zwar an Gott, aber wenn sie es recht bedachte, war sie streng genommen nicht in der Lage, Recht von Unrecht zu unterscheiden. Sicher war es Unrecht, Männer mit einer vorgetäuschten Jungfernschaft zu betrügen. Aber war es Unrecht, weil Gott sagte, dass Betrug falsch war, oder spielte da noch etwas anderes eine Rolle?

»Was heißt das genau, gut oder böse, richtig oder falsch, Waleeda?«, fragte sie zurück.

»Gottes Gesetze«, antwortete Waleeda wie aus der Pistole geschossen. »Gott hat diese Gesetze gemacht, um uns zu zeigen, was richtig und was falsch ist.«

»Aber ist dann Moral nicht bedeutungslos?« Langsam formte sich in Donias Kopf ein Gedanke, ein schockierender, noch formloser Gedanke, dem sie sich nur zögerlich stellte, denn er roch nach Satan.

»Wie meinst du das?«

»Wenn etwas schlecht ist, nur weil Gott sagt, es sei schlecht – na ja, was wäre denn, wenn Gott gesagt hätte, es wäre gut? Was wäre, wenn seine Gesetze bestimmt hätten, töten und lügen seien in Ordnung, aber Nächstenliebe und Mitleid falsch?

»Warum sollte Gott so etwas sagen? Gott ist gut. Er würde uns nie zu etwas Bösem auffordern.«

Kieselsteine knirschten unter ihren Füßen und denen der hunderten von Arbeitern vor und hinter ihnen. Unter dem monotonen Geräusch ihrer Tritte formte sich in Donias Kopf dieser Gedanke zu einer Erkenntnis: »Aber wenn Gott festlegt, was gut ist, dann ist gut doch einfach nur das, was er als gut erklärt, oder? Macht das die ganze Sache nicht beliebig? Könnte Gott nicht auch Gier als gut erklären? Könnte Gott nicht, möge er mir vergeben, könnte Gott nicht gierig sein und deshalb Gier als gut erklären?«

Waleeda lachte. »Du hast wohl einen Sonnenstich! Es geht doch genau darum, dass Gott *nicht* gierig ist. Es wäre eine Sünde, nur daran zu denken.« Sie murmelte eine Bitte um Vergebung.

»Ich sage nur, er *könnte* es sein. Oder glaubst du, Gott könnte nicht alles tun, was er will?«

»Natürlich kann er alles tun, doch er hat sich dazu entschlossen gut zu sein.«

»Aber wie kann man sich entschließen gut zu sein, wenn man selbst bestimmt hat, was gut ist? Heißt das nicht, du kannst sein, was immer du willst, denn es ist erklärtermaßen immer schon gut. Und in diesem Fall heißt das doch, dass Gut und Böse etwas ganz Beliebiges sind?«

Waleeda hob einen klauenartigen Stein auf, warf ihn hoch und versuchte ihn im Fallen wegzukicken. Es misslang.

»Vielleicht muss Gott gar nicht entscheiden, was Gut und Böse ist«, sagte sie. »Vielleicht erkennt er es einfach in seiner Weisheit, oder er findet es heraus und sagt es uns dann mit seinen Gesetzen.«

»Vielleicht«, sagte Donia. »So wäre Gut und Böse wenigstens nicht sinnlos. Andererseits, was würde das heißen – Gott entscheidet nicht alles? Manche Dinge gehen über ihn hinaus?«

Waleeda bat noch einmal leise um Vergebung und sagte dann ungeduldig: »Deswegen sagen die Scheichs, wir sollen über solche Sachen nicht reden. Am Ende sündigen wir in Gedanken und lassen den Teufel ein. Wir sind nicht klug genug, um so etwas zu diskutieren, Donia.«

In den nächsten Tagen endete jedes ihrer Gespräche genau so: Waleeda bestand darauf, dass sie über solche Dinge nicht reden sollten. Aber es war stets Waleeda, die am nächsten Tag die Unterhaltung wieder darauf brachte.

Donia spürte eine Zuneigung zu Waleeda, wie zu niemandem je zuvor, nicht zu ihren erfundenen Freundinnen, nicht zu Doktora und sicher nicht zu ihrem abweisenden Vater. Immer wenn sie an Waleeda dachte, musste sie unwillkürlich lächeln. Irgendetwas in ihren lustigen braunen Augen überwand die Jahre des Misstrauens, die sich wie eine Festung um ihr Herz gelegt hatten. Zwar war sie noch nicht in der Lage, Waleeda die Wahrheit über ihre Vergangenheit zu erzählen, aber an dem Tag, als der letzte Stein der freigelegten Grabanlage entsorgt wurde, gestand Donia ihr den Vorfall mit den Baltagiya, nachdem sie die Vormundschaft zum ersten Mal besucht hatte. Sie wusste nicht genau, wie sie sich ausdrücken sollte und sagte schließlich: »Sie standen um mich herum und haben mich angespuckt, aber nicht mit ihren Mündern.«

»Sie haben auf dich uriniert, mein Gott«, rief Waleeda. »Was für Tiere, möge Gott sie in der Hölle rösten! Ich kann mir die Qualen in der *Quarantäne für verlorene Seelen* gar nicht vorstellen, wenn solche Leute da leben.« Sie umarmte Donia fest und wurde dann böse, weil sie ihr nichts davon erzählt hatte.

Donia schwieg, fühlte sich aber trotzdem getröstet.

»Und deswegen müssen wir hier weg«, sagte Waleeda. »Es gibt bestimmt bald einen Vormund für dich, und mein Meister kann mich jeden Tag kommen lassen, da bin ich mir ganz sicher. Wir werden Nachbarinnen sein, Nachbarinnen im Norden! Vergiss doch deine blöde Idee mit der Flucht, bitte.«

Doch einen Monat nachdem sie ihre Unterschrift geleistet hatte, war Donia sich sicherer denn je, dass keinem Mitglied der ägyptischen Oberklasse der Sinn nach einer hymenlosen Frau mit Vorstrafe stand. Waleedas naive Vorstellung, bald gerufen zu werden, war nicht zu erschüttern, seit sie vor vielen Jahren unterschrieben hatte. Die Erinnerung daran, was ihr Faiza im gynäkologischen Stuhl angetan hatte, verfolgte sie noch immer, und obwohl sie sich sorgte, ob man Waleeda auch so behandelt hatte, fragte sie nicht danach.

»Ich will nicht mehr in den Norden«, sagte sie aus dem Nichts heraus. »Es hört sich vielleicht komisch an, Waleeda, aber durch dich fühle ich mich zum ersten Mal im Leben irgendwo zu Hause. Mir würde das Herz brechen, wenn du fort wärst. Das Leben hier ist so hart, aber auch so echt und ... du bist hier.«

Donia empfand tatsächlich so etwas wie Glück. Mitten in Dreck und Elend und harter Arbeit, fühlte sie sich zum ersten Mal lebendig. Sie bedauerte es jetzt, den Antrag bei der Vormundschaft gestellt zu haben. Damals hätte sie alles getan, um die Chance auf eine Flucht zu haben.

Waleeda lächelte sie an und nahm ihre Hand.

In den folgenden Tagen arbeiteten sie wieder in den Sandgruben rund um Assuan. Ihre Gespräche beschränkten sie auf die Abende in Waleedas Zelle. Donia begann ihre Zweifel über den Nizam mit ihr zu teilen. Sie vertraute ihr an, dass sie der Überzeugung sei, koptische Rebellen würden oft fälschlich für alles Mögliche verantwortlich gemacht. Außerdem glaube sie nicht daran, dass die Bewohner von Nordägypten so fromm und gerecht seien, wie man ihnen in der Mitte und im Süden erzählte. Aber als Waleeda wissen wollte, wie sie darauf kam, verstummte sie.

Am Ende dieser Woche saßen sie abends auf Waleedas Pritsche und aßen getrocknete Datteln. Unvermittelt fragte Waleeda, ob sie schon einmal verheiratet gewesen sei.

»Wie meinst du das?«

Eine andere Antwort fiel ihr nicht ein. Zum ersten Mal fühlte Donia sich in der Gegenwart ihrer Freundin unwohl. Aber Waleeda wiederholte die Frage nicht und starrte stattdessen schweigsam auf die unverputzte Wand.

Donias Puls beschleunigte sich. »Ja«, sagte sie. Dann fügte sie hinzu: »Mehrmals, um genau zu sein. Es waren ... ich war...« Die Worte blieben ihr im Hals stecken, und ihre Augen füllten sich mit Tränen.

»Oh«, seufzte Waleeda voller Mitgefühl. Sie zog Donia in eine Umarmung. Sie schmiegten sich aneinander, und Donia war, als würde ihr hartes Herz schmelzen.

Dann begann sie Waleeda das Unsagbare zu beichten. Sie erzählte ihr, dass sie ihre zu Grunde gerichtete Mutter nie wirklich kennengelernt hatte. Sie erzählte von ihrem abweisenden Vater, von Herrn Tafik und den 33 Ehemännern. Sie erzählte von den Abläufen einer Genusshochzeit. Und sie erzählte ihr, wie sehr sie ihr sinnloses Leben gehasst und nichts stärker gewünscht hatte, als wegzulaufen.

»Bis ich dich traf«, sagte sie und wischte sich mit dem Handrücken die Tränen weg.

Die beiden umarmten sich wieder, nur, dass sich diesmal nicht nur ihre Körper, sondern auch ihre Münder berührten. Einen Moment lang fingen ihre fest aufeinandergepressten Lippen Donias salzige Tränen auf, dann ließen sie mit einem gleichzeitigen Seufzer voneinander ab. Als sie sich anschauten, atmeten beide schwer, schockiert über das, was gerade geschehen war. Waleeda berührte ihren Mund mit den Fingerspitzen, als wolle sie nachprüfen, ob er noch an Ort und Stelle sei. In einer Mischung aus Adrenalin, Scham und Ungläubigkeit wollte Donia weglaufen und ebenso Waleeda gleich noch einmal küssen.

Bevor sie etwas davon in die Tat umsetzen konnte, klopfte jemand leise an die Tür.

14 | Patent Nr. 6236 (31984029) ⤚⚭⤙

Die Frauen zuckten zusammen. Vor Schreck weiteten sich ihre Augen: Was sie getan hatten und im Begriff waren zu wiederholen, hatte man schon registriert. Donia richtete ihre Kleidung und rutschte ans Ende der Pritsche. Waleeda sprang auf und öffnete vorsichtig die Tür.

»Ihr beiden, ja? Sehr gut.« Donia sah die gefletschten weißen Zähne Faizas. Während ihre dunklen Augen von einem Mädchen zum anderen huschten, blieb das Lächeln auf ihrem Gesicht unverändert breit.

Donia sprang auf, zog Waleeda zur Seite und stellte sich vor die Frau: »Was wollen Sie?«

»Du bist stark geworden, meine Schöne«, sagte Faiza. »Gut. Wir haben einen interessierten Meister für dich gefunden.« Ihre Augen suchten Waleeda. »Und was dich betrifft, braucht dein Meister dich sofort. Ihr werdet in den Norden geschickt. Beide. Sofort.«

Donia erstarrte. Waleeda stieß einen Schrei aus, tänzelte um Donia herum und schmiss sich wie ein Kind in Faizas Arme. Die schmunzelte über die Begeisterung der jungen Frau, richtete ihren Blick und ihr Lächeln aber weiterhin auf Donia.

Eine halbe Stunde später warteten die drei am Frachtbahnhof von Assuan. Es war Mitternacht, und sie sollten wenige Kilometer Richtung Norden zu einem »Transitbereich« gebracht werde, wie Faiza es nannte. Aber sie mussten sich beeilen. Dort würden sie die Nacht verbringen und am nächsten Morgen zu ihrem neuen Zuhause in Nordägypten gebracht werden. Außer den Kleidern, die sie am Leib trugen, und ihren magischen Rosenkränzen nahmen sie nichts mit. Es blieb nicht einmal Zeit, sich von den anderen Frauen zu verabschieden.

Erst im Abteil merkte Donia, dass Waleedas anfängliche Begeisterung abgeflaut war. Das Mädchen hatte ihr ganzes Leben in Assuan verbracht, und nun wurde sie mitten in der Nacht in ein neues Leben verfrachtet. Donia wollte ihr versprechen, dass alles gut werden würde, aber daran musste sie zuerst einmal selbst glauben. Würde sie flüchten können, wenn sie erst einmal dort oben war? Und wenn es misslang, was würde man mit ihr machen? Konnte sie Waleeda mitnehmen? Würden sie wenigstens Nachbarinnen sein?

Die beiden saßen in einem sauberen Zugabteil eng nebeneinander. Faiza hatte sich ihnen gegenüber platziert. Sogar wenn sie die Augen geschlossen hielt, waren ihre Zähne entblößt. Als der Zug sich in Bewegung setzte, trat Ruhe ein. Die Mädchen starrten in die Wüste, die das weiße Mondlicht reflektierte. Donia legte ihre Hand zwischen sich und Waleeda. Zögerlich schoben sie ihre Finger ineinander. Auf dem Rest der Strecke schauten sie sich nicht wieder an.

Der Transitbereich stellte sich als simple Hütte heraus, ein halbes Dutzend kleiner Zimmer mit sauberen Betten. Eine Krankenstation war angeschlossen.

»Bevor wir morgen früh weiterfahren«, sagte Faiza, »müssen wir sicherstellen, dass ihr euch in Assuan nicht irgendwelche Krankheiten geholt habt. Aber keine Bange, ihr seid jetzt Bürger von Nordägypten. Was immer ihr haben mögt, wir können es schnell behandeln.«

Faiza brachte Donia auf ihr Zimmer und forderte sie auf, es bis zum Morgen nicht zu verlassen.

»Können wir nicht zusammenbleiben?«, fragte Waleeda. Aber Faiza grinste nur und zog sie am Arm weiter. Donia winkte verstohlen, bevor sie ihre Tür schloss.

Die Matratze war bequem, fast zu bequem. Sie legte sich nieder und dachte an ihre erste Freundin, ihren ersten Kuss. Sie presste die Augen zusammen und hoffte so, die Welle von Scham und die unverhohlene Freude zu vertreiben, die die Erinnerung an ihren Kuss gleichermaßen in ihr ausgelöst hatte. Noch lange spielte sie ihn in Gedanken durch.

Als später in der Nacht ihre üblichen Träume vom Graben begonnen hatten, geschah etwas Merkwürdiges. Während sie den Sand zur Seite schaufelte, hörte sie einen Knall, anschließend einen Schrei.

Sie wachte erschrocken auf. Aber es war still in ihrem Zimmer. Dann drang ein entferntes Jaulen an ihr Ohr, gefolgt von einem leisen Bohrgeräusch. Diese Laute kamen von draußen, vom Flur der Hütte. Sie stand eilig auf, öffnete die Tür, trat in den dunklen Korridor und folgte dem Bohrgeräusch, bis sie von einem halbdurchsichtigen Plastikvorhang aufgehalten wurde. Auf der anderen Seite brannte helles Licht. Sie konnte menschliche Silhouetten ausmachen, die sich in einer Art Krankenzimmer bewegten.

Der Bohrer war verstummt. Was tun? Da keine weiteren Geräusche zu hören waren, beschloss sie, in ihr Zimmer zurückzukehren. Doch gerade als sie sich umdrehen wollte, schwebte ein SW durch den Vorhangschlitz. Er transportierte einen kühl dampfenden Behälter in der Größe eines Schuhkartons. Die Maschine flog unbeirrt an ihr vorbei durch den Korridor und aus der Hütte hinaus.

Der Anblick beunruhigte sie, und sie stellte sich auf die Zehenspitzen, jederzeit bereit zu kämpfen oder zu fliehen. Sie trat näher an den Plastikvorhang heran, öffnete ihn einen Spaltbreit mit der Hand. Innen sah sie jemanden vorbeihuschen, und wie aus dem Nichts versperrte Faizas Lächeln ihr das Blickfeld.

»Gut, dann brauche ich dich ja nicht zu wecken. Dein Meister hat angeordnet, dass du ihm sofort zugestellt wirst. Ich wollte dich gerade darüber informieren. Du nimmst den nächsten Zug nach Norden.«

Sie überreichte ihr einen großen Briefumschlag. Donia nahm ihn ohne hinzuschauen in Empfang. »Was ist hier los?«, wollte sie wissen. »Wo ist Waleeda? In welchem Zimmer ist sie?«

Faizas Lächeln verschwand augenblicklich. »Du musst jetzt ein großes Mädchen sein, meine Hübsche. Ihr Meister hat sie schon kommen lassen. Sie ist weg.«

Donia versuchte, an ihr vorbei den Raum zu betreten, aber Faiza hielt sie fest. »Das möchtest du nicht sehen«, sagte sie.

»Was nicht sehen? Wo ist Waleeda? Wo?«

»Hast du es schon vergessen, ja? Ich habe dir gesagt: Ihr Meister hält die Rechte an ihr. Und er brauchte sie dringend. Verstehst du? Einen Teil von ihr. Jetzt nimm diesen Umschlag und warte auf deinem Zimmer.«

Warum war diese Frau so gemein? »Was meinen Sie mit ›einen Teil von ihr‹?«

»Der Scheich, ihr Vormund, hat seit geraumer Zeit Herzprobleme. Wir haben ihm schon vor Jahren dabei geholfen, das Passende zu finden, meine Schöne.«

Diesmal setzte Donia ihre ganze Kraft ein, um Faiza beiseite zu stoßen. Sie stürmte durch den Vorhang und befand sich in einem Operationssaal. Zwei SWs schwebten über einem Tisch. Waleeda lag nackt darauf. Eine blutige Wunde zog sich über ihren gesamten Brustkorb. Ihre braunen Augen starrten leblos an die Decke.

Donia schrie auf. Etwas traf sie von hinten, und sie wurde ohnmächtig.

>−○−<

Als sie aufwachte, begann es im Hinterkopf. Der Schmerz breitete sich explosionsartig aus, mäanderte durch ihren Schädel und marterte hämmernd ihr Gehirn. Sie konnte nur schemenhaft sehen, ihr Magen befand sich im freien Fall, und sein Inhalt drohte sich jeden Moment in die entgegengesetzte Richtung zu ergießen.

Sie befand sich in einem Zugabteil. Ihre rechte Hand war mit einer Handschelle an einem Käfig über ihrem Kopf angekettet. Darin befanden sich stinkende gackernde Hühner. Ein Fenster links über ihr zeigte nur die graue Dunkelheit eines Tunnels, aber sie konnte spüren, dass sie sich mit großer Geschwindigkeit bewegten. Das leise Summen einer Magnetschwebebahn war unverkennbar.

Erinnerungen suchten sie heim. Schreckliche Erinnerungen. Unzutreffende Erinnerungen. An einer Schnur um ihren Hals hing ein Brief. Nachdem ihr Sehvermögen einigermaßen zurückgekehrt war, nahm sie ihn in die Hand. Sie erinnerte sich: Faiza hatte ihn ihr in die Hand gedrückt, bevor sie etwas gesehen hatte, was sie unmöglich gesehen haben konnte.

Wahnsinn schüttelte sie. Die Erklärung, die Bestätigung, dass alles in Ordnung war, musste sich in diesem Umschlag befinden. Sie würde den Brief lesen, und er würde beweisen, dass es Waleeda gut ging, dass sie sich vielleicht sogar im Nachbarabteil befand. Sie schniefte, blinzelte mehrmals und brachte den Umschlag mit der linken Hand an ihren Mund. Mit den Zähnen riss sie ihn auf, legte ihn auf ihre Brust, entnahm den Bogen Papier, entfaltete ihn und las.

Donia Nour, menschliches Patent Nr. 6236 (3198402)

Herzlichen Glückwunsch! Deine Rechte sind auf deinen neuen Besitzer übergegangen. Du wirst in die Gemeinde Marina, Nordägypten, umgesiedelt. Als Privatbesitz wirst du beim Obersten Richter Zulkheir El Gazzar leben.

Donia ließ das Papier fallen und bedeckte es mit dem Inhalt ihres Magens.

Teil 3

1 | Der Norden ～◦◦～

»Wir haben eine Überraschung für dich«, sagte Anmut.

»Wirklich?«

»Sieh es als Entschädigung für alles, was du durchgemacht hast.«

»Und alles, was ich noch durchmachen werde?«

»Möglicherweise.«

»Dann mal los.«

Vor Ostaz erschien eine Schüssel in der Größe eines halben Fußballs. Er roch den Inhalt schon, bevor er ihn sah.

»JA! JA! JA!«, kreischte er.

Reis, Linsen, Makkaroni, Kichererbsen und frittierte Zwiebelringe, abgerundet mit Tomatensoße. Ostaz hielt die Schüssel wie eine Trophäe in den Händen und versenkte das ganze Gesicht in seinem Koshari.

～◦◦～

Donias gefesselte Hand war angeschwollen. Sie baumelte über ihrem Kopf wie ein Ballon, der langsam Luft verliert. Aber das war ihr egal.

Sogar ihre unvermutet eingetretene Menstruation löste in ihr nichts als Gleichgültigkeit aus. In ihrem Schoß, auf der zerknautschten Dschellaba, erschien ein dunkler Blutfleck. Mit halboffenem Mund starrte sie ihn an.

Seit Stunden schon wurden die Hühner und sie in diesem Abteil gefangen gehalten. Die Hühner gackerten ununterbrochen. Vor mindestens zwei Stunden war die Dämmerung hereingebrochen. Während sie im dunklen Abteil hockte, wurde sie erneut von unerwünschten Bildern bedrängt. Wie üblich versuchte sie, diese Gedanken mit ihren inneren Augenlidern wegzublinzeln.

Der Kuss, dann Waleedas aufgeschnittene Brust; der Kuss, dann Waleedas leblose Augen.

Blinzel, blinzel.

Vergebens. Die Bilder kehrten zurück. Sie stellten ihre Gleichgültigkeit auf die Probe, versuchten, ihren Racheinstinkt anzustacheln.

Aber Rache erfordert ein Gespür für Macht, und Sklaven haben keine. Mehr war Donia nicht: Eine Sklavin. Eine Sexsklavin. Ein kurvenreicher Sack voller Organe, die ihr nicht einmal mehr gehörten. Man würde diese benutzen, missbrauchen, falls nötig, sogar entnehmen. Und nun wurde sie zusammen mit einigen Hühnern zu dem Mann befördert, der diesen Albtraum ausgelöst hatte.

Beim Gedanken an ihn – Zulkheirs nässende Zebibah und sein fauliger Atem – begann eine ätzende Mischung aus Wut, Verzweiflung und Angst in ihrem leeren Magen zu gluckern. Sie stellte sich vor, seinen fetten Bauch aufzuschlitzen, wie die schwarze Galle der Heuchelei daraus hervorquoll. Sie malte sich aus, wie sie Faiza voller Genugtuung ins Gesicht trat, wieder und wieder, bis deren Schädel unter ihren Tritten zerbarst. Sie sah sich das Hauptquartier des Nizam anzünden, die Mogamma, wo sie arbeitete.

Und doch – was würde sie dafür geben, wieder in ihr altes Leben zurückzukehren, mit ihrem unnahbaren Vater zusammenzuleben, den ganzen Tag unsinnige Punkte zu zählen.

Als wäre unvermittelt ein Vorhang aufgerissen worden, brach genau in diesem Moment Licht herein und veranlasste die Hühner zu hysterischem Kreischen. Der Zug war aus dem Untergrund aufgetaucht, und das Abteil wurde mit Tageslicht geflutet. Nachdem Donias Augen sich an die plötzliche Helligkeit gewöhnt hatten, registrierte sie, dass der Zug hoch über der Erde fuhr. Vom heuübersäten Boden, wo sie saß, konnte sie nur den wolkenlosen, graublauen Himmel sehen.

Sie kniete sich hin, wartete einen Moment, bis der Schwindel sich gelegt hatte, und stand vorsichtig auf. Sie war wackelig auf den Beinen und musste sich wegen der Handschelle an ihrem rechten Handgelenk halb gebeugt halten. Immer noch konnte sie draußen nichts als Grau und Blau entdecken. Doch dann, als sei der Himmel in zwei unterschiedliche Farbtöne aufgeteilt worden, erschien in der Ferne eine zarte Trennlinie.

Im unteren Teil bemerkte sie etwas, das wie drei gigantische schwarze Vögel aussah. Sie waren so weit entfernt, dass sie sich fast nicht zu bewegen schienen. Doch schnell wurde ihr klar, dass es sich nicht um Vögel handelte.

Schiffe. Gewaltige Schiffe auf dem Meer. Donia begriff. Sie schaute auf das Mittelmeer.

Der Zug neigte sich seitwärts. Jetzt entdeckte sie drei Entsalzungsanlagen, leicht erkennbar an den weißen Türmen mitten in den Wellen. Von hier kam mehr als die Hälfte des ägyptischen Trinkwassers.

Bevor sie die Aussicht auf sich wirken lassen konnte, verlor der Zug an Höhe. Sie verlor die Balance und stürzte zu Boden. Als sie sich wieder aufgerappelt hatte, bot sich ihr ein vollkommen anderer Ausblick. Auf einem hellen Stück Sand breitete das Meer seine schaumigen Wellen wie Betttücher aus. Soweit das Auge reichte, dehnte es sich nach Westen aus. Im Inneren des Landes erblickte sie Grün, Kilometer um Kilometer üppige Büsche, hin und wieder durchbrochen vom Türkis der Swimmingpools und ihren dazugehörigen prachtvollen Herrenhäusern. Vier oder fünf Stockwerke ragten sie in die Höhe. Ihre goldenen Kuppeln reflektierten die Kraft der Sonne.

Die Häuser der Oligarchen. Hier, so hatte der Nizam gesagt, kam die Erde dem am nächsten, was die Frommen im Himmel erwartete.

Der Zug verlor weiter an Höhe und näherte sich dem Meeresspiegel. Der Strand geriet außer Sicht. Bald sah sie nur noch kurvenreiche Straßen unter endlosen Baumwipfeln. In ganz Kairo hatte sie nicht so viele Bäume gesehen.

Schlagartig wurde es in ihrem Abteil wieder dunkel. Der Zug war in einen Tunnel gefahren.

Ein Huhn gackerte.

Die durchschnittliche Henne legt im Jahr 165 Eier, erinnerte Donia sich. Und der Nizam ... möge Gott ihn verfluchen.

Der Zug hielt an. Draußen flackerte Licht auf, und gleich neben Donias Abteil tauchte eine Art Warteraum mit prachtvollen goldenen Bänken auf. Ein tiefes, dumpfes Geräusch, dann glitt die gesamte Wand ihres Abteils zur Seite.

Zuerst sah sie nur die unverwandt blickenden Eulenaugen, jedes in der Größe einer Faust. Die Augen steckten im Kopf eines humanoiden Roboters, der auf einem einzigen Rad balancierte. An jeder Seite baumelte ein mechanischer Arm. Sein Körper war aus Gold, an seinem Hals glitzerte eine Krawatte in metallischem Rosa.

»Assalamu Alaikum«, sagte er mit fast menschlicher Stimme. »Es spricht der hiesige Butler.«

Mittels einer Feder schnellte die Maschine an Bord, fuhr auf Donia zu und streckte einen Finger aus, der sich in einen Schlüssel verwandelte. Er beugte sich nach vorn und schloss Donias Handschelle auf. »Der Meister hat den ergebenen Diener informiert, dass dies ihr erster Aufenthalt in einem empfindungsfähigen Haus ist.«

Donia antwortete nicht. Furcht und Verblüffung waren fast größer als der Schmerz, der durch ihren endlich befreiten Arm pulste. Sollte sie wegrennen? War dieses Ding gefährlich?

»Bitte nichts Dummes in Betracht ziehen«, sagte er, als könne er Gedanken lesen. »Ergebener Diener ist voll ausgerüstet ...«

Donia rannte los. Pures Adrenalin trieb sie aus dem Abteil in den Warteraum, doch bevor sie auch nur zwei Schritte gemacht hatte, traf sie ein Stromschlag, und sie ging zu Boden.

Der Butler rollte ihr hinterher. »Wie ergebener Diener sagte: Ergebener Diener ist voll ausgerüstet. Sie sind hier in einem empfindungsfähigen Haus.«

»Was für ein Haus? Wo bin ich?«, brachte Donia mühsam heraus. Ihr Herz raste von der Elektrizität, die sie durchflutet hatte.

»Im Norden leben die Bürger in automatisierten Residenzen. Ergebener Diener ist die persönliche Schnittstelle.«

Benommen rappelte Donia sich auf.

»Sie sollen sofort aufs Zimmer begleitet werden. Sie werden im Untergeschoss wohnen. Für etwas Sonnenlicht ist gesorgt. Die Mahlzeiten werden vom ergebenen Diener serviert. Ihre restlichen Pflichten finden woanders statt. Folgen Sie jetzt ergebenem Diener.«

Der Roboter rollte schnurgerade auf eine Wand zu, die in letzter Sekunde zur Seite glitt und einen kleinen Raum freigab.

»Bitte in der Nähe bleiben.«

Donia folgte der Maschine. Der Butler drückte einen Knopf, und die Wand schloss sich wieder. Donia spürte, dass der Raum sich zuerst nach unten bewegte, dann zur Seite, schließlich noch einmal geringfügig nach oben. Wieder glitt die Wand zu Seite. Ein mit dünnem Teppichboden ausgelegter Flur führte zu einem Zimmer, dessen Tür offen stand.

»Treten Sie ein.«

Man sah ein geräumiges Bett, die Tür eines Schlafzimmerschranks, Tisch, Stuhl, Spiegel und eine Tür, die wohl ins Badezimmer führte. Gleich unterhalb der Zimmerdecke ließ ein schmaler Glasschlitz etwas Sonnenlicht ein.

»Bitte keinen Fluchtversuch. Es ist unmöglich. Die Tür ist bruchsicher, das Fenster auch. Ergebener Diener wird bald zurück sein.«

Mit einem Zischen schloss sich die Tür hinter ihm.

Donia zählte bis fünf und stürzte sich dann darauf. Aber es gab keine Klinke. Sie schaute sich ihre Umgebung genauer an. Alles war sauber: Weiße Wände und noch weißere Betttücher, eine Überdecke und mehrere Kissen. Im Badezimmer glatte Keramik, eine

Badewanne und eine funkelnde Toilette. Das Schränkchen unter dem Waschbecken war mit der größten Auswahl an Kosmetika und Haarpflegeprodukten bestückt, die sie je gesehen hatte.

Sie öffnete die Tür des Schranks. Es handelte sich um einen begehbaren Kleiderschrank, der fast ein Viertel des gesamten Zimmers einnahm und mit einer endloser Kollektion dünner Fähnchen bestückt war. Es gab die äußerst knappe Version einer Krankenschwesternuniform, längst verbotene Ausstattungen für Bauchtänzerinnen, schwarze Lederbekleidung und Masken, sogar eine Peitsche.

Donia schloss die Tür und zuckte zusammen, als auch diese beim Schließen zischte.

»Liederliche Kleidung für einen liederlichen Körper«, dröhnte eine Stimme. »Das passt zu dir.« In einer makellos weißen Dschellaba stand Zulkheir in der Zimmertür. Sein Bart war gepflegter als bei ihrer letzten Begegnung. Sein Bauch hatte schon den Raum betreten, während seine Füße sich noch vor der Türschwelle befanden.

Donia zuckte zusammen und schlang instinktiv die Arme um ihren Körper.

»›Und die von euch Frauen, die Unzucht treiben‹«, rezitierte Zulkheir, »›erfordert vier Zeugen von euch gegen sie! Wenn sie es dann bezeugen können, so haltet sie im Hause, bis sie der Tod hinwegnimmt oder Gott für sie einen Ausweg schafft!« Er hielt inne und starrte Donia mit ekelverzerrter Miene an. »Sieht so aus, als hätte *ich* für dich einen anderen Ausweg geschafft«, fuhr er fort. »Einmal Hure, immer Hure. Es gab keinen Zweifel daran, dass jemand wie du sich bei der Vormundschaft bewerben würde. Manche Frauen haben die Hurerei einfach in den Genen. Und glaube mir, ich werde das auszunutzen wissen. Leider musste ich meine geliebte Abeed opfern – ein Onkel brauchte eine Leber. Aber zieh nicht so ein Gesicht, du bist zu schmutzig, als dass wir eines deiner Organe benutzen würden. Doch wer weiß, vielleicht finden wir einen streunenden alten Hund, der etwas Lebensnotwendiges braucht, das wäre doch die perfekte Verbindung – eine Hündin, die einen Hund rettet.«

Donia betrachtete ein Stück Teppich. Innerlich begann sie zu zählen.

»Du wirst nicken, wenn ich zu dir spreche, Hure! Wir brauchen nicht zu heiraten, damit ich dir meinen Willen aufzwingen kann.« Und dann fauchte er die Worte der heiligen Schrift: »›Den Gläubigen ergeht es wohl, die ihre Scham bewahren, außer gegenüber ihren Ehefrauen oder dem, was ihre Rechte besitzen, dann sind sie nicht zu tadeln.‹« Zulkheir machte eine Faust und fügte hinzu: »Und an dir besitze ich nun die Rechte.«

»Sure 23, Vers 6«, flüsterte Donia.

»Ganz genau. Und ich würde dir sofort eine Kostprobe meiner Rechte geben, aber der Butler hat ermittelt, dass du noch schmutziger bist als gewöhnlich.«

Zulkheir warf einen Blick auf ihren blutverschmierten Schoß. »Frauen wie du sind natürlich nie wirklich sauber. Aber du bleibst hier, bis sich dein Zustand gebessert hat. Es soll niemand sagen, ich sei unbarmherzig.« Er trat einen Schritt zurück, und die Tür schloss sich zischend.

Donia ließ sich auf den Boden fallen. Zusammengekauert weinte sie vor Angst, vor Wut, vor Hoffnungslosigkeit. Sie nahm ihren Schleier ab und pfefferte ihn durchs Zimmer. Ja, sie war eine dreckige Hure. Sie brauchte eine Dusche, und sie hatte Hunger, obwohl ihr beim Gedanken an Essen übel wurde. Aber vor allem musste sie so schnell wie möglich von hier fort.

Sie stand auf und ging ins Badezimmer. Plötzlich ertönte aus dem Inneren des Schranks ein lauter Knall, gefolgt von einem Stöhnen. Donia verhielt sich ganz still, trippelte dann auf Zehenspitzen zum Schrank und lugte hinein. Inmitten eines Haufens aufreizender Klamotten lag ein nackter Mann.

»Nicht schon wieder!«, beklagte er sich.

Mit einem Fingerschnipsen 〜◦〜

Hastig knallte Donia die Tür zu, als hätte sie jemanden in einer verfänglichen Situation ertappt. Sie stolperte ein paar Schritte rückwärts und setzte sich aufs Bett. Dieses Gesicht kam ihr bekannt vor. Sogar die Stimme kam ihr bekannt vor – es war die Stimme, die mehrfach Gott beleidigt hatte. Aber das konnte nicht sein.

Aus dem Schrank kamen merkwürdige Geräusche, Metall klimperte. Dann öffnete sich die Tür, und mit breitem Lächeln trat der Abtrünnige heraus. Zwei Hälften einer Kokosnuss bedeckten seine Brust, glitzernde Silberfäden hielten sie zusammen. Ein halbtransparenter Rock flatterte von seinen Hüften bis zu den Knien. Er stand auf den Zehenspitzen und schaute an sich herab. »Na, geht doch einigermaßen«, sagte er.

Dann zischte die Zimmertür. Während sie zur Seite glitt, sprang der Mann zurück in den Schrank.

Der Robo-Butler rollte mit einem Tablett herein: »Meister findet, dass Sie zunehmen müssen.« Er setzte das Tablett auf dem Nachttisch ab. Es gab eine große Portion Eier, Bohnen und Brot, dazu ein Glas Orangensaft.

Donia saß kerzengerade. Sollte sie nach Hilfe rufen? Sollte sie den Roboter auf den nackten Mann aufmerksam machen? Sie öffnete den Mund und schloss ihn gleich wieder.

Der Butler rollte zurück zur Tür. »Sie bleiben in den nächsten Tagen hier«, sagte er. »Frische Kleidung ist im Schrank, eine Auswahl an Hygieneprodukten im Bad. Ergebener Diener wird um 8, 15 und 21 Uhr mit den Mahlzeiten erscheinen.« Er überquerte die Schwelle und die Tür schloss sich wieder.

Vorsichtig verließ der Abtrünnige den Schrank. »Faszinierend«, sagte er, ohne Donia anzuschauen. »Glaubst du, er hat ein Bewusstsein? Kann er wirklich denken? Vor ein paar Jahren – nun ja, für dich vor 100 Jahren – habe ich mal den Aufsatz eines englischen

Mathematikers namens Alan Turing gelesen. Er behauptete, der einfachste Weg, um herauszufinden, ob eine Maschine denken kann, wäre eine Art schriftliche Konversation zu führen, allerdings mit einer Wand dazwischen. Nur wird einem nicht gesagt, ob man sich mit der Maschine oder einem Menschen unterhält. Wenn man nicht unterscheiden kann, ob der Mensch oder die Maschine antwortet, so schloss Turing, darf man annehmen, dass die Maschine denken kann. Ich persönlich finde das ein wenig überschätzt.«

Er wandte sich an Donia: »Interessant, nicht wahr?« Dann fügte er hinzu: »Oh, tut mir leid, mein Name ist Ostaz Mukhtar.«

»Du?«, stammelte Donia. »Der Abtrünnige?«

»Abtrünniger als du denkst«, antwortete er mit einem Augenzwinkern. »Aber vielleicht nicht ganz so abtrünnig wie du. Man hat mir gesagt, du seist möglicherweise Ägyptens rebellischste Bürgerin. Glückwunsch! Damit wirst du zu meiner Lieblingsperson im ganzen Land.«

Donia schwieg.

Ostaz schaute sich um, als wolle er prüfen, ob sonst noch jemand anwesend wäre.

»Du bist doch Donia Nour, oder?«, fragte er. Als sie immer noch nicht reagierte, streckte er seine Hand aus. »Freut mich, dich kennenzulernen.«

Donia schrie auf, rannte zur Tür und hämmerte dagegen. »Hilfe! Hilfe, Maschine! Er ist hier, der Abtrünnige! Sie haben ihn in meinen Kleiderschrank gesteckt!«

»Beruhige dich«, sagte Ostaz, aber Donia hörte nicht auf zu hämmern. »Niemand wird uns hören«, fuhr er fort. »Die Ilmani haben dafür gesorgt, dass dieses Zimmer schalldicht ist. So etwas können sie sehr gut, verstehst du.«

Donia rief ein letztes Mal nach Hilfe, fragte sich aber schon, warum eigentlich? Vielleicht war ein irrsinniger Gottloser mit ihr im Zimmer, aber wenigstens wollte er sie nicht vergewaltigen wie Zulkheir.

»Woher kennst du meinen Namen«, fragte sie. »Was tust du hier? Willst du mir etwas antun?«

»Was meinst du damit? So wie dieser fette Bastard? Also bitte, schau mich an!« Er fummelte an den Kokosnusshälften auf seiner Brust. »Sehe ich etwa bedrohlich aus?«

Im Versuch, soviel Abstand wie möglich zwischen sich und ihn zu legen, zog Donia sich ans andere Ende des Raumes zurück. Sie hob ihren Schleier auf und legte ihn fahrig an. Ostaz ging zu einem Sessel, wobei die Glöckchen an seinem Bauchtänzerinnenkostüm leise klingelten. Er nahm in einem Sessel Platz und achtete darauf, dass die Seidenfäden seinen Schritt bedeckten.

Donia setzte sich aufs Bett und beäugte ihn misstrauisch: »Aber man hat dich umgebracht, wir haben es alle gesehen. Der Rettungsversuch durch die Kuffar wurde vereitelt. Ihr Flugzeug wurde zerstört. Wie ... warum bist du hier?«

»Aha, die gute alte Propagandamaschine«, seufzte Ostaz. »Es tut mir leid, aber es gibt keine einigermaßen glaubhafte Art dir zu erklären, wie oder warum ich hier bin. Aber da wir wohl einige Zeit miteinander verbringen werden, erzähle ich am besten der Reihe nach.«

Donia musterte ihn still, aber voller Argwohn. Seine Ausführungen hatten nur den Effekt, dass Donia noch skeptischer dreinschaute. Was sollte dieser Irrsinn? Steckte ein Plan Zulkheirs dahinter? Oder war das echt?

»Donia, wir beide werden hier ziemlich viel Zeit miteinander verbringen, außer du verpetzt mich bei dieser Maschine. Ich hoffe natürlich, du tust das nicht. Also bitte, frag mich etwas.«

»Warum kennst du meinen Namen? Wie bist du hierhergekommen?«

»Die Ilmani haben mir von dir erzählt. Hast du gehört, wie ich aus dem Nichts in einer grünen Lichtsäule auf dem Tahrir-Platz erschienen bin? Hast du gesehen, wie ich gerade noch verschwunden bin, bevor man mich hinrichten konnte?«

Donia nickte.

»Gut, das nennt sich Teleportation. So bin ich hierhergekommen.«

»Von wo?«

»Ich verstehe, dass es ziemlich schwer ist, mir die Außerirdischen-Geschichte abzunehmen – du müsstest dazu schon ein bisschen schlicht im Kopf sein, offen gestanden. Also nur so viel: Ich wurde aus einem bestimmten Grund geschickt.«

»Um was zu tun?«

»Schwer zu sagen. Man hat mir gesagt, dass du in der Lage wärst, dieses monströse System, diesen Nizam, der das Land beherrscht, zu stürzen.«

»Was?«

»Ich weiß es auch nicht so genau. Jedenfalls soll ich dir dabei helfen. Genaueres haben sie mir nicht gesagt, und möglicherweise wissen sie es selbst nicht. Ich weiß nur, dass wir hier für die nächsten Tage festsitzen.«

»Wer sind diese Ilmani? Sind das Venezuelaner?«

Ostaz lachte. Er erzählte ihr, was er über die Ilmani wusste und was er von den Ilmani über sie wusste.

Langsam wurde Donia neugierig. »Woher weißt du das alles?«

»Die Ilmani haben es mir erzählt. Du hast sie über die Lautsprecher gehört.«

»Die Außerirdischen«, sagte Donia und zog dabei die Augenbrauen hoch.

»Du bist in diesen Schlamassel geraten, weil man dich bei der Prostitution erwischt hat?«

»Ich war keine Prostituierte«, erklärte Donia, als hätte sie jetzt erst begriffen, wie er sie bezeichnet hatte. »Ich habe in Ehen für eine Nacht eingewilligt. Das ist absolut rechtmäßig und halal.« Sie hielt kurz inne. »Wenn es stimmt, was du über diese Außerirdischen sagst, dann ...«

Aber Ostaz war mit seinen Gedanken noch woanders: »Ich habe

immer geglaubt, Angelegenheiten wie Prostitution wären in der Mitte des 21. Jahrhunderts längst legal.«

»Legal?« Donias Augenbrauen schnellten wieder nach oben. »Unzucht und Sünde? Ist es das, was die Kuffar treiben?«

»Ich kenne diese Kuffar zwar nicht, aber ja, sie sollten es treiben. Was die Menschen sowieso nie aufgeben werden, sollte man legalisieren. Etwas wie Drogen und Prostitution: Legalisieren und damit die zwielichtigen Profiteure ausschalten. Die Kartelle, die unmenschlichen Bordelle und die kriminellen Vereinigungen würden schnell verschwinden.«

Zwischen 2006 und 2011 wurden nahezu 100.000 Waffen von mexikanischen Drogenkartellen beschlagnahmt, kam Donia unwillkürlich in den Sinn. »Wenn es so einfach wäre, könnte man gleich die gesamte Kriminalität legalisieren«, sagte sie. »Es wird immer Menschen geben, die lügen und betrügen und töten wollen.«

»Ein Punkt für dich«, lächelte Ostaz. »Aber natürlich darf man nur so etwas wie einvernehmliche Sünden legalisieren, also diejenigen, wo sämtliche Beteiligten ihr Einverständnis geben. Es ist nichts Einvernehmliches daran, in deine Wohnung einzubrechen und dein Radio zu stehlen.«

Radio – dieses Wort kannte Donia nur aus dem Geschichtsunterricht, eine verbotene Erfindung, aus der Musik und Nachrichten der Kuffar strömten. Kam dieser Ostaz tatsächlich aus der Zeit, wo die Menschen Radios in ihren Wohnungen hatten? »Manchmal bringt das Leben die Menschen dazu, ihrem eigenen Missbrauch zuzustimmen«, sagte sie.

Jetzt war es an Ostaz die Augenbrauen hochzuziehen. »Ich mag dich, Donia Nour«, sagte er. »Ich mag dich.«

Donia antwortete nicht darauf, und sie schwiegen beide.

Ostaz fummelte an den Kokosnusshälften seines Kostüms. »Macht es dir etwas aus, wenn ich das Badezimmer benutze? Und vielleicht kann ich ja ein paar zweckmäßigere Kleidungsstücke finden.«

Donia zuckte die Schultern: »Tu was du willst. Ich informiere den Roboter, sobald er zurückkommt.«

»Wie du willst. Aber wenn sie mich schnappen, dann möchte ich zu meiner Hinrichtung lieber etwas Stilvolleres tragen. Da bin ich eigen.« Er betrat den Kleiderschrank und kam bald darauf mit Nachtzeug über dem Arm heraus. Wortlos ging er ins Badezimmer.

Donia roch an sich. Auch sie musste duschen. Und sie musste nachdenken. Würde sie wirklich den Butler informieren? Sie hatte noch nie einen Erwachsenen getroffen, der so offen mit ihr sprach. Er war älter, er war ein Mann, und doch sprach er mit ihr auf Augenhöhe. Entweder sagte er die Wahrheit – eine vollkommen verrückte Wahrheit –, oder er kam aus der Außenwelt, wohin sie stets hatte flüchten wollen. Vielleicht konnte er ihr helfen, Ägypten zu verlassen.

Zehn Minuten später verließ Ostaz das Badezimmer in einem engen Nachthemd, das ihm bis zu den Knien ging. Der Mann schien in der Lage zu sein, ungezwungen von einem schlüpfrigen Bauchtänzerinnenkleid in ein Kleidungsstück zu wechseln, das ihn wie den Insassen einer Irrenanstalt aussehen ließ.

»Ausgezeichneter Wasserdruck«, sagte er.

Donia räusperte sich: »Du versteckst dich im Schrank, wenn der Butler kommt?«, fragte sie.

»Selbstverständlich.«

»Und wenn er dich findet?«

»Die Ilmani sorgen dafür, dass kein Laut aus dem Schrank dringt. Aber wenn er mich schnappt, dann schnappt er mich.«

Donia erhob sich, nahm ein ähnliches weißes Nachthemd aus dem Schrank und ging zum Badezimmer. Im Türrahmen blieb sie stehen und drehte sich noch einmal um: »Du bist also gekommen, um mir zu helfen, weißt aber nicht genau, wobei?«

»Ganz genau. Wenn die Ilmani recht haben, wirst du bald die Chance haben, den Nizam mit einem Fingerschnipsen zu stürzen.«

»Mit einem Fingerschnipsen?«

Ostaz nickte. Seine Miene verriet ihr, dass er ihre Skepsis teilte.

Er schnipste mit den Fingern und sagte: »Mit einem Fingerschnipsen.«

3 | Der Wille Gottes

Als Donia in Nachthemd und Schleier aus dem Bad kam, stolzierte Ostaz immer noch durchs Zimmer. Im Schrank hatte er ein paar äußerst schlecht sitzende Hosen gefunden. Hände auf den Hüften, lief er herum und lachte spöttisch. Donia reagierte nicht. Als er sie genauer ins Auge fasste, wurde ihm klar, dass er sie zum ersten Mal als Frau wahrnahm. Irgendetwas in ihrem Gesicht – so sauber, so pur, so gelöst nach dem Waschen – vermittelte Unschuld. Sie wollte ihn partout nicht anschauen, als schäme sie sich, im Angesicht eines Mannes aus dem Bad zu kommen. Stattdessen stellte sie das Essenstablett auf den Boden und starrte auf seine Bestandteile.

»Ich kann nicht essen«, sagte sie. »Du kannst es gerne haben.«

»Danke, aber ich hatte eben noch das beste Gericht des Universums.«

Sie warf ihm einen Seitenblick zu und nickte.

Als ihm klar wurde, dass er das Mädchen mit seinem Herumtigern nervös machte, nahm er in einem der robusten Sessel Platz. Über was sollte er sich mit ihr unterhalten? Sollte er ihr alles erzählen, was er über den Nizam in Erfahrung gebracht hatte? Oder sollte er versuchen, sie besser kennenzulernen?

Donia setzte sich ans Kopfende ihres Bettes und zog die Knie an die Brust, als benötige sie einen Schutz gegen die gotteslästerliche Anwesenheit von Ostaz. Der schaute in den offenen Kleiderschrank und gab vor, die bunten Kostüme auf den Bügeln zu begutachten.

»Ich habe einmal dieses Buch von George Orwell gelesen«, begann er. »In Wahrheit hieß er Eric Blair.« Aber als er zu Donia hinschaute, war sie eingeschlafen. Auch er war müde. Er hatte keinen Jetlag, aber durch die Jahre im Raumschiff war er nicht mehr im Einklang mit der Erdenzeit. Er begab sich in den Kleiderschrank, knuffte sich aus einem Nonnenkostüm ein Kopfkissen zurecht, schloss die Tür und schlief ein.

Irgendwann weckte ihn das Brummen des hereinrollenden Roboters. Er hielt den Atem an und stemmte den Fuß von innen gegen die Kleiderschranktür. Absurd, als könnten im Ernstfall seine Wadenmuskeln die Maschine aufhalten. Aber kurz darauf zischte die Tür, und er wusste, dass der Roboter den Raum verlassen hatte.

Es musste so gegen drei Uhr nachmittags sein. Donia schien sich zu rühren. Also ging er in ihr Zimmer und fand sie im Schneidersitz auf dem Bett vor. Neben ihr stand ein frisches Tablett mit Essen – dampfende Suppe, Reis, Erbsen und Fleisch.

»Ich habe keinen Hunger.« Ihre Stimme war vom Schlaf noch ganz benommen. »Du kannst dich ruhig bedienen.«

»Ach, vielleicht ein kleiner Bissen.« Er griff nach einem Stück Brot und setzte sich ans Fußende des Bettes. Donia rührte in ihrer Suppe herum, als hoffe sie, zwischen dem dort schwimmenden Gemüse ihren Appetit wiederzufinden. Kummer und Trauer standen in ihrem Gesicht.

»Das war das erste Mal, dass ich im Schlaf natürliche Träume hatte«, sagte sie. »Ich nehme an, dass es im Norden kein Sleepvertising gibt, weil die Menschen hier alles haben.«

»Ich erinnere mich an meine erste Nacht hier. Als würde Gott höchstpersönlich mich beraten, welche verfluchte Zahnpastamarke ich kaufen soll.«

»Den Traum habe ich auch schon gehabt, immer und immer wieder. Aber jetzt fühlt es sich an, als würde mein Gehirn zum ersten Mal mir selbst gehören.« Sie überlegte kurz. »Ich bin mir nicht sicher, ob mir das gefällt.«

Ostaz mümmelte sein Brot. »So ein Gehirn ist wirklich eine obskure Angelegenheit, besonders wenn man wie ich lange weg war.«

Donia stellte das Umrühren ein. »Herr Ostaz, nicht wahr?«

»Einfach nur Ostaz. Oder Ostaz Ostaz, wenn du darauf bestehst.«

Donia atmete tief ein: »Warum hasst du Gott so sehr?«

»Hassen? Gott? Ich hasse Gott nicht.«

»Dann sag mir wenigstens, warum du den Islam hasst.«

»Ich hasse auch den Islam nicht. Nun … um der Wahrheit die Ehre zu geben, ist das Konzept des Islam nicht ganz mein Geschmack, diese ganze Idee der Unterordnung.«

»Du bist dagegen, dich dem Willen Gottes zu unterwerfen?«

»Was genau ist der Wille dieses Gottes? Ist es dir nie verdächtig vorgekommen, dass Gottes Wille so hübsch zu den Absichten der Mächtigen passt? Für die meisten Gestalten der Geschichte ist der Wille Gottes nichts anderes als eine düstere Stimme in ihrem Kopf, die die Unterwerfung der Frauen und die Auslöschung Andersdenkender rechtfertigt. Aber es ist nicht nur das. Ich finde den Gedanken der Unterordnung an sich äußerst gefährlich.«

Donia beugte sich vor und griff nach einem Stück Brot. Aber sie aß nichts, sondern begann es zu kneten. »Ich glaube, dass deine Reden gefährlich sind«, sagte sie.

Ostaz erhob sich. Lächelnd begann er auf und ab zu laufen. Mit Vorfreude spürte er, wie die Maschine hinter seinen Monologen schon begann, sich warmzulaufen. Hatte Anmut ihn nicht geradezu gedrängt, den einen oder anderen Vortrag zu halten?

»Du hast recht, sie sind gefährlich. Aber für wen? Unterwerfung bedeutet, sich der Kontrolle oder dem Urteil eines anderen zu fügen. Das heißt: Sie mindert deine Unabhängigkeit und die Fähigkeit, kritisch zu denken, die beiden größten Feinde derjenigen, die behaupten, den Willen Gottes zu kennen. Meine Gedanken sind nur für einen Staat gefährlich, der sich keine denkenden Bürger leisten kann.«

»Du glaubst also, jemand hat sich den Willen Gottes ausgedacht?«

Ostaz zuckte die Schultern: »Verkappte Schizophrene wahrscheinlich. Wenn Abraham eine Stimme hört, die ihm aufträgt, seinen Sohn zu töten, oder Moses davon überzeugt ist, dass man kleinen Jungs die Vorhaut abhacken muss, dann würden sie wie komplett Geistesgestörte wirken, wenn die Geschichte sie nicht zu Propheten erklärt hätte. Aber Geschichte wird von denen geschrieben, die ihre Kriege gewonnen haben, und die anderen, die ihre Kriege noch gewinnen müssen, brauchen ein unterwürfiges Volk, das bereit ist, auch noch an das Absurdeste zu glauben. Weshalb sonst würden sie sich ein autoritäres Regierungssystem gefallen lassen? Ohne Unterwerfung kann so ein System nicht funktionieren. Die Erfindung von …«

»Moment mal, du meinst, Gottes Wille ist nur ein raffinierter Plan, ein … Trick?«

»Ja, und sie haben diesen sogenannten Willen mit Sexualität aufgeladen, mit moralisch bedeutungslosen metaphysischen Überzeugungen wie dem Jüngsten Tag, der Frage, wie oft man betet, oder der Unversehrtheit eines Hymens. Das ist eine Verfälschung von Moral und soll nur dazu dienen, die Mehrheit von der wahren Unmoral der herrschenden Minderheit abzulenken.«

Ostaz wünschte, er hätte dies alles während seines absurden Prozesses vorgebracht. »Und genau darum geht es«, fuhr er fort. »Die Elite kann nur überleben, wenn in der Bevölkerung unterwürfige Hilflosigkeit vorherrscht. Denn unterwürfige und hilflose Bürger sind ruhige Bürger, und ruhige Bürger begehren nicht gegen die Reichen und Mächtigen auf.«

Mitten im Gehen hielt Ostaz inne und fasste Donia ins Auge. »Religion ist das, was die Armen davon abhält, die Reichen zu töten. Napoleon hat das gesagt. Sehr apart von einem zukünftigen Diktator.«

»Aber der Wille, von dem du redest, hat nichts mit dem Willen zu tun, den ich meine«, wandte Donia ein. »Ich meine etwas viel Einfacheres. Ich bin keine Heilige, aber ich habe Gottes Willen gespürt, bevor man mich angehalten hat, hilfsbereit zu sein, geduldig, fürsorglich.«

»Und du bist sicher, dass diese Stimme nicht nur dein manipuliertes Bewusstsein ist, oder einfach dein gesunder Menschenverstand, der dich auffordert, ein guter Mensch zu sein? Den Atheisten wirft man vor, sich selbst zu überschätzen, aber tun das in Wahrheit nicht die Gläubigen, die für sich beanspruchen, direkten Zugang zum Willen des Weltenschöpfers zu haben? Ich finde das verblüffend.«

Donia verstummte. Inzwischen war ihr Kleid voller Brotkrümel.

»Tut mir leid«, sagte Ostaz.

Donia schüttelte den Kopf. »Es stimmt, was du über unterwürfige und hilflose Bürger sagst. Ich verstehe das.«

Ostaz nahm sein Hin- und Herlaufen wieder auf. »Dieses ganze System hat sich in hunderten von Jahren tief in die Sprache eingegraben. Denk nur an die ständigen Phrasen in unserer Alltagssprache: *So Gott will. Möge Gott uns schützen. Es gibt keine Macht außer Gott. Möge Gott uns gnädig sein.* Religionschinesisch nenne ich es gerne, ein sprachlicher Kniff, der kaum merklich Fatalismus verbreitet. Er verstärkt den Glauben, von der Gnade eines launenhaften Tyrannen abhängig zu sein, der dich bestraft, oder eben nicht, der es dir unmöglich macht, dein Leben in die Hand zu nehmen und selbst über dein Schicksal zu bestimmen. Nichts macht fügsamer als eine Gebetsmühle, die den Menschen eintrichtert, dass sie sowieso nichts ändern können.«

Ostaz' Herz raste. Sein Körper hatte so viel Adrenalin freigesetzt, als hätte er literweise starken Kaffee getrunken.

»Ich verstehe, was du meinst«, sagte Donia. »Aber der Islam ist viel mehr als nur Unterwerfung. Du kennst den Koran, es geht auch um Barmherzigkeit gegenüber Hilfsbedürftigen, um Gerechtigkeit und Frieden und Güte. Das muss man doch respektieren und bewundern.«

»Das könnte man, wenn das Buch so etwa im Jahr 600 von einem kleinen Kaufmann geschrieben worden wäre. Es wird aber behauptet, dass jedes einzelne Wort von Gott, dem obersten, intelligentesten, moralischsten und kreativsten Geschöpf aller Zeiten, stammt. Offengestanden hätte ich von so einem Wesen etwas mehr erwartet. Wo sind die Menschenrechte? Wo findet sich die Gleichheit zwischen den Geschlechtern, wo eine klare Ablehnung der Sklaverei? Wie wäre es mit einer entschiedenen Warnung vor Krieg und Gewalt jeder Art? Und warum wird im Koran die Bedeutung der Toleranz gegenüber Menschen anderen Glaubens nicht durchgehend hervorgehoben? Weißt du, warum?«

»Weil sie nicht den richtigen Glauben haben.«

»Falsch. Weil Religionen nur durch Intoleranz Jahrhunderte hinweg bestehen können. Schau dir die Geschichte an: Die Religionen, die die Welt erobert haben, sind diejenigen, die darauf bestehen, die einzig wahre Religion zu sein. Die flexibleren spirituellen Religionen, wie die der Aborigines, sind fast komplett verschwunden. Sie konnten mit der Intoleranz nicht konkurrieren, dem Genussmittel, das die Religionen unter die Leute bringen.«

Ostaz ließ sich in einen Sessel fallen. »Tut mir leid, Donia«, grinste er, »aber als Buch, dass die Menschen für alle Zeiten und an allen Orten lenken soll, ist es einfach nicht gut genug. Vor 1400, nein 1500 Jahren mag es fortschrittlich gewesen sein, aber um es heutzutage ernst zu nehmen, ist sein Begriff von Moralität viel zu retro.«

Donia massierte mit kreisförmigen Bewegungen ihre Schläfen, als wolle sie ihrem Gehirn dabei helfen, das Gehörte zu verdauen. Seufzend sagte sie: »Du denkst also, man kann auch ohne Gott moralisch handeln? Aber woher weiß man dann, was richtig und falsch ist?«

Ostaz klatschte in die Hände: »Jetzt geht's ans Eingemachte, stimmt's?! Meine Moral entstammt der Antwort auf eine ganz simple Frage: Welche Eigenschaften und Einstellungen benötigen die Mitglieder einer Gesellschaft, wenn sie miteinander auskommen und – idealerweise – persönlich und kulturell gedeihen wollen? Du wirst sehen, es gibt keine Alternative: Geduld, Mitgefühl, Gleichheit, Einfühlungsvermögen und Versöhnlichkeit sind neben ein paar anderen Werten nötig, wenn eine Gesellschaft sich gut entwickeln soll. Man braucht dazu keinen göttlichen Kommandeur, der irgendwelche Ansagen macht.«

»Aber wenn niemand sich vor Gott fürchtet, was soll einen dann abhalten, seine Eide zu brechen und unmoralisch zu handeln?«

»Nun ja, wann hat Gottesfurcht Menschen je davon abgehalten, zu lügen, zu betrügen und zu morden? Davon abgesehen, wenn ich Leuten nur deshalb traue, weil ich mich darauf verlasse, dass sie Angst haben, legt das nahe, dass sie im Innersten keine guten Menschen sind. Ich meine, wer ist der Moralischere? Jemand, der einem Ertrinkenden aus freien Stücken hilft oder derjenige, der Angst hat, sonst bestraft zu werden?«

Donia schwieg. Sie rührte die Erbsen unter den inzwischen kalt gewordenen Reis und nahm einen Bissen. Sie schien ein wenig durcheinander zu sein und sagte mehr zu sich: »Welchen Sinn soll denn ein Leben ohne Gott haben?«

»Es gibt so viel, Donia. Es gibt Musik, Literatur, Philosophie, Theater und Kunst ... es gibt Freundschaft, Familie und Essen – jede Menge Essen! Auf diesem Planeten kann man einiges erleben und entdecken. Von den anderen Planeten ganz zu schweigen. Man kann so vieles erreichen und in den Sand setzen. Es gibt den menschlichen Geist, das Mysterium des Bewusstseins ... Sex! Alles ziemlich wichtige Dinge.«

Beim Wort »Sex« errötete Donia. Sie stocherte noch ein wenig in ihrem Essen herum. »Und warum gibt es dann so viele Gläubige? Obwohl sie falschen Religionen angehören, leben sogar im Rest der Welt Menschen, die glauben.«

»Und wenn eine Milliarde Menschen an einen riesigen, unsichtbaren Elefanten mitten im Atlantik glaubt? Macht ihre Zahl die Existenz des Elefanten überzeugender? Am Glauben ist absolut nichts Natürliches. Wenn der Glaube an Gott etwas Natürliches wäre, warum verwenden dann gewisse Einrichtungen so viel Zeit darauf, ihn den Kindern – und den Erwachsenen – einzurichten?

Denk an den Religionsunterricht, das Auswendiglernen, die Predigten, den Drill und an die Strafen für diejenigen, die anderer Meinung sind. Wenn die Existenz Gottes so offensichtlich wäre, gibt es dafür keinen Grund.«

Stundenlang ging es so weiter. Donia fand Gründe, an Gott zu glauben, Ostaz versuchte dagegenzuhalten. Er war beeindruckt. Das Mädchen war hartnäckig und für eine Prostituierte, die ihr ganzes Erwachsenenleben mit dem Zählen von Punkten verbracht hatte, erstaunlich philosophisch veranlagt.

Während sie diskutierten, brach die Dämmerung herein. Sie hatten es sich auf dem Bett gemütlich gemacht und jedes Zeitgefühl verloren. Als Donia versuchte zu argumentieren, dass sie durch ihren Glauben letztendlich nichts zu verlieren hatte, hörte Ostaz das Zischen der Tür. Essen, dachte er, sprang auf und versteckte sich hinter dem Kopfteil des Bettes.

Der Robo-Butler rollte herein, setzte unbeirrt sein Tablett auf dem Nachttisch ab und verschwand.

»Das war knapp«, sagten beide gleichzeitig.

In den folgenden Tagen schlief Ostaz im begehbaren Kleiderschrank. Jede Nacht hörte er sie in ihr Kopfkissen weinen. Sie teilten sich die Mahlzeiten, Ostaz erzählte ihr mehr über die Ilmani, und sie setzten ihre Gespräche fort. Er war sich nicht sicher, aber er hatte das Gefühl, dass Donia angefangen hatte, seine Geschichte mit der Zeitreise zu akzeptieren.

Am Ende des vierten Tages bemerkte Ostaz, dass sie ohne Schleier aus dem Bad kam. »Ein Schleier ist etwas für anständige Frauen«, erklärte sie. »Aber es ist nichts Anständiges daran, sein Zimmer mit einem fremden Mann zu teilen. Wenn der Anblick meiner Haare dich plötzlich zu einer wilden Bestie macht – na ja, du bist vermutlich nicht so wie andere Männer.«

Ostaz lächelte. Sie war wirklich sehr schön. Und ihr Haar hatte zweifellos etwas für sich, sein Geruch, wie es fiel und ihr Gesicht anmutig umrahmte. Er konnte nicht leugnen, dass Haare eine gewisse erotische Ausstrahlung hatten, aber eine erzwungene Bedeckung vergrößerte den sexuellen Aspekt unangemessen.

»Was wirst du machen, wenn er nach dir ruft?«, fragte er.

Donia schüttelte den Kopf. »Ich habe keine Angst vor dem üblichen Missbrauch, ich bin daran gewöhnt. Ich mache mir eher Sorgen, dass er nicht einmal darauf aus ist. Er will Rache. Man kann es in seinen grausamen Augen lesen. Sein Gesichtsausdruck, als er herausfand, dass ich nicht unberührt bin – ich habe in einem Gesicht noch nie eine solche Drohung gesehen.«

»Wir müssen überlegen, wie wir dich hier rauskriegen.«

»Und deine außerirdischen Freunde? Wenn es sie gibt, warum bringen sie uns dann nicht hier raus?«

»Ich fürchte, das werden sie nicht tun. Sie haben mir erklärt, es sei – ich zitiere – alles vorbereitet, damit die ganze Sache in die Luft fliegt.«

»Dann können wir nichts tun, solange ich in diesem Raum gefangen bin.«

Die beiden verfielen in Schweigen. Am Abend erzählte Donia von ihren Fluchtträumen, den Schleppern mit ihren Booten, der Razzia auf dem Dunklen Markt und dem Internet. Ostaz hörte zu, äußerte sich aber nicht weiter. Später legte er sich im Kleiderschrank schlafen und fragte sich, was die Ilmani wohl von ihm erwarteten. Es gab noch so viel, was er ihr über den Nizam nicht erzählt hatte. Aber verglichen mit ihrem Streitgespräch, schienen ihm diese Dinge fast belanglos zu sein. Er schlief ein.

Stunden später wurde er vom Geräusch der Tür geweckt.

»Der Meister will dich sehen«, sagte der Butler. »Wasch dich und folge mir.«

Ostaz fühlte sich hilflos. Er überlegte kurz, die Maschine aus dem Weg zu räumen und mit Donia zu flüchten, aber was sollte das bringen? Und wohin sollten sie gehen? Wenn man sie erwischte, war jede Chance, ihr später behilflich zu sein, verspielt. Er musste sich beherrschen. Er hörte Donias schnelle Schritte ins Badezimmer. Ein paar Minuten später zischte die Eingangstür erneut. Ostaz machte eine Faust und fluchte leise. Er hätte ihr wenigstens sagen sollen, was sie mit den Pyramiden angestellt hatten.

4 | Die Politik der Neo-Scharia ⤛⤜

Als Donia zurückkehrte, hatte sie die Zahl 2360 erreicht. Sie hatte in dem Moment zu zählen begonnen, als Zulkheir vor ihr stand. Das Zählen ließ ihren Geist den Körper verlassen, wie ein Kapitän das sinkende Schiff. Ostaz trat mit besorgter Miene aus dem Kleiderschrank. Sie blickten sich wortlos an, und Donia bemerkte seine Unsicherheit. Er wusste nicht, wie er ihr helfen sollte. Sie hätte ihm sagen können, alles wäre in Ordnung, humpelte aber stattdessen ins Badezimmer. Sie hörte noch, wie er etwas vor sich hin murmelte.

Im Bad begann das Scheuern. Die barthafte Rauheit des Schwammes beschwörte Erinnerungen herauf, die noch nicht verarbeitet waren. Doch während sie Schicht um Schicht ihrer befleckten Haut abrubbelte, blinzelten auch ihre inneren Augenlider die Bilder weg: Das weitläufige Zimmer mit seinen Seidentapeten. Der mit immensen Matratzen ausgelegte Fußboden: blinzel, blinzel, löschen.

In der Tür stehen und gezwungen werden, ihn mit schmachtender Kleinmädchenstimme zu rufen: blinzel, blinzel, löschen.

Eine Brust freilegen, um ihn anzulocken: blinzel, blinzel, löschen.

Der Schlag ins Gesicht, als sie nicht gehorchen will: blinzel, blinzel, löschen.

Ihn bei der Hand in den Raum führen und entkleiden: blinzel, blinzel, löschen.

Seine Wut, weil er versagt und der Fausthieb in ihren Magen – das Gefühl nie wieder einatmen zu können: blinzel, blinzel, löschen.

Sie wusste, dass sich diese Bilder niemals wirklich löschen ließen. Man konnte sie nur wegsperren. Aber auch was weggesperrt war, brach manchmal aus.

Als auf ihrer wundgescheuerten Haut die blauen Flecken der Blutergüsse wie Kleckse eines expressionistischen Gemäldes auftauchten, kamen die Tränen.

Tränen und Blutergüsse: blinzel, blinzel, löschen.

Als sie das Badezimmer verließ, saß ein gebeugter Ostaz auf dem Bett. Seine Schulterblätter drückten sich durch den Stoff des Nachthemds.

»Du bleibst besser im Kleiderschrank«, sagte sie. »Der Butler wird mich bald wieder holen.«

Seine Nasenflügel bebten. Er sprang auf, schaute sie an, sagte aber nichts.

»Nicht so schlimm«, beruhigte sie ihn. »Ich soll heute Morgen beim Bedienen der Gäste helfen. Wenigstens kann ich dabei das Haus erkunden.«

Sie griff sich eine schlichte weiße Dschellaba, bedeckte ihr Haar und zog sich um, während Ostaz im Kleiderschrank hockte. Der Robo-Butler erschien zehn Minuten später.

Als die Aufzugtür sich dieses Mal öffnete, schien sie sich im Zentrum der Sonne zu befinden. Maßlos glänzendes Gold umspielte einen kreisrunden Empfangsbereich wie Lava, formte sich zu königlichen Sesseln, Tischen und Behängen. Geschliffene Fensterschlitze ließen goldenes Licht von außen herein. Hoch oben thronte mit beeindruckendem Prunk eine Kuppel aus Goldkacheln. Nur die Marmorböden waren schwarz, doch als Donia dem Robo-Butler durch die weiträumige Lobby folgte, hinterließen ihre Füße goldene Abdrücke. Sie folgten ihr kurz, verwandelten sich dann in das Wort *Allah* und verblassten.

Bis zum Jahr 2010 wurden weltweit 166.000 Tonnen Gold geborgen, hatte Donias Buch der Fakten behauptet. Alles, was sie brauchte, war ein Kilogramm, damit ihr Traum wieder in greifbarer Nähe wäre. Und hier gab es unzählige Kilos davon, genug für sie und Ostaz, um ein ganzes Boot zu chartern.

In der Mitte des Rondells wurde eine Goldskulptur präsentiert: Die zwei Schwerter der Mogamma, so groß wie Donias Kopf. Sie brauchte sie nicht einmal hochzuheben, um zu wissen, dass sie mehr wog als weitere 100 Hochzeiten hätten einbringen können.

»Die Gäste werden jeden Moment eintreffen«, sagte die Maschine. »Hier lang zum Servicetrakt.«

Donia zählte mindestens ein halbes Dutzend Flure, die aus der Lobby führten. Sie wurde zu zwei Türen gebracht. Die rechte führte in einen rechteckigen, sonnendurchfluteten Salon mit niedrigen Sofas. Links befand sich ein kleinerer, schattiger Raum mit Blumentapeten in Rosa und Grün.

»Hier halten sich die Frauen auf«, sagte der Roboter. »Die bedienst du nicht. Der größere Empfangsraum ist für die Männer, denen du gehorchen wirst.«

Ein goldener Vorhang hing zwischen den Türen. Der Robo-Butler zog ihn beiseite: »Und du bleibst hier.« In dem kleinen, dunklen Raum befand sich ein flackernder Bildschirm. Sie registrierte, dass der Vorhang von innen durchsichtig war.

»Die Gäste sollen von deiner Anwesenheit so wenig wie möglich mitbekommen«, erklärte der Butler. »Über das Lautsprechersystem hörst du die Gäste reden. Du wartest, bis man dich ruft. ›Abeed‹ ist der Standardname. Du nimmst die Bestellung auf, kommst hierher zurück und gibst sie in den Terminal ein. Die Bestellung wird automatisch zubereitet und hier hergeschickt.«

Donia schaute sich den Bildschirm genauer an. Er bot eine endlose Liste an Auswahlmöglichkeiten, von Kaffee und Besteck bis zu Handtüchern und scharf angebratener Ente.

»Gib ihre Wünsche ein«, sagte der Butler und zeigte auf ein Tablett, über dem sich eine Rohrleitung befand, »und die Bestellung wird augenblicklich hier erscheinen. Normalerweise würde ergebener Diener sich selbst darum kümmern, aber manchmal ziehen die

Zulkheirs menschliches Personal vor. Du bleibst hier, ich habe andere Pflichten.« Er rollte hinaus und steuerte einen der Korridore am anderen Ende der Lobby an.

Donia linste durch den Vorhang. Niemand zu sehen. Sie atmete tief durch, schlich in die leere Lobby und horchte auf sich nähernde Schritte. Doch hier herrschte nur die ebenso majestätische wie unhörbare Präsenz von Gold. Ihrem Instinkt folgend, huschte sie auf Zehenspitzen einen der Korridore entlang und entdeckte ein Treppenhaus, das nach unten führte. Sie nahm zwei Stufen auf einmal. Unten fand sie eine offene Tür. Es handelte sich um eine Art Kontrollraum, der mit surrenden Bildschirmen ausgestattet war. Hier kam sie nicht weiter, aber irgendetwas an den flackernden Bildern erregte ihre Aufmerksamkeit. Sie trat näher und sah elektronische Grafiken jeder Art, Daten, die von rechts nach links liefen, Zahlen, Linien, Balken. In dem Datenwust fiel ihr etwas ins Auge: *Gesamtzahl Gute-Taten. Registrierte Gebetskabinennutzung Mittelägypten – täglich. Umsatz via Schariatainment. Durchschnittliche Arbeitsschichten Südägypten.*

Die wichtigsten Zahlen blitzten auf dem zentralen Bildschirm auf. *Wahrscheinlichkeit einer offenen Rebellion: 1.3%, Zunahme: >0,6% Oktober–November 2048*

Donia betrachtete eine Konsole zu ihrer Rechten. *Nationales Rundfunksystem* war dort zu lesen. Sie fuhr mit dem Finger über einen roten Knopf, und auf dem Bildschirm erschien: *Zugang zu öffentlicher Predigt eingeleitet. Bitte wählen Sie die Region.* Donia biss sich auf die Unterlippe und drückte hektisch mehrere Knöpfe, bis der Bildschirm wieder schwarz wurde. Zwei Regler waren mit *Mitte* und *Süden* beschriftet.

Holografisch waberte ein grüner Ball über dem Pult. Donia berührte ihn mit der Hand. Sofort erschein das Wort *Suche*, und eine virtuelle Tastatur wurde bereitgestellt. Sie drückte den Buchstaben »B«. Auf der Stelle erschienen Millionen von Suchergebnissen, alle ins Arabische übersetzt.

Sie hatten also Internet. Genau in dem Moment, als sie mit ihrer dringlichsten Suche beginnen wollte, hörte sie Begrüßungsfloskeln. So schnell wie möglich lief sie wieder nach oben.

Zulkheir führte vier Besucher ins Wohnzimmer für Männer. Einer von ihnen war deutlich jünger als die anderen, sein Bart war noch ganz dünn.

Sobald sie außer Sicht waren, schlich Donia weiter. Kaum hatte sie die Lobby betreten, entdeckte sie zu ihrer Linken fast zwanzig voll verschleierte Frauen. Alle trugen Schwarz und starrten sie durch ihre Sehschlitze an. Wie bei Athleten, waren ihre Nikabs vorne mit großen, weißen Zahlen beschriftet. Sie sah viermal die Eins und die gleiche Anzahl an Zweien, mehrere Dreien und mindestens eine Vier. Unter den Nummern standen Namen, und Donia konnte bei Dreien den Namen Zulkheir ausmachen.

Die Frauen standen mitten in der Lobby, bewegungslos, sprachlos, als ob sie durch den Anblick eines wilden Tieres gelähmt seien und es nicht weiter reizen wollten. Donia gelang nur eine halbherzige Geste der Entschuldigung, dann huschte sie hinter den goldenen Vorhang des Servicetrakts. Über Lautsprecher konnte sie hören, wie die Männer immer noch formelle Begrüßungen austauschten. Durch den Vorhang sah sie, dass die Frauen schweigend in ihrem Aufenthaltsraum verschwanden. Kurz darauf stand der Robo-Butler neben ihr.

»Du bist herumgelaufen.«

Donia schüttelte den Kopf. Über den Lautsprecher links von ihr konnte sie die gedämpften Stimmen der Frauen hören. Sie sprachen über ihre Häuser.

»Dein drittes Haus in diesem Jahr?«

»Ich glaube, das fünfte.«

»Ich liebe es, was du mit dem Gold gemacht hast.«

Aus einem anderen Lautsprecher ertönte der Befehl: »Abeed!«

»Geh auf der Stelle«, sagte die Maschine. »Ich kümmere mich um die Frauen.«

Donia schob den Vorhang beiseite und betrat den angrenzenden Salon. Inzwischen hatten die Männer Platz genommen. Alle drehten sich nach ihr um und begutachteten ihren Körper von Kopf bis Fuß. Alle außer Zulkheir.

»Ach, eine Neue, Scheich Zulkheir«, sagte der älteste Mann, dessen Hals von einer bionischen Nackenstütze gehalten wurde. Wenn er sprach, hörte es sich wie ein verlängertes Froschquaken an, als würden die Wörter seinen Mund zwar verlassen, die Lungen dabei aber einatmen. »Viel besser als die alte. Was ist mit der passiert?«

»Mein Onkel brauchte eine Leber«, sagte Zulkheir. »Aber lasst Euch durch dieses Engelsgesicht nicht täuschen, mein lieber Scheich Wahbi. In der hier steckt die Seele eines Dämons. Doch die werden wir ihr bald austreiben.« Die Männer lachten, obwohl Zulkheir sie mit tödlichem Ernst anstarrte.

Donia fragte sich, ob auch Waleedas Herz an einen von Zulkheirs Verwandten gegangen war. Sie biss die Zähne zusammen, und versuchte ihre Tränen zu unterdrücken. Am liebsten hätte sie alle Männer hier erstochen, ihnen die Herzen rausgerissen und in ein großes Feuer geworfen.

Zulkheir betupfte seine Zebibah mit einem Taschentuch und befahl: »Bring uns Kaffee.« An seine Gäste gewandt, sagte er: »Viel Zucker, meine Herren? Wir wollen uns unter Strom setzen, bevor wir zum Yachthafen gehen.«

Donia zog sich zurück, gab »Kaffee« in den Terminal ein und wählte »extra Zucker« aus. Sekunden später senkte sich aus der Rohrleitung eine Kaffeetasse aus Metall herab. Während sie auf die weiteren vier Tassen wartete, hörte sie, wie die Männer über sie sprachen. Einer von ihnen fragte: »Ist sie im Bett so zimperlich, wie sie aussieht?« Es war wieder die quäkende Stimme.

»Ach, Scheich Wahbi, lassen Sie uns über solche Sachen nicht vor Ihrem Enkel sprechen.«

»Nein, nein, er ist volljährig. Mahmoud hat unsere Jawari in der letzten Woche sicher ein dutzend Mal gehabt.« Die Männer lachten wieder selbstgefällig.»Nein, von den Freuden der Liebe versteht er etwas, aber wenn es um Politik und die Neo-Scharia geht, dann hat er das Hirn einer Frau.«

Donia betrat den Salon. Sie senkte den Blick und setzte das Tablett mit dem Kaffee auf einem niedrigen Tischchen ab.

»Soll ich warten?«, fragte sie so leise wie möglich.

Zulkheir blickte sie nicht an, sondern wies nur mit einem Finger auf die Tür. Sie verstand und zog sich in den Servicetrakt zurück. Der Robo-Butler orderte gerade Tee. Er beachtete sie nicht. Per Lautsprecher hörte Donia, wie die Frauen sich über Kleidung unterhielten.

»Die neue Nikab-Kollektion, die mein Mann mir gekauft hat, kommt mit einem Nano-Air-Condition-System. Es ist gleich in den Stoff eingewebt«, schwärmte eine.»Das ist ganz herrlich.«

Donia ignorierte den Lautsprecher der Frauen und konzentrierte sich auf die Männer.»Bitte, Scheich Zulkheir«, sagte einer von ihnen,»flößen Sie dem Jungen ein wenig Verstand ein. Geben Sie ihm etwas von Ihrer Weisheit ab, er hat nur Unsinn im Kopf.«

»Was höre ich da, Junge?«

»Ich bin nur neugierig.« Die Stimme klang nach gerade überstandenem Stimmbruch.»Ich habe noch nie wie Ihre Eminenz die südlichen Provinzen besucht. Ich würde gerne mehr darüber erfahren.«

»Ist dem so? Und wie soll ich dich ins Bild setzen?«

»Ich möchte den Gedankengang hinter der Klassentrennung verstehen, beispielsweise, warum die im Süden ihre Zeit mit Graben vergeuden, und die meisten Leute in der Mitte sinnlose Jobs haben, die jede Maschine besser erledigen kann.«

Donia hörte Zulkheir murmeln:»Im Namen Gottes, des barmherzigen Erbarmers.« Dann räusperte er sich und sagte:»Du musst noch viel über den Nizam lernen, mein Junge. Ein Blick auf die Geschichte des Klassenkampfes genügt, damit du verstehst, wie klug die Neo-Scharia operiert. Weißt du, es hat immer Menschen von niedriger, mittlerer und hoher Qualität gegeben, das liegt in der Natur der Sache. Das Problem ist nur, dass diese drei Kasten stets miteinander in Konflikt gerieten.«

Ein lautes, schlürfendes Geräusch, dann fuhr Zulkheir fort: »Mit Gottes Hilfe löste der Nizam das Problem, indem er für jede Klasse eine separate Provinz schuf. Die Durchführung erwies sich als recht einfach. Die Kuffar unternahmen nichts gegen das Ansteigen des Meeresspiegels, was zur Folge hatte, dass die meisten Arbeiter im Norden sich sowieso in Richtung Süden zurückzogen. Parallel dazu waren die Höhergestellten in Kairo der anstrengenden und krankmachenden Stadt überdrüssig. Es verlangte sie nach frischer Seeluft und Privatsphäre. Im Süden gab es eine hohe Prozentzahl an Menschen aus der Unterschicht. Sie konnten gleich dableiben. Als der Nil sich in Mittelägypten zurückzog und die Böden immer unfruchtbarer wurden, brauchten die Bewohner Arbeit, die es im Süden zur Genüge gab. Er war voll mit Tempeln und Grabstätten aus den Zeiten der Götzenverehrung – man musste sie nur finden.«

»Aber das ist es, was ich nicht verstehe, Eure Eminenz«, sagte der junge Mann. »Warum verbringen diese Leute ihr Leben damit, nach diesem Teufelszeug zu graben? Maschinen wären doch viel geeigneter?«

Zulkheir und die anderen Männer schmunzelten. »Und was sollen die Leute stattdessen tun? Die Unterklasse ist für andere Arbeiten gar nicht ...«

»Sie könnten doch ...«

»Man unterbricht einen Älteren nicht«, tadelte Scheich Wahbi.

»Schon gut«, sagte Zulkheir. »Schließlich sind das komplizierte Angelegenheiten. Aber was du verstehen musst, mein Junge, ist, wie elegant der Nizam hier zwei Fliegen mit einer Klappe schlägt: Wenn die Maschinen das Graben übernehmen, gibt es Millionen von Arbeitslosen, die nichts anderes im Sinn haben, als über ihre Lebensumstände nachzudenken. Und wenn sie erst einmal zu denken anfangen, werden sie Forderungen stellen. Und wenn sie Forderungen stellen, werden sie bald enttäuscht sein. Das Graben hält sie beschäftigt.«

Langes Schweigen, dann hörte Donia ein weiteres Schlürfgeräusch.

»Noch wichtiger ist es aber, dass das Graben ihrem Leben emotionalen und moralischen Sinn verleiht«, sagte Zulkheir. »Sie reinigen das Land von den Götzen, damit Gott ihnen gnädig ist. Ein hohes Ziel anzustreben, das ist das Entscheidende. Ihr Leben mag ihnen hart vorkommen, aber die Vorstellung, dass Gott sie im Jenseits belohnt, richtet sie wieder auf. Und, natürlich, wenn ihnen alles zu viel wird, können sie sich immer noch damit trösten, dass ihre Kinder hier im Norden einen Vormund finden. Für einen jungen Spund ist das noch zu hoch, aber du wirst lernen, dass dies das barmherzigste und großzügigste Gesellschaftssystem für diese Leute ist.«

Donia lauschte Wahrheiten, die sie tief im Innern immer schon gekannt hatte – wie bei der Großen Nationalwahl. Sie wusste, dass sie eine Farce war, aber dieses Wissen hatte sich zusammen mit dem unaussprechlichen Bild und ihren anderen unerwünschten Gedanken in die dunklen Ecken ihrer Psyche verkrochen. Nun wurde ihr klar, wie hart der Nizam daran arbeitete, diese Ecken unzugänglich zu halten. Und jetzt, da sie so unverhofft Zugang erhielt, war sie tief verstört.

»Könnte man sagen, dass wir aus dem Norden den Süden erobert haben?«, fragte der junge Mann.

»Was meinst du damit?«

»Ich habe gelesen, dass die alte Scharia Sklavenhaltung nur dann erlaubte, wenn ein muslimisches Land ein nicht-muslimisches eroberte. Dürfen wir die Menschen im Süden wie Sklaven halten, weil uns der Süden gehört, weil ihr Land mit Götzenbildern übersät ist und ihr Glaube nur schwach ausgeprägt?«

»Der Junge ist gar nicht so dumm, Scheich Wahbi«, sagte Zulkheir.

»Aber was ist mit der Mehrheit in Mittelägypten?«, hakte der junge Mann schnell nach. »Auch deren Arbeit könnte von Maschinen viel besser erledigt werden. Warum verschwenden sie ihr Leben mit sinnlosen Tätigkeiten?«

»Die Leute aus der Mitte sind etwas komplexer, mein Junge.« Ein anderer Mann sprach jetzt, eine neue Stimme, die sämtliche betonten Silben eines Wortes mit speichelspritzender Präzision akzentuierte. »Auch die muss man auf Trab halten. Wenn sie mit ihrer Zeit nichts anzufangen wissen, fangen sie möglicherweise ebenfalls an zu denken. Obwohl ihre Berufe nutzlos sind, werden sie dennoch mit den nötigen Geldmitteln versorgt, um sich gewisse Träume zu erfüllen. Der große nordägyptische Traum lässt sie einkaufen und konsumieren. Zusätzlich werden sie durch die Angst motiviert, in den Süden abgeschoben zu werden. Diesen Gefallen tut uns der Süden nämlich auch noch: Er hält die Mehrheit in Mittelägypten in Schach.«

»Siehst du jetzt die Weisheit des Nizam?«, sagte Scheich Wahbi.

»Ja«, antwortete der junge Mann. »Nur eines noch – die Sache, die mir niemand erzählen will.«

»Und das wäre?«, fragte Zulkheir.

»Woher kommt alles? Sämtliche Bürger arbeiten in Berufen, die in Wahrheit überhaupt nichts produzieren. Woher kommt dann alles, was wir haben? Wer stellt die Dinge her? Ich möchte wenigstens verstehen, wer die Maschinen baut, die unsere Güter produzieren. Wo stehen all die Fabriken, Eminenz?«

Die Männer lachten laut auf. »Du bist noch nicht einmal 16, mein Junge«, sagte Zulkheir. »Allah schenkte Ägypten Wohlstand im Überfluss, aber das Geheimnis seiner Herkunft ist nur den Oligarchen bekannt. Niemand sonst darf es kennen. Die Neo-Scharia verlangt, dass sogar ein Oligarch in die *Quarantäne für verlorene Seelen* verbannt wird, sollte er dieses Geheimnis je lüften.«

»Wie oft muss ich dir das noch sagen, Mahmoud?«, quäkte die Stimme von Scheich Wahbi. Der Junge antwortete nicht.

Allahs Geheimnis? Donia war verwirrt. Die Fabriken waren doch automatisiert und arbeiteten rund um die Uhr in der westlichen Wüste, oder nicht?

»Abeed!«

Donia nahm Haltung an und begab sich in den Salon.

»Nimm diese Tassen und fort mit dir!« Sie tat, was man ihr befohlen hatte, senkte den Blick und verließ das Zimmer. Zurück im Servicetrakt hörte sie, wie die Männer sich stöhnend erhoben.

»Vorwärts, ihr Frauen«, rief einer von ihnen.

Auf der Stelle verließen die Frauen eine nach der anderen ihren Raum. Mit gesenktem Kopf trippelten sie ihren gebieterisch ausschreitenden Männern durch die Lobby hinterher. Nur Zulkheir blieb zurück. Er starrte auf den goldenen Vorhang, als könne er durch ihn hindurch direkt in Donias Augen blicken. Mit der rechten Hand gab er ein Zeichen, und der Butler rollte sofort zu ihm.

»Du begleitest uns zum Fuhrpark. Dann bringst du Abeed nach unten. Sie bleibt bis zum Abendgebet dort. Kein Essen. Ich will sie hungrig, und ich will, dass sie das rosa Ballerinakostüm trägt. Darin wird sie in meinem Privatgemach bis zu meiner Rückkehr warten.«

Die Maschine neigte sich wie in einer Parodie auf eine Verbeugung nach vorn, folgte dann den Gästen nach draußen. Zulkheir verweilte noch kurz und schaute den Vorhang mit eisig kaltem Gesichtsausdruck an. Donia kam es vor, als habe er mit ihrem Lauschen gerechnet. Er schien zu wissen, dass alles, woran sie geglaubt hatte, in Scherben gegangen war. Und wie es aussah, erfüllte ihn dieses Wissen mit Wollust.

Er drehte sich um und ging.

Donia verschwendete keine Zeit. Sobald Zulkheir in einem der Flure verschwunden war, rannte sie nach links und lief die Treppe zum Kontrollraum hinunter. Mithilfe der holografischen Tastatur gab sie *Ägypten verlassen + Boot* ein. Sie klickte auf das erste Ergebnis. Diverse Fahrpläne füllten den Bildschirm. Sie überflog sie, suchte nach irgendetwas, das wie ein Abreisehafen aussah. *Gezirat Halaib* tauchte mehrfach auf. Donia wusste, dass die Stadt am Roten Meer lag, südöstlich der ägyptischen Grenze. Sie versuchte etwas anderes und gab *Nordägypten + Boot* ein. Beim Anklicken der ersten drei Ergebnisse erschien immer dieselbe Angabe:

Abfahrt 20. November 2048, 3 Uhr. Ort: Drei Kilometer östlich der libyschen Grenze. 1 kg Gold pro Person.

Welcher Tag war heute? Sie suchte den Bildschirm ab und fand das Datum in der rechten unteren Ecke: 15. November.

Fünf Tage. Aber wie lange brauchte man, um zur libyschen Grenze zu gelangen? Und wie kam sie hier raus?

Hinter ihr ertönte ein elektrisches Surren. Der Robo-Butler hüpfte die letzten beiden Stufen herab, hob einen Arm und wies auf sie.

»Du wirst mir folgen«, sagte er.

Donia wischte mit einer Hand durch das Hologramm. Es flackerte und verschwand.

»Tut mir leid, ich habe mich verlaufen.«

»Ergebener Diener wird dies dem Meister melden. Mitkommen jetzt.«

Der Butler hoppelte die Treppe wieder hoch, Donia folgte ihm auf ihr Zimmer. Als die Tür sich hinter ihr schloss, trat Ostaz aus dem Kleiderschrank.

»Alles in Ordnung?«

»Wir kommen hier raus«, sagte sie. »Heute.«

5
Flucht ❦

Donia griff sich einen Stuhl, stellte ihn neben das Bett und stieß ihn so um, dass er auf die hinteren Stuhlbeine fiel. Sitz und Rückenlehne waren aus Plastik, die Beine aus solidem Holz. Sie stieg aufs Bett und sprang mit aller Kraft auf eines der Stuhlbeine. Es fiel nicht ab.

Stattdessen kippte der Stuhl zur Seite. Donia verlor die Balance. Sie stolperte auf Ostaz zu, der sie auffing und sagte: »Eine Erklärung, bitte.«

Atemlos keuchte sie: »Der Butler soll mich bei Sonnenuntergang abholen. Wir müssen ihn mit den Stuhlbeinen angreifen. Oben gibt es eine goldene Statue, die wir mitnehmen können. Wir haben fünf Tage Zeit, um bis zur libyschen Grenze zu kommen.«

Ostaz lauschte aufmerksam, als Donia ihm berichtete, was sie gehört und im Internet gelesen hatte. Nachdem sie fertig war, hob er den Stuhl auf und setzte sich darauf.

»Nur ein paar Tage vor meiner Entführung habe ich ein Buch gelesen«, sagte er. »Es war ein englischer Roman, er hieß *1984*. Es gab darin eine etwas paradoxe Stelle, über die du meines Erachtens nachdenken solltest: ›Solange ihr Bewusstsein nicht erwacht, werden sie niemals rebellieren, und solange sie nicht rebelliert haben, wird ihr Bewusstsein nicht erwachen können.‹«

Ostaz atmete tief ein und fixierte Donia. »Wir beide haben – jeder auf seine Art – schon rebelliert. Unser Bewusstsein ist erwacht. Deswegen tragen wir Verantwortung. Wir müssen dafür sorgen, dass bei anderen ebenfalls das Bewusstsein erwacht, und das erreicht man nicht, indem man wegläuft.«

Donia überlegte eine Weile, sagte dann: »Wir können das System nicht besiegen, Ostaz. Sie haben die Leute mundtot gemacht. Sogar wenn sie die Organe von Menschen zu ihrem Eigentum erklären, kommen sie ungestraft davon. Sie können damit machen, was sie wollen. Sie ernten sie wie Früchte oder benutzen sie für ihre Perversionen. Wie soll so ein Sklave auch nur den Hauch von Bewusstsein entwickeln?«

Ostaz strich bedächtig seinen Schnurrbart glatt. »Die Sklaverei hat nie aufgehört zu existieren«, sagte er schließlich wie zu sich selbst. »Hier nehmen die Reichen den Armen die Organe weg, aber zu meiner Zeit war das auch nicht viel anders. Die Armen sind immer schon mehr oder weniger nur als Gefäß für Organe betrachtet worden, Gefäße, die von den Reichen dazu benutzt wurden, für ein paar Kröten ihre Villen und Straßen zu bauen. Und statt ihre Körper auszuweiden, beuteten sie so lange ihre Arbeitskraft aus, bis nur noch leere Behälter übrigblieben. Sie bedienten sich ihrer Innereien auf dieselbe Weise, wie man es hier tut, nur schleichender und umfassender. Warum die Arbeiter nicht kündigten? Kündige und sieh zu, wie deine Familie verhungert? Das ist keine Option. Nein, es gibt da keinen großen Unterschied zum Sklavendasein. In der Geschichte der Menschheit haben die meisten Menschen ihr Leben als Sklaven gefristet.«

»Warum erzählst du mir das?«

»Weil du die Chance hast, dem ein Ende zu machen.«

»Indem ich was tue?«

Ostaz wusste es nicht. Er glaubte daran, dass sich eine Möglichkeit ergeben würde. Bald. Aber das änderte nichts daran, dass er nicht länger in Frauenkleidern in einem Schrank herumsitzen und mit ansehen konnte, wie dieses Mädchen immer wieder vergewaltigt wurde. Sie hatte recht. Sie mussten flüchten, aber nicht mit einem Boot. Er erhob sich und drehte den Stuhl um: »Ein neuer Versuch?«

Donia vollführte mit ihren Armen eine merkwürdig eckige Bewegung, die Ostaz als verunglückte Umarmung deutete. Er forderte sie auf, sich auf die Rückenlehne des Stuhls zu stellen, um ihn zu stabilisieren. Dann kletterte er aufs Bett und sprang auf ein Stuhlbein. Es knirschte unter seinem Gewicht, aber er benötigte noch zwei Versuche, bis es ganz abfiel. Nachdem sie alle vier Beine gelöst hatten, versteckten sie den Stuhl im Badezimmer. Sie waren jetzt mit vier stattlichen Keulen ausgerüstet.

Und dann warteten sie.

Irgendwann sagte Ostaz: »Ich komme nicht mit auf so ein Schmugglerboot.«

»Wie du willst.«

Er spürte, wie ein dubioses religiöses Gefühl in ihm aufkam, und das passte ihm nicht. Es war ein Schuss ins Blaue, in der Hoffnung, dass, sollte ihnen die Flucht gelingen, der nächste Schritt sich wie das Ergebnis einer schicksalhaften Gleichung von allein ergeben würde. Er zweifelte stark an diesem Informationsnetzwerk, von dem das Mädchen gesprochen hatte, aber es war sinnlos, darüber zu streiten.

Anmut hatte ihm erzählt, dass es im Norden nur wenige Kontrollen und SWs gebe. Wenigstens diesen Vorteil hatten sie auf ihrer Seite. Ständige Überwachung ergab wenig Sinn, wenn den Reichen alles gehörte. Und entlaufene Sklaven wurden unweigerlich eingefangen, da sie nur bis zur nächsten Grenze kamen.

Als der Nachmittag sich dem Ende zuneigte, nahm Ostaz neben der Tür Aufstellung, den unteren Teil eines Stuhlbeins fest in beiden Händen. Schließlich glitt die Tür mit dem vertrauten Zischen zur Seite, und der Robo-Butler rollte in den Raum. Donia hüpfte aufs Bett.

»Beruhige dich«, sagte der Roboter.

»Weißt du, was Schmerzen sind?«, fragte sie.

»Stopp«, antwortete er. »Und nein, phänomenologische Erfahrungen wie Schmerzen treten beim komplexen Grad meines Schaltkreises nicht auf.«

Donia hüpfte immer noch auf dem Bett herum. Sie runzelte die Stirn und rief: »Ich verstehe nicht, was du gerade gesagt hast, aber was ist das da hinter dir?«

Während er sich umdrehte, schlug Ostaz mit voller Kraft zu. Der Arm des Roboters schoss in die Höhe und ergriff das Stuhlbein, kurz bevor es ihn treffen konnte. »Identifizieren Sie sich«, sagte er.

Donia beugte sich nach vorn. Unter dem Bett zog sie ein weiteres Stuhlbein hervor, sprang vom Bett und schlug mit aller Kraft auf seinen Schädel. »Volltreffer«, dachte sie. Aber schon hatte der Roboter ihre Waffe mit seinem anderen Arm gegriffen.

Ostaz und Donia schauten sich an. Was nun? Beide hielten das Ende eines Stuhlbeins in der Hand, die Maschine aber auch.

»Wie hast ... wie hast du das nur gemacht?«, fragte Ostaz. »Sehr eindrucksvoll! Und apropos phänomenologische Erfahrungen ...«

»Identifikation fehlgeschlagen«, sagte der Butler. »Identifizieren Sie sich.«

Aber Ostaz ließ sich nicht beirren: »Würdest du sagen, du bist dir deiner bewusst? Hast du dich je einsam gefühlt? Was ist mit sexuellen Frustrationen?«

Während er den Roboter ablenkte, griff Donia sich ein weiteres Stuhlbein und schwang es wie einen Baseballschläger gegen den Kopf des Butlers. Der ließ die beiden Stuhlbeine los und rollte rückwärts. Er zielte mit einem vor Elektrizität knisternden Arm auf Donia, aber bevor er ihr einen Elektroschock verpassen konnte, langte auch Ostaz noch einmal zu und schlug ihm eines seiner Eulenaugen so beherzt aus, dass es quer durch den Raum flog.

»Oh, Verzeihung«, sagte Ostaz.

Die Maschine gab pfeifende Störgeräusche von sich, schoss nach vorn und knallte in eine Ecke des Raumes. Markerschütternder Alarm ertönte.

Ostaz und Donia stürmten aus dem Zimmer zum nächsten Aufzug. Donia drückte den Knopf für die Lobby. Kurz bevor die Tür sich schloss, tauchte der Robo-Butler wieder auf. Wie betrunken torkelte er auf sie zu. Blaue Funken sprühten aus seiner beschädigten Augenhöhle. Aber er war zu langsam. Die Tür schloss sich, und sie fuhren nach oben.

Als die Tür sich wieder öffnete, staunte Ostaz über die gewaltige Eingangshalle. Aus den Tiefen des Hauses war ein Schrillen zu vernehmen. Selbst hier oben hörte man noch den Widerhall des Alarms. An sämtlichen Fenstern und Türen fuhren die Rollläden automatisch nach unten.

»Hier!« Donia wies auf einen Korridor. »Hier entlang sind sie gegangen, dort muss irgendwo der Ausgang sein.«

Ostaz nahm Donia bei der Hand. Sie rannten durch die sich verdunkelnde Lobby auf eine Tür zu, deren Rollladen sich langsam schloss. Auf halbem Weg rief Donia:»Die Mogamma!«

Im Vorbeilaufen griff sie sich die goldene Skulptur mit den beiden gekreuzten Schwertern, und weiter ging es die letzten paar Meter bis zur Tür. Donia schob die Skulptur unter den sich schließenden Rollladen. Er klemmte die Mogamma ein, ruckelte kurz, gab dann nach und machte Halt. Es blieben nur wenige Zentimeter Luft.

Mühsam pressten Donia und Ostaz sich durch die schmale Öffnung. Als sie auf der anderen Seite waren, versuchte Donia die Skulptur wieder zu befreien, aber sie rührte sich nicht.

Inzwischen war es fast dunkel. Als Ostaz' Augen sich daran gewöhnt hatten, sah er, dass sie sich in einem kurzen Flur befanden, der zu einer breiten, geschlossenen Tür führte. Er tastete sich voran, während seine Füße auf dem Marmorboden eine leuchtend goldene Spur hinterließen. Die Tür besaß zwar eine Klinke, aber sie ließ sich nicht betätigen. Sie waren gefangen.

»Das ist vermutlich der Zeitpunkt, wo Menschen anfangen zu beten«, sagte Ostaz zu Donias Silhouette am anderen Ende des Flurs. »Sollte Gott mir jetzt einen Teller mit Koshari servieren, würde ich möglicherweise beginnen, an ihn zu glauben. Aber halt, ich müsste zuerst David Humes Kritik am Wunderglauben berücksichtigen, die ...«

»Pst!«, zischte Donia.»Bist du wahnsinnig geworden? Was redest du da? Konzentriere dich! Was machen wir jetzt?« Sie versuchte weiter, die eingeklemmte Skulptur zu befreien.

»Ich meine nur, dass ein aus dem Nichts erscheinendes Koshari ... ach, egal. An deiner Stelle würde ich die Skulptur zurücklassen. Wir wollen hier nicht hängenbleiben.«

Ostaz lief zurück zu Donia. Er kniete nieder und spähte in die kreisrunde Lobby. Alles war jetzt dunkel und ruhig. Der Alarm hatte in dem Moment aufgehört, als sämtliche Rollläden geschlossen waren. Er konnte den imposanten Gestus der goldenen Kuppel geradezu fühlen.

Dann sah er blaue Funken, die wie winzige skelettartige Finger durch die Dunkelheit spukten. Das war keine Maus, es war das Reibungsgeräusch zwischen Gummi und Marmor. Unverkennbar näherte sich ein Gerät mit Kurzschluss.

»Stehenbleiben«, leierte der Robo-Butler, als ginge ihm bald die Batterie aus.

Sie dachten nicht daran. Ostaz packte Donia am Arm, und sie schlichen durch den Flur zu einer anderen Tür. Mit dem Rücken zur Wand flüsterte Ostaz: »Spispispispispispis.«

»Was ist mit dir los?«, raunte Donia.

»Machen die Leute nicht solche Töne, wenn sie aus lauter Angst beten?«

Donia antwortete nicht. In der Dunkelheit konnte er ihren Gesichtsausdruck nicht erkennen. Obwohl er spottete, hoffte er inständig, dass der Butler nicht durch die enge Öffnung passte. Doch als die Maschine die Schwelle erreicht hatte, wisperte er erschrocken: »Verdammt!«

Die Silhouette des Roboterarms griff nach der Skulptur. Der Rollladen fuhr ein Stück nach oben, um sie freizugeben.

»Diebstahl wird nicht toleriert«, sagte die Maschine, die Mogamma in der Hand, als sei sie aus Plastik.

In diesem Moment klickte etwas hinter ihnen, und die Tür flog auf. Ein schwacher Lichtstrahl fiel herein, man hörte das Geräusch singender Vögel.

»Was ist hier los?«, trompetete eine Stimme. »Licht!«

Prompt erstrahlte gleißendes Licht und gab die Ausreißer preis.

Ostaz drehte sich zu Donia und formte tonlos mit den Lippen: »Hau ab!«

Als Zulkheir das Zimmer betrat, stürmte Ostaz auf den Robo-Butler zu.

»Was, in Gottes Namen ...«, setzte Zulkheir an.

Donia rannte Ostaz hinterher.

»Du!«, bellte Zulkheir.

Ostaz machte einen Sprung und attackierte den Butler. Der ließ die Skulptur fallen. Er packte Ostaz im Nacken und hievte ihn hoch, bis er mitten in der Luft hing.

»Identifizieren Sie sich«, sagte er.

Hilflos rang Ostaz nach Atem. Aus den Augenwinkeln sah er, wie Donia sich bückte und die Skulptur aufhob. Zulkheir war ihr auf den Fersen. Sein Fleisch wabbelte unter der Dschellaba.

Sie drehte sich um und rammte die Skulptur mit den beiden goldenen Schwertern brutal in Zulkheirs Unterleib. Mit einem resignierten Ächzen entwich Luft aus seiner Lunge. Er fuchtelte mit den Armen, versuchte sich irgendwo festzuhalten, taumelte und krachte in den Butler. Die Maschine ließ Ostaz los, leierte aber weiterhin ihr »Identifizieren Sie sich«.

Wieder auf den Füßen, wankte Ostaz kurz. »Lauf! Lauf! Lauf!«, brüllte er.

Donia griff erneut nach der Skulptur und rannte zur Tür. Draußen bemerkte Ostaz drei Frauen in Nikabs, die wie angewurzelt im Halbdunkel standen. Er blickte sich kurz um und sah, wie der Robo-Butler versuchte, sich unter Zulkheir aufzurichten. Funkenschlag umspielte seine goldene Hand.

»Runter!«

Donia hechtete nach vorn. Der elektrische Blitzstrahl verpasste sie um wenige Zentimeter, traf Ostaz aber am Gesäß. Strampelnd und zuckend fiel er auf Donia.

»G-g-g-g-g«, stammelte er und wies mit zitternden Fingern auf die offenstehende Tür.

Sie zögerte kurz, riss sich dann aber zusammen. Mit der Skulptur unter dem Arm lief sie los. Während er bewusstlos wurde, nahm er gerade noch wahr, wie sie die verschleierten Frauen beiseitestieß und in die Nacht hinausrannte.

6

Gott, der große Peiniger ⤝⤞

Jeden Augenblick würde sie sich umdrehen und nach ihm schauen.

Aber ihre Beine trugen sie immer weiter davon, trugen sie an den nummerierten Frauen vorbei, die in der Auffahrt standen, und in den Wald dahinter. Die schwere Goldskulptur unter den Arm geklemmt, rannte sie zwischen den schwarzen Baumstämmen hindurch, sprang über halbhohe Büsche, im Rücken die bellenden Schreie, die ihr so vertraut waren.

Jeden Augenblick würde sie sich umdrehen.

Sich umdrehen und dann – was? Zulkheir bewusstlos schlagen, den Robo-Butler schachmatt setzen, Ostaz retten und auf den Händen zur libyschen Grenze tragen? Die Einsicht in die Unmöglichkeit, all dies allein zustande zu bringen, ließ sie umso schneller rennen. Ihre Beine bewegten sich in der übermenschlichen Geschwindigkeit, die nur das Adrenalin purer Angst hervorbringen kann.

Das Bellen hinter ihr wurde leiser. Bald hörte sie nur noch das Schmatzen des Schlamms unter ihren Füßen, das Knacken von zertrampeltem Gebüsch und das Pfeifen ihres Atems. Nach einer Weile blinder Flucht nahm sie ein hohles Getöse wahr, an- und abschwellend.

Plötzlich schwanden die Bäume, und der Schlamm wurde durch feinen weißen Sand ersetzt. Kühle, salzige Luft legte sich über den Schweißfilm auf ihrem Gesicht.

Sie blieb stehen.

Ein schwarzer Horizont dehnte sich vor ihr aus. Die indigoblaue See war stellenweise von weißen Wellenkämmen gekrönt, die sich unter dem Ansturm der Gischt überschlugen. Der Strand verlief etwa 100 Meter zwischen Wald und Küste. Rechts und links von ihr erhob sich eine Baumgrenze, die parallel zum Meer verlief. Sie musste nur unter dem Blätterdach laufen und sich kilometerweit nach links halten, bis sie – hoffentlich innerhalb von fünf Tagen – auf ihre Schlepper an der libyschen Grenze traf.

Donia schaute in den Himmel und fragte sich, wie viele SWs man ihr wohl hinterhergeschickt hatte. Rasch zog sie sich vom Meer in den schützenden Bereich des Waldes zurück. Die Vorstellung, wie Zulkheir sie verfolgte, überfiel sie inmitten der Bäume wie ein schwarzer Räuber. Und wie stand es um Ostaz? Vielleicht war seine Geschichte mit den Außerirdischen ja wahr. Vielleicht hatte man ihn in Sicherheit gebeamt. Sie blinzelte den Anblick seiner Leiche weg, die Befürchtung, was Zulkheir ihm antun würde. Stattdessen eilte sie westwärts, das Meer zu ihrer Rechten, die Goldskulptur fest unter den Arm geklemmt.

Sie bemerkte deren Gewicht erst, als das Adrenalin, das sie vorangetrieben hatte, verebbte. Sie wechselte den Arm, setzte sie sich erst auf die eine Schulter, dann auf die andere. Aber das war nicht das einzige Gewicht, das sie mit sich herumschleppte. Ihr lag noch eine weitere Skulptur auf der Seele, eine, die Ostaz glich und die nicht aus Gold, sondern aus Schuld und Trauer gemacht war.

Während sie durch den Wald stapfte, entdeckte sie Fußabdrücke, die vom Meer her kamen und vermutlich zu den Häusern ihrer nordägyptischen Bewohner führten.

Als eine Stunde später der Vollmond zwischen den Baumspitzen erschien, legte sie eine Rast ein. Er wirkte wie ein riesiger SW, der sie vom Horizont aus beobachtete. Sie kehrte ihm den Rücken zu und lehnte sich an einen dicken Stamm, der gefällt worden war. Es musste sich um einen sehr alten Baum handeln. Eigentlich waren alle Bäume hier zu groß und zu ausladend, um in den letzten Dekaden gepflanzt worden zu sein, in denen die nördliche Küste offiziell erst zu Nordägypten wurde. Woher sie wohl ihr Wasser nahmen?

Und wie würde sie in den nächsten Tagen an Wasser kommen? Es gab viel, was sie nicht bedacht hatte. Sie biss in die Spitze eines der beiden Schwerter der Skulptur und fuhr mit den Fingern die Kerben ihrer Zähne nach. Da waren sie, nicht zu tief, nicht zu flach, sondern genau richtig. Sie stöhnte bei dem Gedanken auf, die Plastik hätte sich als nur vergoldet erwiesen.

Plötzlich brandete rundum ein prasselndes Geräusch auf. Sekunden später war sie pitschnass. Wie bedrohlich schwarze Finger waren Sprinkler der Erde entsprungen und versprühten ihr Wasser schubweise in konzentrischen Kreisen. Donia suchte nach einem Unterschlupf, aber es gab keinen. Die Düsen waren überall, sogar in den Rinden der Bäume. Von allen Seiten wurde sie abgeduscht.

In der Hoffnung, irgendwo ein trockenes Plätzchen zu finden, rannte sie wieder los. Verdursten würde sie hier jedenfalls nicht. Sie atmete schwer, öffnete aber immer wieder den Mund, um ein wenig zu trinken. Sie musste an Assuan denken, wo die Toiletten wenig Wasser hatten und die Körper kaum die notwendige Flüssigkeit zum Überleben erhielten.

Zehn Minuten später war alles vorbei. Donias Dschellaba klebte an ihrem Körper wie eine nasse Kartoffelschale. Ihr Schleier hatte sich gelöst, und aus ihrem schwarzen Haar strömten Tröpfchen über ihr Gesicht wie Tränen.

Sie marschierte so lange, bis der Mond hoch über ihr stand und durch die sich überlappenden Äste der Bäume schimmerte. Einmal schien er sein blasses Licht wie ein Himmelsscheinwerfer zu justieren, als würde er den Wald nach ihr absuchen.

Aber das war nicht der Mond. Donia schaute nach oben und entdeckte eine Schar von SWs, deren Pupillen kegelförmiges Suchlicht nach unten warfen. Sie patrouillierten oberhalb der Baumspitzen.

Donia warf sich auf den schlammigen Boden. Sie kroch zwischen zwei gewaltige Baumstämme, griff nach einem abgefallenen Ast und zog ihn über sich wie eine Decke aus Blättern. Während sie wegen der kalten, nassen Erde zu zittern begann, kniff sie fest die Augen zusammen.

Das Zittern verging. Das Boot holte sie ab. Man nahm sie an Bord. Männer mit weißen Gesichtern lächelten und boten ihr ein warmes Getränk an. Ostaz war bei ihnen.

»Alles in Ordnung«, sagte er. Aber dann schoss einer der Männer ihm in den Kopf. Ostaz brach blutend zusammen. Grünes Licht kam von oben. Und dann begann der Leichnam zu zwitschern.

Vögel weckten sie auf. Donia schob den Ast, der sie bedeckt hatte, beiseite und blinzelte in den Morgendunst. Sie erhob sich und bestaunte die Bäume, unglaublich alte Bäume mit Sprinklern. An einem Ast entdeckte sie eine reife Mango, gleich daneben einen Apfel.

Donia pflückte den Apfel. Sie wollte ihn gerade an ihrer Dschellaba abwischen, als sie bemerkte, dass seine Oberfläche ganz dick geworden war, mit einer ledernen, fleckigen Haut. Sie biss dennoch hinein. Dann hielt sie nach SWs Ausschau, hievte die Skulptur hoch und machte sich wieder auf den Weg nach Westen.

Den ganzen Tag über kein Zeichen eines SWs. Schnell vertrieb die Sonne den Nebel und brachte feuchtkalte Luft mit sich. Ein Teil von ihr wollte zum Meer rennen und nach Norden schwimmen, bis sie auf Land traf. Aber wenn sie sich recht an die Landkarte vom Dunklen Markt erinnerte, würde sie eher untergehen, als irgendwo an Land zu gelangen. So lief sie weiter, im Gepäck zweifachen Ballast. Irgendwann nachmittags erinnerte sie ihre mentale Bürde an etwas, wovon Ostaz gesprochen hatte.

»Der freie Wille ist eine Illusion«, hatte er gesagt. »Was wir tun, und wie wir uns als Erwachsene entscheiden, ist das direkte Ergebnis der Umstände, in die wir hineingeboren wurden. Es sind unsere Gene, Donia, die soziale und religiöse Herkunft unserer Eltern, die ersten Erfahrungen im Leben – sie bestimmen, welche Art von Mensch wir später einmal werden. Und keine dieser Voraussetzungen haben wir uns ausgesucht.«

Aber Donia hatte ihren eigenen Kopf. Sie hatte sich freiwillig dazu entschieden, die Skulptur zu stehlen und nach Westen aufzubrechen. Sie hatte sich entschieden, Ostaz zurückzulassen und alleine loszurennen. Aber warum? Weil sie unbedingt Ägypten verlassen wollte? Weil sie zu jung gewesen war, um die Sache mit Herrn Tafik zu begreifen? Weil ihre Eltern sie zufälligerweise in genau dieser speziellen Schule angemeldet hatten? Weil sie als Kind genau dieser Eltern in genau diese Zeit geboren wurde?

Donia seufzte und lief weiter.

Als die Sprinkler in der Nacht wieder auftauchten, trank sie so lange, bis sie sich innerlich ebenso durchtränkt fühlte wie äußerlich. Im Mondschein fand sie ein trockenes Plätzchen unter einem großen Bananenorangenbaum. Sie kuschelte sich um die Skulptur und schlief schnell ein.

Kurz vor Sonnenaufgang wurde sie vom Blöken eines Horns geweckt. Der Ton kam vom Meer her, als ob eine gigantische Trompete die Ankunft von etwas Überwältigendem ankündigte. Doch als Donia aufstand und zum Waldrand lief, sah sie auf dem Meer nichts als geisterhaften Nebel vor schwarzem Horizont. Auch später konnte sie nichts entdecken, nur Wasser und einen leeren Horizont. Ihr fiel auf, dass der Abstand zwischen Wald und Küste ständig zunahm. Auch erhob der Wald sich immer steiler über den Meeresspiegel. Irgendwann lief Donia hohe Klippen entlang, aber sie fand es zu gefährlich, den Schutz der Bäume zu verlassen, um nah am Ufer zu laufen. Solange sie unter sich das Wasser sehen konnte, war sie sicher, dass sie in die richtige Richtung lief. Kein Grund zur Aufregung.

Kaum war sie zu diesem Schluss gekommen, näherte sich genau diese Aufregung in Form eines Schwarms von SWs. Er steuerte direkt auf sie zu. Donia ließ die Skulptur fallen und rannte los. Sie war sich nicht sicher, ob man sie gesehen hatte, blieb aber nicht stehen, um das zu kontrollieren. Zwischen zwei Bäumen entdeckte sie eine Stelle mit zarten Pflanzen, die ihr wie ein Dunstschleier bis über die Knie reichten. Kopfüber tauchte sie darin ein. Die Ärmel ihrer Dschellaba wurden dabei bis zum Ellbogen hochgezogen. Als sie im Grün landete und sich drehte, rutschte auch ihr Gewand bis zu den Knien hoch. Sie hielt den Atem an. Das Summen der SWs wurde lauter.

Während sie sich ganz still verhielt, begann ihre Haut an Armen und Beinen, im Nacken und im Gesicht zu brennen. Anfangs nur eine leichte Irritation, war es innerhalb kürzester Zeit kaum noch auszuhalten. Bald fühlte es sich an, als würde ein glühendes Bügeleisen auf ihre Haut gepresst.

Sie schaute sich die Ranken genauer an. Sie waren mit kleinen Haaren bedeckt, die sie überall berührten. Unmittelbar über ihr schwebten mehrere SWs. Sie versuchte mucksmäuschenstill zu bleiben, wollte gleichzeitig aber laut aufschreien und sich endlich kratzen.

Um den brennenden Schmerz zu verdrängen, begann sie zu zählen. Sie war sich nicht einmal sicher, bei welcher Zahl sie angekommen war, als ihr Körper über den meditierenden Geist triumphierte und sie gegen ihren Willen in die Höhe schießen ließ. Aber welche Zahl es auch immer war, die SWs hatten sich in der Zwischenzeit verzogen.

Donia ging in die Knie und bearbeitete ihre Haut mit den Fingernägeln. Ausschlag wie Peitschenstriemen erschien auf Armen und Beinen; ihr Gesicht fühlte sich an, als würden heißhungrige Ameisen es verschlingen. Sie atmete durch zusammengebissene Zähne und hielt ihre gerösteten Arme weit von sich. Als würde sie innerlich kochen, bildeten sich überall Blasen.

Plötzlich kam ihr der Traum in den Sinn, in dem ihre Haut wie kochendes Karamell geschmolzen war. Der Staubsauger hatte immer wieder einen Vers geleiert: »Diejenigen, die nicht an unsere Zeichen glauben, die werden wir im Höllenfeuer brennen lassen. Ist ihre Haut verbrannt, so tauschen wir sie ihnen gegen eine andere, damit sie die Strafe schmecken.«

War das nun ihre Strafe, ein Vorgeschmack auf die Ewigkeit, die sie nach dem Tod erwartete? Aber warum nur? Wozu Strafe? Welcher Auffassung von Gerechtigkeit sollte sie dienen? Das Brennen wurde so unerträglich, dass sie sich fast nach Ohnmacht sehnte. Dieser strafende Gott ist böse, dachte sie. Wie krank, wie sadistisch ist es, jemanden mit ewigem Höllenfeuer zu bestrafen? Das ist keine Strafe, es ist Folter: sinnlos, grausam, gnadenlos.

Gott, der große Peiniger.

Bei diesen Gedanken liefen ihr heiße Tränen über die Wangen. Sie krümmte sich im Schlamm, weinte und wimmerte. Der Schmerz ließ sie jede Selbstbeherrschung verlieren.

Und nun knallten die Verse durch ihren Kopf wie glühende Peitschenhiebe: »Hütet euch vor dem Höllenfeuer, dessen Brennstoff Menschen und Steine sind: Für die Ungläubigen ist es vorbereitet (2:24). Diejenigen, die ungläubig sind ... Sie sind es, die Brennstoff sein werden für das Höllenfeuer (3:10). Und wer sich Gott und seinem Gesandten widersetzt und seine Schranken überschreitet, den führt er ins Höllenfeuer (4:14). Siehe, für die Frevler halten wir ein Feuer bereit ... und wenn sie dann um Hilfe rufen, so hilft man ihnen mit Wasser, das, wie heißes Öl, die Gesichter sengt (18:29). Siehe, die da ungläubig sind und freveln: Gott kann ihnen nicht vergeben und sie nicht auf den Weg leiten – nur auf den Weg zur Hölle. Für immer und ewig werden sie dort bleiben (4:168–9). Denen, die ungläubig sind, werden Kleider aus Feuer zugeschnitten. Über ihren Köpfen wird heißes Wasser ausgegossen. Geschmolzen wird dadurch, was in ihren Leibern ist, und die Haut. Geschirr aus Eisen wird ihnen angelegt. (22:19–21)«

Gott, der große Peiniger.

Zig Verse – und alle bekräftigten ihr Schicksal, auf ewig im Höllenfeuer zu schmoren. Während Donia sich im Schlamm wälzte, fühlte sich nicht nur ihr verbrannter Körper, sondern auch ihre Seele roh an. Wegen des Verstoßes gegen die öffentliche Moral hatte der Nizam zwar offiziell die Folter abgeschafft, aber sie hatte ihr ganzes Leben lang geschluckt, dass das moralischste aller Wesen jedermann quälte, wie es ihm gefiel, solange es ihm gefiel.

Donia erhob sich und schaute durch die Baumkronen in den Himmel. Ihre Konfusion ließ sie die SWs vergessen, ließ sie alles vergessen.

»Die Christen behaupten, du hast uns nach deinem Bild geschaffen!«, schrie sie den Himmel an. »Ich sage, wir haben dich nach unserem Bild geschaffen. Nein, nicht nach unserem, nach dem der Männer! Versaute, tyrannische Männer haben dich nach *ihrem* Bild geschaffen! Großmäulige Diktatoren, die ganze Städte zerstörten, und dabei noch die Dreistigkeit hatten, sich gnädig und mitfühlend zu nennen. Und je mehr sie zerstörten, desto lauter sprachen sie von Gnade!«

Sie fiel auf die Knie und dachte an Zulkheir. Würde er einen Gott erfinden, dann wäre er wie Allah: stolz, großzügig, mächtig und ebenso rachsüchtig wie grausam.

Sie schrie laut auf. Es war ein Schrei, in dem sich die Trauer um ihren unausweichlichen Tod mit dem leidvollen Verlust ihres Gottesglaubens paarte. Jetzt ergab nichts mehr Sinn, weder Bäume noch Himmel, noch ihre brennende Haut. Da war nur noch Furcht und Leere.

Und dann versuchte sie, alles zurückzunehmen.

»Vergib mir, vergib mir, vergib mir ...«, murmelte sie ängstlich. Die Aufrichtigkeit puren Flehens brachte sie dazu, sich hastig zu verneigen und ihr Gesicht in den feuchten Boden zu pressen. Wie wildgeworden kratzte sie den Dreck um sich herum zusammen und schmierte ihn sich auf Arme, Gesicht, Füße, eine rituelle Waschung, die ihre Haut bedeckte und kühlte.

Donia richtete sich auf, berührte mit den Händen ihre Schläfen und begann zu beten. Es kam ihr nicht in den Sinn, dass ihr Haar unbedeckt war. Sie betete zügig, kniete sich hin, verbeugte sich und richtete sich mit zunehmender Hysterie wie ein Beter im Schnelldurchlauf wieder auf. Doch als sie sich zum vierten Mal verbeugte, verharrte sie in dieser Haltung.

Das unaussprechliche Bild. Nur, dass das Monster in diesem Fall Zulkheirs Gesicht trug. Sie versuchte nicht einmal es wegzublinzeln, sondern ließ den Gedanken zu. Dieses Mal stellte sich die gewohnte verzweifelte Hilflosigkeit nicht ein. Stattdessen wurde sie von rasendem Zorn erfüllt. Unvermittelt stand ihr das Buch der Fakten vor Augen: *Die Gottesanbeterin ist sexuell ein kannibalisches Wesen. Das Weibchen frisst das Männchen nach der Begattung.* Im Geiste sah sie, wie sie sich von Zulkheir frei machte, ein Messer in der Hand. Sie hob seine Wampe an, und während sie »STIRB!« schrie, trennte sie mit einem einzigen Schnitt sein Glied ab. Zulkheir verzog nur seine schnurrbartlose Oberlippe zu einem Lächeln. Erneut versuchte er, sie mit seinem blutenden Unterleib zu besteigen – aber da hörte Donia auf zu beten und rannte einfach los.

Sie rannte so schnell sie konnte. Sie rannte vor ihren Gedanken weg, vor ihrer brennenden Haut, vor Zulkheir, vor dem Nizam, vor Gott. Der Wald stieg oberhalb der Küste immer weiter an, doch kurz bevor die Kraft sie verließ, war der Aufstieg beendet. Nur ein paar Schritte noch, dann schien es ebenmäßig weiterzugehen. Erleichtert nahm sie die letzten Meter – und fiel fast in Ohnmacht. Sie stand auf einem Kliff, der Boden fiel steil ab. In letzter Sekunde fand sie an einem Baumstamm Halt und ließ schockiert fast wieder los, als sie den Anblick in sich aufnahm: Entlang eines ausgedehnten Strandes entdeckte sie in der Ferne zwei kolossale pyramidenhafte Gebäude. Sie überragten eine beeindruckende Statue, den Körper eines liegenden Tieres, gekrönt vom Kopf eines nasenlosen Mannes. Soweit sie sehen konnte, war der Sand landeinwärts mit unzähligen Obelisken gespickt, die sich neben gigantischen Tempeln und großen Statuen vögelköpfiger Menschen befanden. Allerdings sahen die beiden größten Monumente merkwürdig unfertig aus, eines hatte sogar seine Spitze verloren. Und dennoch musste Donia keine Sekunde überlegen, um welche Pyramiden es sich hier handelte.

Aber wo war die dritte?

7 | Made in Egypt ⤨ ⤪

Sie trat von der Steilküste zurück und sah in die Ferne. Die langsam untergehende Sonne stand ihr am Horizont direkt gegenüber, darüber ein himmlisches Blau. Immer noch japsend, wischte sie sich den Schweiß von der Stirn und kniff die Augen zusammen. Aber der Anblick verschwand nicht. Aus den Augenwinkeln bemerkte sie, dass etwas ihre Aufmerksamkeit verlangte, etwas noch Dringlicheres, als das überwältigende Panorama des unzerstörten heidnischen Erbes ihrer Nation. Widerwillig löste sie ihren Blick und schaute aufs Meer. Statt eines Ufers sah sie einen gigantischen Hafen. Zahlreiche schwarze Containerschiffe in der Größe waagerechter Wolkenkratzer lagen dort vertäut. Der künstliche Hafen wurde von unzähligen Lagerhäusern gesäumt.

Donias Augen weiteten sich noch mehr, als sie die enormen Kräne bemerkte, die mitten in der Luft wie lautlose Helikopter um die Pyramiden und Tempel schwebten. Die Unwirklichkeit dieses Standortes betäubte sie. Sogar ihre brennende Haut war vergessen.

Kein Mensch in Sicht, weder bei den Monumenten, noch in den Docks oder auf den Schiffsdecks. Keine SWs weit und breit.

Plötzlich tutete ein gewaltiges Horn, es war dasselbe Dröhnen, das sie im Morgengrauen vernommen hatte. Rasch glitten die Kräne durch die Luft. Sie sammelten sich über der Spitze einer Pyramide. Kabel wurden abgelassen. Sie befestigten sich selbst an einem Gesteinsbrocken, hoben ihn an und transportierten ihn Richtung Hafen. Als die Kräne über einem der Riesenschiffe schwebten, ließen sie ihre Ladung vorsichtig in eine Luke ab.

Kurz darauf tutete ein weiteres Horn. Diesmal öffneten sich im Rumpf der anderen Schiffe große Ladeluken und legten dabei das dunkle Innenleben frei. Nacheinander schwebten hunderte rote und schwarze Frachtcontainer aus den Schiffsrümpfen. Sie drifteten zuerst nach oben, schossen dann aber harmonisch nach unten in eines der Lagerhäuser am Dock. Alles zusammen dauerte nicht mehr als eine Minute.

Donia konnte auf den Containern keine Beschriftungen erkennen, aber ihr war klar, dass sie gerade einem Handel beigewohnt hatte. Ein geheimer Handel um mindestens einen Gegenstand – ein Artefakt ihrer Vorfahren, das schon längst hätte zerstört werden sollen. Und dann fiel ihr die Sorgfalt ein, mit der die SWs die Tonscherben in Assuan eingewickelt hatten, und wie sie sich danach blitzschnell entfernt hatten. Aber nicht, um sie zu zerstören, wie ihr jetzt klar wurde. Nun verstand sie auch, warum die Frauen bestraft wurden, wenn sie Fundstücke unwillentlich beschädigten.

Viele Theorien gingen ihr durch den Kopf, und eines wusste sie genau: Sie war nicht nahe der libyschen Grenze, und dies waren keine Schmugglerschiffe.

Dann fiel ihr Ostaz ein. Er hatte ihr prophezeit, das System zu stürzen, dass sie etwas Bedeutsames auf den Weg bringen und er ihr helfen würde.

Und er hatte geholfen.

Ohne ihn hätte sie nicht fliehen können. Nun war sie hier und wurde Zeuge einer monströsen Lüge, die vor ihren Augen in Form einer tausende Jahre alten, geheimen Stadt aufgedeckt wurde.

Donia hatte weder eine Kamera dabei, noch die Möglichkeit, diesen Anblick mit anderen zu teilen. Konnte sie einfach weiter nach Westen ziehen und vergessen, was sie gesehen hatte? Sollte sie zurückkehren und Ostaz retten? Oder sollte sie versuchen, an Bord eines der Schiffe zu gelangen, und abwarten, wohin es sie bringen würde?

In ihrem Kopf flüsterte ihr eine listige Stimme die ersten Ansätze eines Plans ein. *Ich gehe zurück zur goldenen Skulptur und verstecke sie. Ich warte bis zum Einbruch der Nacht, laufe dann wieder die Küste entlang und schwimme in den Hafen. Und dann ...*

Das Flüstern verstummte.

Und dann sehen wir weiter, sagte sie sich.

Immer noch waren weder Menschen, noch SWs zu sehen. Sie drehte sich um und lief zu der Stelle, wo sie die Skulptur fallengelassen hatte. Sorgfältig begrub sie die goldenen Schwerter unter einem Berg von Schlamm und gelbbraunen Blättern.

Eine Stunde später hatte sie den Platz erreicht, wo der Wald sich auf gleicher Höhe mit dem Strand befand. Die Sonne war hinter dem Horizont verschwunden. Der Himmel schimmerte wie ein Cocktail, der sich von Königsblau zu einem wolkenlosen Schwarz verdunkelte.

Immer wieder nach SWs Ausschau haltend, setzte Donia ihren Weg auf weißem Sand fort. Sie war noch nie auf einem Strand gelaufen, und jeder Schritt fühlte sich an, als würden ihre Zehen und Fersen rau geküsst. Jenseits des Hügels, der durch den ansteigenden Wald gebildet wurde, konnte sie einen orangefarbenen Dunstschleier ausmachen, der wie eine Kuppel im nächtlichen Himmel schwebte. Vermutlich wurde die pharaonische Landschaft elektrisch beleuchtet. Nach und nach kamen die ersten Schiffe ins Blickfeld, die schwarzen Konturen fast unkenntlich in der Dunkelheit. Dann erreichte sie wieder das Kliff und sah die angestrahlten Pyramiden, die sich wie surreale Berge ausnahmen.

Kurz vor dem Hafen wurde ihr der Weg durch einen Riegel von Lagerhäusern versperrt. Sie watete in das glatte, kalte Wasser, ließ sich still hineingleiten und schwamm um die Lagerhäuser herum in den Hafen. Plötzlich schien das Wasser ein tödliches Schwarz anzunehmen. Sie stellte sich vor, wie tief das Meer sein musste, wenn solche Riesenschiffe hier festgemacht werden konnten. Als sie keine Möglichkeit fand, aus dem Wasser auf die hochgelegenen Docks zu gelangen, geriet sie in Panik. Ihre Muskeln verkrampften sich, und ihre Schwimmzüge wurden immer hektischer, bis sie unter einem der Docks eine niedrige Plattform entdeckte.

Keuchend kletterte sie hoch, hielt inne und lauschte auf Schritte. Aber außer dem Wasser, das gegen die Mauern aus Metall und Beton plätscherte, war nichts zu hören. Die Arme eng um ihren schlotternden Körper geschlungen, huschte sie die Plattform entlang, die sich etwa einen Meter unterhalb des Docks befand. Von hier unten aus konnte sie die Logos auf den Schiffsrümpfen entziffern. Es handelte sich um Handelsnamen für Nahrung, Shampoo, Kleidung und Elektronik, ausschließlich Marken, von denen der Nizam behauptete, sie, nach dem Ende der Beziehungen zur Außenwelt, aufgekauft und nationalisiert zu haben. Donia erreichte ein kleineres, senkrechtes Dock, das ihre Plattform zur Sackgasse machte. Seitlich fand sie eine Leiter, mit deren Hilfe sie auf das Hauptdeck kommen würde. Sollte sie den Versuch wagen?

Noch bevor sie einen Fuß auf die unterste Sprosse gesetzt hatte, hörte sie das unverwechselbare Geräusch sich nähernder Schritte. Sie duckte sich und verharrte in einem dunklen Winkel hinter der Leiter. Bisher hatte sie vor Kälte gezittert, jetzt war es pure Angst. Mit gerecktem Hals spähte sie nach oben. Zwei Männer liefen auf sie zu. Sie trugen die grünbraune Kluft des Militärs.

Als sie näherkamen, musste Donia einen Aufschrei unterdrücken. Einer der beiden war klar zu erkennen. Er hatte glattes schwarzes Haar, helle Haut und schmale Augen. Das war mit Sicherheit kein Ägypter.

Zum ersten Mal im Leben hatte sie einen Kuffar gesehen.

Genau über ihr blieben die Männer bei einem Apparat stehen. Er war so groß wie eine Abfalltonne. Einer von ihren berührte ihn mehrmals, bis er grün und rot aufleuchtete. In einer unverständlichen Sprache redete der Mann auf die Maschine ein, die daraufhin in derselben Sprache antwortete. Die Männer seufzten und verschränkten dann die Arme, als würden sie auf etwas warten.

Ob sie die Männer ansprechen sollte? Vielleicht könnte sie die beiden fragen, wer sie waren und was hier gespielt wurde? Aber sie blieb im Dunkeln und versuchte, nicht zu laut zu atmen.

Als nächstes vernahm sie das Brummen eines herannahenden Fahrzeugs. Irgendwo auf dem Dock hielt es an. Türenschlagen. Kurz darauf näherte sich ein bärtiger Mann mit einem Umhang.

»Tut mir leid wegen der Verspätung«, sagte er auf Arabisch. Sie erkannte die Stimme sofort: Scheich Wahbi, der Mann, der Zulkheir besucht hatte.

Während er sprach, äußerte die Maschine etwas in der ausländischen Sprache. Dann salutierten die beiden Männer.

»Es gibt ein Problem mit Ihrer Lieferung«, sagte der Scheich.

Die Männer sprachen mit der Maschine wieder in ihrer Sprache, und sie antwortete auf Arabisch: »Welches Problem?«

»Letzte Woche haben Sie einen halben Obelisken aus der Epoche des Mittleren Reiches im Austausch gegen 40.000 SWs erhalten. Die Einheiten sollten verteilt über den Zeitraum von zwei Jahren geliefert werden, wie Sie sich erinnern werden«, sagte Scheich Wahbi. »Die erste Lieferung von 5.000 haben wir heute Morgen erhalten.«

Die Maschine übersetzte, und einer der Männer äußerte ein einziges Wort.

»Ja«, sagte die Maschine.

»Dennoch«, fuhr der Scheich fort, »waren 600 SWs mit *Made in China* gekennzeichnet. Ist das ein Witz?«

Die Maschine hatte noch nicht zu Ende übersetzt, als die beiden Männer – Chinesen, wie Donia inzwischen annahm – die Augen aufrissen und in ihrer Sprache durcheinanderredeten.

»Wenn das zutrifft«, übersetzte die Maschine, »können Sie sicher sein, dass es sich um einen Fehler handelt. Wir werden unsere Aufzeichnungen überprüfen und jeden Irrtum unverzüglich aufklären. Es wird nicht wieder geschehen.«

»Hoffentlich. Wir bezahlen mit dem begehrtesten Gut der Welt und erwarten dafür, dass die Verträge bis zum letzten Komma erfüllt werden. Das schließt das Fehlen jeglicher Herstellerangaben ein.«

»Natürlich, natürlich. Wir werden das prüfen, gegebenenfalls eine Rückrufaktion starten und den entstandenen Schaden ersetzen.«

Die Männer verbeugten sich. Scheich Wahbi nickte.

»Gut«, sagte er. »Und nun zur Ladung des nächsten Monats. Soweit ich weiß, wollen sie uns verteilt über ein Quartal 30.000 Tonnen Kleidung und eine halbe Million Rosenkränze im Gegenzug für eine Handvoll Grabmale liefern, die wir kürzlich vor Assuan gefunden haben.«

Erst jetzt begriff Donia: Alles, aber auch wirklich alles, was sie zu wissen glaubte, war falsch. Ihre Knie gaben nach, und sie sank langsam auf den harten Boden der Plattform. Sie hatte nicht nur Gott als Tyrannen verflucht, sondern musste nun auch erfahren, dass ausgerechnet die Kuffar – die widerlichen und satanischen Menschen, zu denen sie hatte fliehen wollen – genau die Lebensform finanzierten, die der Nizam ihr und ihren Mitbürgern all die Jahre hindurch aufgezwungen hatte. Es gab keine unermüdlich produzierenden Fabriken in der Wüste. Alles – die SWs, das Essen, das sie zu sich nahm, die Kleidung, die sie trug – wurde im Tausch gegen die Götzenbilder ihrer Vorfahren eingeführt.

Und dann erinnerte sie sich daran, wie Zulkheir dem jungen Mann etwas von Gottes Geheimnis erzählt hatte. »Allahs Geschenk des Überflusses an Ägypten«, so ähnlich hatte er es genannt. Ein Geheimnis, dessen Preisgabe sogar einen Oligarchen in die *Quarantäne für verlorene Seelen* bringen würde.

Als Donia versuchte, all dies zu verdauen, sagte Scheich Wahbi: »Ihr wisst ja, dass die Amerikaner und die Europäer sich gegenseitig überbieten, damit wir ihnen eine komplette Pyramide verkaufen. Wir sind daran nicht interessiert.«

Sie biss sich auf die salzigen Lippen, als die Männer auf Chinesisch antworteten. Und dann überfiel sie ein Gefühl empörter Entschlossenheit. Nein, sagte sie sich, sie würde nicht auf eines der Schmugglerboote gehen. Sie würde es nicht zulassen, dass Millionen betrogener Mitbürger weiterhin als Marionetten einer Verschwörung leben mussten.

Ostaz kam ihr in den Sinn. Er hatte recht. Sie konnte das Land nicht verlassen, besonders nicht in einer Situation, wo der Rest der Welt diesem System, dem sie entfliehen wollte, heimlich zuarbeitete. Sie musste zurückkehren, Ostaz aufspüren, ihn retten und der Wahrheit zu ihrem Recht verhelfen. Das System musste gestürzt werden. Der Nizam, der das Herz Waleedas gestohlen hatte, musste zerstört werden.

Plötzlich fiel ihr auf, dass die Maschine die Antwort der Chinesen nicht übersetzt hatte. Über ihr herrschte Stille. Donia wurde mulmig. Schließlich sagte die Maschine auf Arabisch: »Mein Herr, die Sensoren haben im Nahbereich die Anwesenheit einer unbekannten Präsenz gemeldet. Soll ich Maßnahmen ergreifen?«

Donia presste sich fest gegen die feuchte Wand des Docks und erstarrte. Was sollte sie tun? Sie konnte wegrennen, ins Wasser springen, die Hände hochnehmen und sich ergeben oder einfach bleiben, wo sie war. Und genau das tat sie.

Kurz darauf schoss ein Lichtblitz durch ihr Sichtfeld. In ihrem Kopf ertönte ein Knacken, gefolgt von einem Krachen. Wie eine sich brechende Welle hallte es hinter ihren Augen wider. Und dann versank sie in tiefe Bewusstlosigkeit.

8 | Die heimliche Hinrichtung der Donia Nour

Gott lenkte das Auto.

Zuerst gab es berechtigte Zweifel, aber, nein, nein, er *war* es. In einem metallicgrünen Coupé sauste er auf einer kurvenreichen Straße näher und näher. Doch an seinem Gefährt konnte Donia nirgends ein Zeichen der glitzernden Waschmittelreklame für *Musli-Clean* entdecken.

Hinter dem getönten Glas war der Allmächtige nicht zu erkennen, aber er saß bestimmt da drin. Nur eine Armeslänge vor ihr, brachte er das Auto quietschend zum Stehen.

»Du bist eine jämmerliche Hure, Donia Nour. Deine Haut gehört mir«, sagte er zu ihr aus dem Wageninneren heraus.

Und dann lachte Gott wie ein vergnügtes Donnergrollen.

»Es gibt so viel, was dein fehlgeleitetes Weiberhirn nicht begreift. Dabei ist es ganz einfach: Wer absolute Macht ausübt, hat das Recht, absolute Unterwerfung zu verlangen.«

Donia wollte antworten und ihn fragen, warum er ihr die Anlage zur Vernunft gegeben hatte, wenn er ihren Gebrauch ablehnte, wenn er nichts als blinden Gehorsam forderte, aber sie konnte den Mund nicht bewegen.

Gott öffnete die Tür. Aber es gab keine grelle Lichtexplosion.

Stattdessen stieg Zulkheir aus dem Wagen. Er kam auf sie zu. Schwarzes Blut tropfte aus seiner Zebibah.

Er schlug ihr hart ins Gesicht. Eine Hand aus Eisen, eingehüllt in aufgedunsenes Fleisch.

»Wach auf, du Dreckstück!«, rief er. »Wach auf!«

Wie Licht, das noch ein wenig flackert, bevor es sich stabilisiert, kam Donia in ruckartigen Schüben zu sich. Ihr Sehvermögen kehrte bei schon geöffneten Augen zurück. Jemand hatte sie an einer Kette festgebunden, die von der Decke hing. Neben ihr baumelten noch ein Paar Arme, haariger, aber ebenfalls gefesselt.

Sie versuchte den Kopf zu drehen, doch es fühlte sich an, als wolle sie einen Felsbrocken mit einem Stöckchen wegrollen. Mit ungeheurer Willensanstrengung gelang es ihr kurzfristig, den Brocken ein wenig anzustupsen, aber sie konnte den Kopf nicht hochhalten, er fiel einfach auf ihre Brust zurück. Dabei bekam sie flüchtig das Gesicht zu sehen, das zu dem Körper mit den haarigen Armen gehörte.

Seine Schläfen und Wangen waren von getrocknetem Blut überzogen, sein Schnurrbart sah hart und ungepflegt wie ein besudelter Teppich aus. Kein Irrtum möglich, er gehörte zu Ostaz.

Wie Schlachtvieh im Fleischerladen hingen sie nebeneinander. Ihre Füße berührten den Boden nicht.

Fette Finger griffen nach Donias Kinn, quetschten ihre Mundwinkel zu einem Schmollmund zusammen. Spucke tröpfelte heraus. Ihr Kopf wurde nach oben gerissen. Sie sah ein Gesicht mit einem Bart und einem nässenden Stück grauer Ellbogenhaut auf der Stirn.

»Du hast unsere Erwartungen noch übertroffen«, sagte die Stimme in ihrem Traum. »Du hast dich von einer betrügerischen Hure zu einer diebischen Sklavin gesteigert. Und nun hast du gesehen, was niemand sehen darf.«

Donia schaute an Zulkheir vorbei auf die datenüberfluteten Bildschirme, die die ganze Wand hinter ihm einnahmen. Ihr Gehirn fühlte sich an, als schwimme es in einem Beutel Säure, dennoch erkannte sie den Raum sofort wieder, in dem sie mithilfe des grünen holografischen Balls nach den Abfahrtzeiten der Boote gesucht hatte. Das lichtdurchlässige Display waberte hinter Zulkheirs rechter Schulter. Er folgte ihrem Blick und grinste.

»Die dumme kleine Hure glaubt tatsächlich, es gäbe Boote, auf denen man gegen Gold flüchten kann«, sagte er zu Ostaz. »So naiv – die perfekte brave Bürgerin!«

Zulkheir ließ Donias Kinn los. Er kam ihr ganz nah und hob ihre Brüste mit einer Hand an.

»Ein Glück, dass mein guter Freund dich gefunden hat«, flüsterte er ihr ins Ohr. »Er hat dich sofort zu deinem Meister zurückgeschickt, damit der sich eigenhändig um dich kümmern kann.«

Ein Wimmern löste sich aus Donias Lunge. Zulkheir griff in ihr Haar und riss ihren Kopf nach rechts. Ostaz schien kaum bei Bewusstsein zu sein, seine Augen hatten den glasigen Blick, der sich nach Tagen unablässiger Folter einstellt.

»Mir hat es Spaß gemacht, ihn hier im Predigtraum zu halten«, erklärte Zulkheir. »Es inspiriert mich, wenn ich ihn bei meinen Ansprachen anschaue. Wir haben uns darauf geeinigt, dass meine Mitstreiter nicht von seinem unerklärbaren Besuch auf meinem Anwesen informiert werden müssen, wenigstens so lange nicht, bis ich die Wahrheit aus ihm herausbekommen habe.«

Blut pulste durch Donias Nacken, Arme und Schultern, als wäre jede einzelne ihrer Zellen von einer Biene gestochen worden. Ihre Füße fühlten sich taub und geschwollen an.

Zulkheir ging zu einem Pult am anderen Ende des Raumes.

»Weißt du, was man mit Dieben macht, Donia Nour, mit solchen, die goldene Skulpturen mitgehen lassen, die ihnen nicht gehören?« Beim Reden beugte er sich über eine Schublade.

»Nur zu«, sagte er. »Ich weiß, dass du die fünfte Sure kennst.«

Donia antwortete nicht

»Nein? Dann werde ich deine Erinnerung auffrischen: ›Der Dieb und die Diebin: Schlagt ihnen die Hände ab als Vergeltung für das, was sie begangen haben, als warnendes Exempel von Gott. Gott ist mächtig, weise.‹«

Zulkheir drehte sich um, in der rechten Hand ein massives Beil. Die Klinge war so breit wie Donias Nacken. Sie lenkte den Strahl eines Deckenlichts genau in ihre Augen.

»Nun denn«, sagte Zulkheir und kam langsam auf sie zu. »Für dich ist die Strafe ein wenig drastischer. Du hättest nicht Richtung Westen laufen sollen, Hurenbraut. Du hättest nicht sehen sollen, was du gesehen hast. Das wird dich den Kopf kosten.«

Mit der freien Hand zog er ein Taschentuch aus seiner Brusttasche und betupfte seine Stirn.

»Es ist eine längst fällige Belohnung. Eine Enthauptung hätte dein Hochzeitsgeschenk sein sollen, nachdem ich herausgefunden hatte, was für ein Luder du bist.«

Abrupt kam er ihr ganz nah. Er spuckte, während er sprach: »Die anderen Oligarchen hätten natürlich ihren Butler oder irgendeinen Gauner aus dem Süden genommen, der das für sie erledigt, aber ich übe Gerechtigkeit lieber eigenhändig aus. Ein richtiger Mann erledigt Fragen der Ehre höchstpersönlich.«

Er grunzte selbstgefällig und wandte sich an Ostaz. »Es wird hier geschehen, damit du zuschauen kannst, Abtrünniger«, sagte er nun in heiterem Ton. »Meine Gäste haben ein Anrecht auf angemessene Unterhaltung, gepriesen sei Gott.«

Donia wimmerte. Der Beutel Säure, der ihr Hirn einschloss, machte jeden vernünftigen Gedanken unmöglich. In ihr war nur noch Furcht, und doch war ihr Körper zu schwach, um zu zittern oder zu beben.

Als Zulkheir begann, ihre festgebundenen Arme zu lösen, konnte sie nichts tun, als ihr Wimmern zu einem flehentlichen Klagen zu steigern. Es war so armselig, wie das Fiepen eines Welpen in den Klauen einer Bestie.

Sie begann zu zählen. Sie schob die Außenwelt beiseite und tauchte unverzüglich in die tieferen Schichten ihres Bewusstseins ein. Sie zählte angestrengt, sehr angestrengt, war nicht mehr länger der Körper, der kurz vor seiner Enthauptung stand, sondern wurde zur *Eins*, zur *Zwei*, zur *Drei*, zur *Vier* ...

Dieses Abtauchen wurde unterbrochen, als ihre Hände vollständig losgebunden waren. Ihre Knie knickten ein, sie krachte auf den Boden. Eine Fontäne des Schmerzes ergoss sich in ihren Körper, aber sie konzentrierte sich auf die Zahlen, darauf, achtsam unachtsam zu werden und zu vergessen, was ihr widerfuhr. Vielleicht schrie sie, aber sie war sich nicht sicher. Einmal meinte sie, Ostaz etwas krächzen zu hören, und dann wurde sie irgendwie durch die Luft bewegt. Sie öffnete die Augen und registrierte, wie sie von Zulkheir in Richtung des Pultes geschleudert wurde. Sie krachte dagegen, und ihr Gesicht traf auf etwas sehr Hartes neben dem grünen holografischen Display. Bevor sie wieder zählen konnte, blickte sie hoch und sah, dass Ostaz ihr zunickte. Er zog beide Beine an und trat Zulkheir in den Bauch. Sie schwangen sofort wieder zurück, während ein ungerührter Zulkheir konterte, indem er seine Faust in Ostaz' Magen grub.

Selbst als Ostaz schmerzhaft keuchend ausatmete, schienen seine Augen sie zu etwas zu drängen. Zulkheir verpasste ihm einen weiteren Boxhieb. Donia versuchte sich hochzustemmen, aber ihr kraftloser Körper gehorchte ihr nicht. Stattdessen begann sie mit geschlossenen Augen wieder zu zählen. Doch als sie langsam in ihr

Halbbewusstsein zurücksank, formte sich in ihr unerwartet ein Vorhaben. Es war ein entsetzlicher Plan, unmöglich auszuführen, und er entstammte einer Seite ihrer Persönlichkeit, die sie bisher noch nicht kennengelernt hatte: Heldenmut.

Angefeuert von geradezu kindlichem Trotz, betätigte sie schnell und diskret ein paar Knöpfe am Pult vor sich. Doch bevor sie auch nur die Konsequenzen ihres Handelns erfassen konnte, nahm sie ihr Zählen wieder auf und ließ sich in die Welt der Nummern gleiten. Sie hatte noch nicht die Zahl acht erreicht, als sie an den Haaren vom Pult wieder heruntergerissen wurde.

»Hier drüben geht es besser«, sagte Zulkheir. Er stieß sie auf ein niedrigeres Pult in einer anderen Ecke des Raumes.

»Mit welchem Recht?«

Es war Ostaz, der da gesprochen hatte, seine Stimme kaum hörbar. »Mit welchem Recht?«, wiederholte er.

»Ruhe!«, zischte Zulkheir.

Aber Ostaz' Worte hatten etwas in Donia berührt. Sie musste etwas von Zulkheir hören. Sie wusste nicht genau warum, aber es schien Teil eines Plans zu sein, den sie kurzfristig vergessen hatte. Als Zulkheir nach ihrem Arm griff, sagte sie mit frappierender Gelassenheit: »Mit welchem Recht lügst du die Menschen an? Mit welchem Recht hortest du die Götzenbilder und verkaufst sie an die Kuffar?«

Donia bemerkte, dass Ostaz seinen Kopf leicht anhob und ihr zuzwinkerte. Die Falten von Zulkheirs Gewand begannen, beim Lachen auf und ab zu hüpfen. Aber kein Ton war zu hören, als wisse sein Körper nicht, wie man Freude ausdrückt. Er streckte einen Arm aus und griff in Donias Genick.

»Mit welchem Recht?«, fragte er. »Allah gab Ägypten das Geschenk des Überflusses, und du fragst, mit welchem Recht? Geht das nicht in dein Hurenhirn? Er schenkte uns diese idiotischen Kuffar, die bereit sind, Trillionen für einen Klumpen dieser sogenannten Überlieferung zu bezahlen. Ein einziges dieser überdimensionalen Bauklötzchen von den Pyramiden der Pharaonen sichert die Ökonomie der Nation für Jahre. Oder glaubst du noch immer an Fabriken in der Wüste?«

Donia versuchte, trotz seines Würgegriffs zu sprechen, brachte aber nur ein Röcheln zustande.

»Hast du eine Ahnung, wie viele Millionen Tonnen Güter wir für den Tempel von Karnak bekommen haben?«, fuhr Zulkheir fort. »Man hat mir erzählt, die gottlosen Einwohner von Nordamerika besuchten ihn jeden Tag zu Tausenden.«

Sein Griff lockerte sich ein wenig.

»Du bist so reich«, krächzte sie, »aber du willst nicht teilen. Millionen müssen sinnlos im Sand wühlen, während du ihre Fundstücke verscherbelst, und das alles für ein System, in dem du im Luxus lebst und ...«

Zulkheir drückte wieder fest zu. Er kam mit seiner Stirn ganz nah an sie heran und fixierte sie mit glühenden Augen. »Der Nizam tut das Notwendige, um die Ordnung aufrechtzuerhalten, um die richtige Balance beizubehalten.« Er riss sie nach oben und schrie jetzt fast. »Und diese Balance erfordert es, dass Diebe ihre Hände verlieren und Huren wie du ihre Köpfe. Denn ich bin der Oberste Richter Zulkheir, und ich werde dir Gottes Gerechtigkeit zukommen lassen.«

Mit der einen Hand donnerte er ihren Kopf gegen die Wand, in der anderen hielt er das Beil, das er nun genauer in Augenschein nahm. »Es ist lange her«, sagte er. »Und ich mag keine Sauerei. Bei Allah, ein Aufwärmen muss erlaubt sein. Wie wäre es damit?«

Er ließ sie los und setzte einen Fuß auf ihre Brust. Mit seiner freien Hand riss er ihren rechten Arm nach oben. Sie fühlte, wie er versuchte, ihren kleinen Finger aus der Faust zu befreien, die sie gemacht hatte. Als er ihn gelöst hatte, drückte er ihre Hand auf die Oberfläche des Pultes.

Donia schrie auf. Sie konnte Ostaz brüllen hören: »Aufhören, sofort aufhören!«

Aber Zulkheir kümmerte sich nicht darum. Seine Zebibah triefte stärker denn je. Er presste ihre Hand noch ein wenig fester auf die Oberfläche des Pults. Donia wand sich unter seinem Fuß, aber er verlagerte sein Gewicht, bis ihre Rippen fast entzweibrachen. Dann wandte er den Kopf kurz zu Ostaz. »Die Ungläubigen sind anstrengend.« Verärgert betonte er jede Silbe. »Zuerst wollten sie die Götter nicht kaufen, drohten sogar mit einer Invasion. Die Väter des Nizam mussten die Armee auflösen und die gerechten Hinrichtungen, die auf unsere Rebellion folgten, einstellen. Sie mussten Gottes Gesetz aufweichen. Wir mussten sogar die Fassade der Demokratie aufrechterhalten, all das, um die Heiden zu beschwichtigen. Sie ließen sich nur auf einen Handel ein, wenn wir ihre sogenannten Menschenrechte wenigstens teilweise in Kraft setzten. Sie wollten nicht schlecht dastehen. Wie ich diesen Terminus hasse – Menschenrechte! Als ob sie eine bedeutendere Lehre als die von Allah erfunden hätten. Nicht auf meinem Besitz!«

Und dann flüsterte Zulkheir genau wie damals in ihrer Hochzeitsnacht, bevor er in sie eindrang: »Im Namen Allahs, des barmherzigen Erbarmers.«

Donia schloss die Augen und versuchte zu schreien, versuchte zu zählen, aber es gelang ihr nicht. Sie hörte tiefes Atemholen, gefolgt von einem krachenden Schlag.

Sie fühlte nichts.

»Tier!«, brüllte Ostaz. »Du verfluchtes Tier!«

Zulkheir nahm seinen Fuß herunter, packte Donia im Nacken und zog sie hoch. Sie öffnete die Augen und blickte auf das Pult. Da lag ihr Finger, triefend rot und abgetrennt.

Als hätte sie den Finger zweifelsfrei sehen müssen, um seinen Verlust zu erfassen, wurden ihr Arm und ihre Hand erst jetzt von stechender Kälte durchzuckt. Sie schrie so hoch und laut, dass ihre Kehle sich anfühlte, wie ein Ballon, der jederzeit zu platzen drohte. Tränen, Rotz und Spucke liefen über ihr Gesicht.

Kilometerweit entfernt schrie Ostaz »Genug! Genug!«

Dann schmetterte Zulkheir seinen Unterarm gegen ihr Gesicht. Ihre Schreie verstummten. Ein Schrillen im Kopf dämpfte alle anderen Laute. Sie sah nur noch schwarze und graue Punkte. Ihr Bewusstsein stand wie ein zugedröhnter Akrobat auf dem Seil, wild mit den Armen wedelnd, um nicht abzustürzen.

Sie wollte abstürzen.

Stattdessen roch sie Blut. Erst jetzt bemerkte sie, dass Zulkheir sie wieder auf das Pult geschleudert hatte. Genau vor ihrer Nase lag der abgetrennte Finger. Zulkheir drehte sie um und kreuzte ihre Arme über der Brust. Er raffte seine Dschellaba, hob ein Bein und presste es auf die Arme über ihrer Brust. Sein Schienbein rutschte ihren Körper entlang wie ein Scheit aus haarigem Holz. Mit der linken Hand hielt er ihren Kopf in Schach.

Aber das war nicht nötig. Donia wehrte sich nicht. Sie dachte an Waleeda, deren Herz er an sich gerissen hatte. Sie würde nie wieder lächeln. In ihrer Erinnerung küssten sie sich noch einmal. Zulkheir war nur eine lästige Erscheinung, die sich an ihrem Körper zu schaffen machte, die sich bereit machte, sie in die Hölle zu schicken.

Dahin also ging es. Ihr ganzes erwachsenes Leben lang hatte sie mit Sex und Betrug ein Vermögen angesammelt, damit sie in einem Boot aus Ägypten fliehen konnte, ein Boot, das nicht einmal existierte. Dann hatte sie sich sogar als Sklavin verkauft. Und jetzt machte sich ihr Ex-Mann, der Mann mit den Rechten an ihrem Körper, bereit, ihr den Kopf abzuschlagen. Aber das war noch nicht alles. Ihre wirklichen Qualen hatten noch nicht begonnen. Wenn ihr ehemaliger Glaube recht behielt, stand ihr nun das ewige Feuer bevor.

»Gottes Wille geschehe«, hörte sie Zulkheir sagen.

Donia öffnete die Augen und schaute zu ihm hoch. Er murmelte koranische Verse, atmete ein und drückte sie mit seinem ganzen Gewicht nach unten. Donia stellte sich vor, wie ihr Schädel unter seiner Hand zu Mus zerdrückt wurde. Sie hörte die flehentlichen

Schreie von Ostaz, hörte ihn fluchen und immer wieder das Wort »Anmut« schreien.

Zulkheir erhob sein Beil. Donia hielt den Atem an.

Dann zischte eine Tür.

»Hinlegen, Zulkheir.«

Donia hechelte. Das war nicht die Stimme von Ostaz. Hier sprach jemand mit Autorität.

»Was soll das heißen, El Sheikh Kommandeur?«, fragte Zulkheir. »Was haben Sie ohne Erlaubnis in meinem Haus zu suchen?« Er ließ das Beil sinken, aber nicht ganz.

Donia schaute zur Tür. Ein Mann in einer militärischen Dschellaba hatte den Raum betreten. Er starrte auf die Konsole des anderen Pults.

»Sehen Sie das?«, fragte er und berührte mehrmals den Bildschirm.

»Alles, was hier in den letzten 15 Minuten geschehen ist, wurde in die Mitte und den Süden übertragen. Alle Bürger konnten das hören, die Situation ist äußerst ernst.«

Donia fiel ein, was sie getan hatte, als Zulkheir sie auf das Pult mit der Konsole schleuderte: Ostaz nahm Schwung und trat ihn in den Bauch, sie begann zu zählen, drückte aber noch im Wegdriften die Tasten für *Mitte* und *Süden* und zuletzt den roten Knopf.

Das war alles gewesen. Nur ein Fingerschnipsen.

Zulkheir zuckte zusammen. Angeekelt verzog er die Oberlippe.

»Wie ist dieser Mann in Ihre Obhut gekommen?«, fragte El Sheikh Kommandeur. »Warum ist keiner der Oligarchen darüber informiert worden?«

»Sie haben doch nicht ernsthaft …«, setzte Zulkheir an.

»Sie werden hiermit in die *Quarantäne für verlorene Seelen* verbannt. Alle drei. Scheich Wahbi hat uns mitgeteilt, dass das Mädchen Bescheid weiß. Dieser Mann ist regelwidrig hier. Die Neo-Scharia duldet keine geheimen Hinrichtungen. Er wird euch in die *Quarantäne* begleiten.«

Drei SWs schwebten in den Raum.

»Bindet sie fest«, befahl El Sheikh Kommandeur.

Donia sah, wie Zulkheirs Griff um das Hackbeil fester wurde.

»Seien Sie kein Narr, El Sheikh Kommandeur«, sagte er.

»Verlieren Sie nicht Ihre Würde, Zulkheir. Ich versichere Ihnen, dies alles wird für die Oligarchen aufgezeichnet.«

Als sich der erste SW näherte, schlug Zulkheir mit dem Beil zu.

»Ich werde eine Gefangenschaft nicht tolerieren«, rief er. »Nicht zusammen mit diesem Abschaum!«

Blaue Funken sprühten aus dem SW, hinterließen aber keine weiteren Spuren auf dessen weißer Oberfläche. Ungerührt sandte der SW nun Elektroschocks in Zulkheirs Richtung. Der taumelte auf Ostaz zu. Aber er fiel nicht. Seine Fleischwülste tanzten vor Elektrizität, als hätten sie ein Eigenleben. Er schrie laut auf, machte einige hektische kleine Schritte und versenkte das Hackbeil mit einem einzigen wütenden Hieb mitten in Ostaz' Brust.

Donia heulte auf, während weitere Elektroschocks Zulkheir zu Boden streckten. Blut sprudelte aus seinem Mund. Als sie versuchte aufzustehen, wurde ein Netz über sie geworfen. El Sheikh Kommandeur lief mit einer schwarz gefütterten Kapuze auf sie zu.

»Ostaz!«, brüllte sie. Aber seine Augen zeigten nun eine ganz andere Art von Leere. Wie ein Schauspieler beim Schlussapplaus fiel sein Kopf dramatisch nach vorn. Dann berührte etwas ihre Stirn, und sie sah, hörte, roch und schmeckte nichts mehr.

9
In Quarantäne ⤚∾ ∾⤙

Die *Quarantäne für verlorene Seelen.* »Ein Ort hemmungsloser Freizügigkeit«, hatte ihr Vater gesagt. »Ein geschlossener Bereich nur für die verdorbensten Seelen.« Die makaberen Einzelheiten erschlossen sich Donia erst, als sie älter wurde. Kannibalismus, Ver-

gewaltigung, Selbstverstümmelung, satanische Rituale und Mord –
das waren die fünf Pfeiler des Lebens in der *Quarantäne*. Nur die
gewalttätigsten kriminellen Irren überlebten hier die ersten Tage.
Frauen ausgenommen. Die ließ man am Leben, aber nicht lange,
und das auch nur als Gespielinnen für sexuelle Perversionen. Als
Donia 18 war, erzählte man sich eine Geschichte über einen jungen Mann, der sich drei Jahre lang geweigert hatte zu beten. Er war
zuerst von der Mitte in den Süden verfrachtet worden, doch selbst
dann wollte er nicht beten, sondern blieb dabei, dass ihm einfach
nicht danach war. Als er schließlich in die *Quarantäne* verbannt
wurde, hatte man eine geschlagene Woche lang Stück für Stück seine Extremitäten verzehrt, während er dabei von den neuen Insassen ununterbrochen vergewaltigt wurde. Er lebte sogar noch, als
sämtliche Eingeweide aus ihm herausquollen und er um Gottes
Vergebung flehte.

Eingehüllt in Dunkelheit und Stille dachte Donia jetzt an diese
Geschichte. Es handelt sich nicht direkt um Gedanken, aber was
waren Gedanken anderes, als Visionen und Klänge auf einer men-
talen Landkarte? Nein, es handelte sich eher um eine Art virtuelles
Gefühl: Sie *fühlte* die Erinnerung an diese Geschichte wie eine ab-
gespeicherte Aufzeichnung auf der Festplatte eines Roboterhirns.
Und mit dieser gefühlskühlen Erinnerung spürte sie, wie heißer
Urin durch ihre Unterwäsche sickerte und ihre Schenkel entlang
lief.

Als die schwarze Kapuze fest auf ihrem Gesicht saß, hatte jemand
ihre Arme gefesselt, sie hochgehoben und weggeschleppt. Die eisi-
gen Stiche an der Wunde ihres fehlenden Fingers beanspruchten
ihre volle Aufmerksamkeit, bis sie an nichts anderes mehr denken
konnte. Irgendwann wurde ihre Hand bewegt und der Phantom-
finger in etwas gesteckt, was sich wie eine brutzelnde Ölpfanne anfühlte. Ihre Kehle schmerzte von den zahllosen lautlosen Schreien,
und dann versank der letzte Rest ihres Bewusstseins im Nichts.

Als sie wieder zu sich kam, befand sie sich im freien Fall. Ihr Körper stürzte durch kalten, lautlosen Wind. Das Herz rutschte ihr in die Hose und wollte nicht wieder an seinen Platz zurück. Sie schlug und trat um sich. Sie fiel immer tiefer, aber da war kein Laut von wehendem Wind in ihren Ohren, kein Geschmack kalter Luft auf ihrer Zunge. Plötzlich zerrte etwas an ihrem Rücken. Sie wurde kurzzeitig nach oben gerissen, fiel danach immer noch, aber viel langsamer.

Kurz darauf landeten ihre Füße in etwas Weichem. Ihre Hände wurden ergriffen. Sie wurde nach rechts und links gezogen, durchgewalkt und geschüttelt wie Kleidung in der Waschmaschine. Raue, körnige Haut schmirgelte ihre Arme und ihr Gesicht ab.

Jemand berührte ihre Stirn und entfernte die Kapuze.

Jetzt werde ich vergewaltigt, dachte sie.

Langsam kehrte ihr Sehvermögen zurück. Verschwommen nahm sie gelbe Zähne in einem grinsenden Mund wahr. Ein Trommelwirbel erklang in unnatürlicher Lautstärke. Der Geruch von Sand und Schweiß stieg ihr in die Nase.

Johlende Männerstimmen überall, aber sie verstand kein Wort, das Trommeln übertönte alles andere. Man hob sie hoch, und ein Rucksack, der offensichtlich auf ihrem Rücken befestigt war, wurde abgenommen. Er landete neben einem zusammengefallenen Fallschirm, der im dunklen Sand neben ihr lag.

Die lärmenden Männer hoben sie hoch und stießen sie vorwärts durch Reihen weiterer halbnackter Männer, die sie anschrien. Frauen gab es auch, sie brüllten unverständliches Zeug. Dann wurde Donia in die Nähe eines Feuers gestoßen. Bevor sie wieder scharf sehen konnte, nahm ein halbnackter Mann sie fest in den Arm, gab sie dann an einen anderen Mann weiter, der sie ebenfalls fest umarmte. Sie sah, dass auch andere spärlich bekleidete Frauen und Männer, die wie entfesselte Wilde um das Feuer tanzten, ähnlich betatscht wurden.

Offensichtlich war Donia im Herzen der *Quarantäne* angekommen. Sie bekam kaum Luft und flehte, mit dem satanischen Ritual aufzuhören. Irgendwo im Hinterkopf hörte sie die gehässigen Einflüsterungen ihres Vaters – man würde sie so lange vergewaltigen, bis ihre dreckige Seele regelrecht aus ihr herausgepumpt worden sei.

Sie wollte sich gerade wehren, als der Trommelwirbel abbrach. Und dann wurden die Schreie verständlicher.

»*Mabrouk*! *Mabrouk*!«, wurde gerufen. »Glückwunsch!«

Der Mann, der Donia in den Armen hielt, trat einen Schritt zurück und legte seine Hände auf ihre Schultern. Er lächelte breit. Weil Donia in seinen Augen keinerlei Bedrohung entdecken konnte, wandte sie sich nicht ab. Sie warf einen flüchtigen Blick auf die bronzefarbene Haut seines nackten Oberkörpers. Schwarze stachelige Haare lugten aus seiner Achselhöhle hervor wie der Rücken eines Seeigels. Er hatte einen grauen Schnurrbart und war etwa so alt wie ihr Vater, aber nichts in seinen Augen sprach von Reserviertheit oder Demenz.

»Willkommen in Siwa«, sagte er, »dem Land der freien Seelen.«

Donia machte ein paar Schritte und schaute sich um. Überall freundlich lächelnde Gesichter. Nach und nach konnte sie wieder klar sehen. Die Männer und Frauen um sie herum klatschten in die Hände, johlten und pfiffen vor Begeisterung. Etwas entfernt entdeckte sie eckige Backsteinhäuser, die von einem weißen Mond beschienen wurden. Hunderte von Palmen rauschten im Wind. Über allem thronte eine alte Festung wie der riesige Stumpf einer geschmolzenen Kerze.

»Ich hoffe, du nimmst uns das nicht übel«, sagte der Mann. »Es passiert nicht oft, dass wir jemanden empfangen, der sich vom System freigemacht hat. Wir sind sehr stolz auf dich, obwohl wir dich noch gar nicht kennen.«

Donia schaute hoch. Der Himmel war dunstig. Die Sterne standen so verwischt über ihn gestreut, als seien sie glitzernder Vogeldreck.

»Wo bin ich?«, fragte sie.

»Du wirst dich an die Kuppel gewöhnen«, antwortete der Mann. »So setzt der Nizam uns fest, aber das spielt keine Rolle.«

»Das Mädchen fürchtet sich, Moheb«, sagte eine Frau. »Lass mich sie zu ihrem neuen Heim bringen, damit sie sich ausruhen kann.« Sie trug eine eng anliegende ärmellose Dschellaba. Unverschleierte Locken fielen auf ihre Schultern. Plötzlich wurde Donia bewusst, dass viele Frauen hier unverschleiert waren.

»Ich bin Shereen«, sagte sie. »ich verstehe sehr gut, wenn du durcheinander bist. Komm einfach mit, und ich erkläre es dir. Du kannst dir aussuchen, wo du wohnen möchtest.«

Donia zögerte. Ein schneidender Schmerz durchzuckte ihre Wunde, und sie schaute auf ihre Hand. Sie war dick bandagiert. Obwohl sie hätte schwören können, dass ihr Finger unter dem Verband puckerte, wusste sie, dass er für immer verloren war.

»Du kannst ruhig mit ihr gehen«, sagte der Mann namens Moheb. »Wir können morgen reden. Es ist schon weit nach Mitternacht.«

Shereen berührte Donia vorsichtig am Ellenbogen und führte sie vom Feuer weg. Ihr Gang war so anmutig, als wolle sie den Sand unter ihren Füßen nicht beschweren.

»Der Nizam hat Siwa schon vor langer Zeit abgeriegelt«, sagte sie. »Wir leben unter einer Kuppel, die von hoch oben die ganze Stadt umschließt. Wenn du von hier aus ein paar Meilen gehst, findest du die Grenze, besser gesagt, du rennst dagegen. Am Tag sieht man kaum etwas. Ein Besuch lohnt sich. Der Schirm lässt Licht und Luft ungehindert durch, sonst aber nichts. Wenn du ihn berührst, fühlt er sich wie Glas an, aber er ist total bruchsicher.«

Donia schaute in den sternenverschmierten Himmel, von dem sie gefallen war. Ihre rechte Hand griff nach der festen Bandage.

»Ganz oben in der Kuppel gibt es einen Spalt«, fuhr Shereen fort. »Von dort lassen sie uns verlorene Seelen herab. Vor dir kam ein Mann an einem Fallschirm runter, ein fetter, wütender Mann. Sobald er gelandet ist, hat er einige von uns angegriffen und ist dann aus der Stadt Richtung Grenze geflohen. Immer wieder mal schickt man uns so schwarze Schafe. Kennst du ihn?«

Donia schüttelte den Kopf. Sie wusste immer noch nicht, was sie sagen sollte. Die altertümlichen Lehmziegelhäuser wirkten wie eingefrorene Gesichter. Ihre kleinen, dunklen Fensternischen sahen im Mondlicht wie bedrohliche Augen und Mäuler aus.

»Also war das alles auch eine Lüge«, stellte sie fest. »Ich meine, wie es angeblich in der *Quarantäne* zugeht.«

»Ich bin schon zu lange hier, um zu wissen, was man sich über Siwa erzählt. Aber wenn die Propaganda immer noch von Mord und Totschlag redet, dann wirst du inzwischen wissen, dass die Mörder und Totschläger diejenigen sind, die in Ägypten das Sagen haben. Wer hierher verbannt wurde, ist meistens nur hier, weil er sich dem Willen des Systems nicht beugen wollte. All diese Lügen sollen die Leute draußen in Angst und Schrecken versetzen, damit sie gehorchen. Nach einer gewissen Zeit wirst du merken, dass die wirkliche *Quarantäne* sich außerhalb der Kuppel befindet. Obwohl wir eingesperrt sind, ist dies hier der einzige freie Ort in Ägypten.«

Shereen brachte Donia zu einem der Lehmhäuser. Die sonnengebleichte Eingangstür stand offen.

»Von uns sind nur ein paar tausend übrig geblieben«, sagte sie. »Hier haben früher viel mehr Menschen gelebt, und es gibt genügend Häuser für Neuzugänge. Wir haben fast 200 natürliche Quellen und mehrere Bauernhöfe, die uns ernähren. Aber du wirst etwas tun müssen, und du kannst damit anfangen, dir ein Dach über dem Kopf zu bauen.«

Die Frau begleitete sie hinein. Auf einem Teppich in einer staubigen Ecke brannte eine einzige Kerze. Das halbe Dach fehlte, doch die restlichen Bereiche waren geschützt.

»Ist es hier sicher?«, fragte Donia.

»Wahrscheinlich, ja. Ich kann bei dir bleiben, wenn du willst. Die meisten Neulinge wollen allerdings alleingelassen werden. Zum Verarbeiten der neuen Situation, nehme ich an.«

Donia nickte.

Ich werde dir auf jeden Fall frische Kleider und etwas zu essen bringen. Es gibt eine Wasserpumpe, um dich zu waschen.«

In dieser Nacht schlief Donia in zwei Minuten auf dem Teppich ein. Zuerst dachte sie noch kurz an Zulkheir, und wie er versuchen würde, sie aufzuspüren. Dann ging ihr Ostaz durch den Kopf, der zeitreisende, entführte Philosoph, der sie wie eine Ebenbürtige behandelt hatte, und der vor ihren Augen gestorben war. Von ihrem fehlenden kleinen Finger ausgehend, puckerte ein Schmerz rhythmisch ihre Hand entlang in den Arm. Wie ein Schlaflied begleitete er sie in den Tiefschlaf, einen Schlaf ohne Werbeanzeigen und Muezzin.

Als sie aufwachte, war das Haus lichtdurchflutet. Der Mann namens Moheb kniete neben ihr auf dem Teppich. Auch Shereen war bei ihm.

»Geht es dir gut?«, fragte er. »Du hast fast zwölf Stunden geschlafen.«

Donia setzte sich auf, zog die Knie an die Brust, fuhr sich mit der Hand durch die strubbeligen, unverschleierten Haare und hielt sie vors Gesicht, um sich ein wenig seinen Blicken zu entziehen.

»Bist du Muslimin?«, fragte Moheb daraufhin. Donia antwortete nicht gleich. Niemand hatte ihr je diese Frage gestellt. Es war, als hätte man sie gefragt, ob sie ein menschliches Wesen sei.

Sie kniff die Augen zusammen. »Ich weiß es nicht.«

»Daran ist nichts auszusetzen«, sagte er. »Viele hier sind nicht gläubig. Aber mein Glaube sagt mir: ›Kein Zwang ist in der Religion.‹ Das ist Sure 2, Vers 256, glaube ich. Das ist der Grundsatz, der mir im ganzen Koran am Wichtigsten ist – seinen Glauben nicht den anderen aufzudrängen. Stimmst du mir zu?«

Der Mann sprach freundlich, aber Donia fühlte sich wie in einer Prüfung. Würde man sie töten, wenn sie etwas Falsches antwortete?

»Ich weiß nicht«, wiederholte sie. »Ja, niemand sollte genötigt werden, aber so einfach ist das nicht.«

»Nicht?«

Sie rieb sich die Augen und räusperte sich: »Wenn auf diejenigen, die deinen Glauben nicht teilen, die ewige Hölle wartet, dann tut man ihnen vielleicht etwas Gutes, wenn man sie dazu zwingt. Aber ich weiß es wirklich nicht. Ich weiß gar nichts mehr. Davon abgesehen sieht es so aus, als würdest du dir die Rosinen aus dem Koran picken. Du nimmst das, was dir passt, und den Rest ignorierst du.«

Moheb strahlte sie an. »Natürlich picke ich mir die Rosinen raus. Mit Vergnügen! Ich picke die besten Stücke und lasse den Rest beiseite. Ich liebe meine Religion, sie ist Teil meiner Identität. Aber Religion muss sich entwickeln oder sie wird untergehen. Solange meine muslimischen Mitbrüder darauf bestehen, dass der Koran das unabänderliche Wort Gottes ist, wird unsere Religion im Mittelalter stecken bleiben – genau wie alle anderen Religionen, bevor sie ihren Buchstabenglauben losgeworden sind.«

Donia war versucht, den Mann zu fragen, warum er so sehr an einer Religion hing, die er offensichtlich für überholt hielt, aber sie nickte nur. Als die beiden sie ermutigend anlächelten, fragte sie: »Habt ihr den Mann gefunden, der vor mir gekommen ist?«

»Der ist wahrscheinlich in der Wüste und sucht den Ausgang«, sagte Shereen. »Du kennst ihn, nicht wahr?«

Donia zog scharf die Luft ein. Dann erzählte sie ihnen von Zulkheir und all dem, was in der Nacht zuvor geschehen war. Den Grund ihrer Bekanntschaft und die Rolle von Ostaz behielt sie für sich. Als sie berichtete, wie sie über die Pyramiden gestolpert war, nickten die beiden wissend.

»Die sogenannte transcorporeale Gesellschaft.« Moheb schüttelte den Kopf. »Ein Trick, um die Menschen mit der Aussicht auf ein ewiges Leben ruhigzustellen. Und alles nur, damit die regierenden Diebe sich ungehindert im Luxus suhlen können.« Er streckte seine Hand aus. Donia ergriff sie, und er zog sie hoch.

Moheb und Shereen gaben ihr an diesem Morgen eine kleine Stadtführung. Siwa war ein anspruchsloser Ort, eine Oase der Abweichler, die offensichtlich einen Weg gefunden hatten, miteinander auszukommen. Wenigstens die meiste Zeit. Hier regierte nicht die Schäbigkeit einer missglückten Verstädterung wie in Assuan. Es gab keine Sandgruben und kein rationiertes Wasser. Stattdessen wurde Land bestellt, man produzierte Lehmziegel, erntete Oliven und pflückte Datteln.

Die meisten Einwohner schienen politische Dissidenten zu sein. Wie Donia herausfand, war Moheb einer der Führer des ägyptischen Aufstands im Jahr 2011 gewesen. Mit tausenden anderen hatte er jahrelang im Gefängnis gesessen, bis man ihn schließlich hier herbrachte.

»Was hält das hier alles zusammen?«, fragte sie. »Warum sieht dieser Ort nicht aus, wie der Nizam ihn beschreibt?«

»So war es nicht immer«, antwortete Shereen. »Anfangs gab es sehr viel mehr von uns, und die Kämpfe wollten nicht aufhören. Überall Diebstähle, Schlägereien, Mord. Aber im Lauf der Jahre wurde den meisten von uns klar, dass es völlig nebensächlich ist, ob Gott existiert oder nicht, ob er uns verlassen hat oder nicht. Wir mussten uns nur eine einzige Frage stellen: Das Land hier ist begrenzt – was müssen wir tun, um miteinander zu leben und uns einigermaßen zu entwickeln? Die Antwort stellte sich als ziemlich einfach heraus: Seid freundlich. Seid geduldig und rücksichtsvoll. Teilt. Und hört auf, euch wegen Sachen in die Haare zu geraten, die mit Moral gar nichts zu tun haben. Kümmert euch nicht zwanghaft darum, wie andere mit ihrem Körper umgehen und woran sie glauben.«

Moheb erzählte ihr, dass es danach immer noch Jahre gedauert hatte, bis Ruhe einkehrte und man anfing, miteinander zu arbeiten. Diejenigen, die sich nicht einpassen konnten, brachten sich gegenseitig um, bis nur noch die überlebten, die in der Lage waren zu kooperieren. Aber einfach war es immer noch nicht.

Nahrung blieb ein knappes Gut. Es gab Gewalt. Weiterhin wurden Zweikämpfe ausgetragen, und die Lust auf Rache übertraf oft die Fähigkeit, sich zu beherrschen. Das hier war nicht Utopia, betonte er. Eigentlich sei es nur der Unmöglichkeit, Siwa zu verlassen, zu verdanken, dass man am Ende zusammenarbeitete.

»Dennoch ist Siwa der Beweis dafür, dass die Gesellschaft ohne einen von Gott befohlenen Moralcode nicht auseinanderfällt, dass man keine Regierung braucht, die diesen Code durchsetzt«, sagte er. »Die meisten hier sind wahrscheinlich Agnostiker. Wenn wir miteinander klarkommen wollen und unsere persönlichen Freiheiten fordern, dann kann Moral nicht mit Macht durchgesetzt werden, man muss sie verhandeln.«

Am Tag darauf hörte Donia etwas über Zulkheir.

Weit außerhalb der Stadt hatte man seinen Leichnam gefunden. Er lehnte an der unsichtbaren Grenze in der Wüste. Wahrscheinlich eine Herzattacke, hieß es.

»Manche halten es in der *Quarantäne* nicht aus«, sagte Shereen. »Sie würden eher sterben, als sich anzupassen. Es sind fast immer die Heuchler, die zuerst sterben.«

Donia fragte sich, woran Zulkheir wohl zuletzt gedacht haben mochte. Sollte sie den Mann bedauern, oder böse darüber sein, dass das Schicksal es Menschen wie ihm erlaubte, einfach einzuschlafen? Und Faiza – die Sklavenhalterin, die Organhändlerin – lebte immer noch in ihrer klimatisierten Pyramide in Assuan.

Noch am selben Tag wurde Zulkheir in einem anonymen Grab bestattet. Donia schaute zu, wie man seinen Leichnam im Sand verscharrte. Die Zebibah auf seiner Stirn war schuppig, ihre Enden bogen sich wie eine schwarze, getrocknete Blume nach oben. Gelber Sand rieselte über seinen Bart.

Als sie begannen, ihn zu vergraben, schoss ihr das unaussprechliche Bild durch den Kopf. Sie verzog keine Miene. Während der Sand seinen voluminösen Körper bedeckte, schwand das Bild nach und nach, bis es endgültig ausgelöscht war.

An ihrem dritten Tag in der Quarantäne verließ sie die Stadt, bis sie, wie Shereen sie gewarnt hatte, gegen die unsichtbare Grenze der Kuppel rannte. Sie klopfte ein paar Mal dagegen und seufzte. Aber sie war nicht enttäuscht, sondern erleichtert. Die Kuppel hielt sie nicht gefangen, sondern die Welt auf Abstand. Sie stieg auf eine steile Sanddüne, die wie eine Flutwelle vor den Außenbezirken von Siwa stand. Sie setzte sich auf ihre gezahnte Spitze und schaute auf die offiziell gesetzlose, palmengesäumte Stadt herab.

»Einsam, arm, böse, brutal und kurz«, sagte sie laut. So hatte Ostaz die Vision eines berühmten Philosophen zitiert, der mit diesen Worten das Leben des Menschen im Naturzustand beschrieben hatte. Ostaz hatte diese Beschreibung als unzutreffend empfunden. Siwa war der Beleg dafür.

Sie blickte in den Himmel und fragte sich, ob die Geschichte mit den Ilmani stimmte, ob Ostaz vielleicht in einer anderen Zeit oder Dimension noch lebte.

Eine plötzliche Windbö wehte ihr Sand ins Gesicht. Als sie sich die Augen rieb, hörte sie Schritte durch den Sand knirschen.

»Diesmal bin ich korrekt angezogen«, sagte eine Stimme. »Und es ist drei Tage her, glaube ich. Weißt du, ich habe immer die Vorstellung gemocht, ein wenig Jesus Christus zu spielen. Und jetzt bin ich tatsächlich genau drei Tage später auferstanden.«

Donias Augen tränten, aber es gab keinen Zweifel: Vor ihr stand Ostaz in einem weißen Gewand. Hinter seinem Kopf malte die Sonne einen Heiligenschein. Er hob die Hände wie ein Heiliger, der seine Wunderkräfte an die Jünger weitergibt. Allerdings grinste er dabei sarkastisch.

Sie schnellte hoch und lief zwei Schritte auf ihn zu.

»Wie?«

Ostaz' Grinsen wurde breiter, und er streckte ihr frech die Zunge raus. »Gleich nachdem du gefesselt worden bist, haben sie mich hochgebeamt. Die Ilmani sind mit ihrer Heilkunst ganz schön fix. Als ich aufwachte, hatte ich nicht eine Schramme.«

Donia starrte ihn fassungslos an. Sie schnaubte ungläubig und rannte dann los. Sie umarmten sich und kicherten dabei wie Kinder, die ein Geheimnis teilen, das nur sie kennen. Es war das erste Mal, dass sie einen Mann umarmte, seit sie zwölf war. Damals hatte ein Alarm sie und ihren Vater verwarnt, aber diesmal gab es keinen Alarm mehr.

»Was ist passiert?«, fragte sie.

»Ich glaube, die Dinge sind ins Rollen gekommen. Meine Arbeit hier ist erledigt. Deine hat vielleicht gerade erst angefangen. Ich habe die Ilmani gebeten, dich von hier wegzubringen, dich vielleicht mitzunehmen, wenn du willst. Aber sie glauben wohl, dass du hier mehr gebraucht wirst als sonst irgendwo im Raum-Zeit-Kontinuum.«

»Und du? Was wirst du machen?«

»Ich? Mehr vom Universum sehen vielleicht. Oder zurückkehren in mein Jahrzehnt, wer weiß?«

Donia nickte. Sie freute sich für ihn und war gleichzeitig enttäuscht. Einige Augenblicke lang sagten sie nichts. Schweigen umschloss sie wie eine Kuppel innerhalb einer Kuppel.

»Weißt du, ob ihn wirklich jeder hören konnte?«, fragte Donia schließlich. »Ist das alles übertragen worden?«

»Sieht so aus. Du warst sehr mutig, Donia.« Ostaz beugte sich nach vorn und küsste sie auf die Stirn. »Und vergiss nicht: Alles mit einem Fingerschnipsen!« Er zwinkerte ihr zu, verblasste dann immer mehr, bis er verschwunden war.

In den folgenden Wochen konnte Donia beobachten, wie mehr und mehr Mitbürger mit einem Fallschirm ankamen. Shereen meinte, dass ihre Anzahl beispiellos sei. Die Geschichte von Zulkheirs Worten im Nationalen Rundfunksystem verbreitete sich in Siwa, und überall keimte die Hoffnung auf eine bevorstehende Revolte auf. In diesem Monat verdoppelte sich fast die Einwohnerzahl Siwas. Eines Tages landeten sogar mehr als 500 Menschen. Man machte sich Sorgen über die Nahrungsmittelverteilung und die Ordnung überhaupt, aber nach diesem Tag kam niemand mehr von oben zu ihnen. Donia sollte bald herausfinden, was außerhalb der *Quarantäne* geschehen war.

»Weshalb hat man dich hierhergeschickt?«, fragte Moheb einen der letzten Männer, die in Siwa landeten. Der Mann war kaum älter als Donia und trug ein T-Shirt mit der Aufschrift GENUG!

»Wir haben einen Sprechchor gemacht.«

»Einen Sprechchor?«

»Die Leute verlangen den Sturz des Nizam.«

Donia hatte früher schon einmal von solchen Sprechchören gehört. Sie wusste, dass vor vielen Jahren Millionen von Ägyptern in den Straßen Parolen skandiert hatten. Aber selbst hatte sie so etwas nie erlebt.

Sie lächelte und blickte in den Himmel.

Was Donia Nour betraf, hatte sie einen kosmischen Tyrannen, der sie ihr ganzes Leben lang schikaniert hatte, für abgesetzt erklärt. Und nun – mit einem Fingerschnipsen – würde sie damit beginnen, seine Vertreter zu Fall zu bringen.

Eine Anmerkung zu den Koranzitaten

Alle Koranzitate in diesem Roman stammen aus der Übersetzung von Hartmut Bobzin, unter Mitarbeit von Katharina Bobzin, München 2010.

Jeder Übersetzung liegt eine Interpretation zugrunde, und im Fall des Korans können Welten zwischen den verschiedenen Übertragungen liegen.

INHALT

Teil 3

Eine Anmerkung zu den Koranzitaten

Die Originalausgabe mit dem Titel
»The Thirty Third Marriage of Donia Nour«
erschien 2013.

MIX
Papier aus verantwor-
tungsvollen Quellen
FSC® C083411

ISBN 978-3-351-05027-6

Blumenbar ist eine Marke der Aufbau Verlag GmbH & Co. KG

1. Auflage 2016
© Aufbau Verlag GmbH & Co. KG, Berlin 2016
Gestaltung Vor-und Nachsatz und Cover studio grau, Berlin unter
Verwendung eines Fotos von © Sidney Latil de Ros / Burka for everybody
Innentypografie: Joanna Hyrzyk, Berlin
Gesetzt aus der Kepler durch Greiner & Reichel, Köln
Druck und Binden CPI books GmbH, Leck, Germany
Printed in Germany

www.blumenbar.de
www.aufbau-verlag.de

Blūmenbar
Willkommen im Club